梦回吹角连营

刘跃清 著

图书在版编目（CIP）数据

梦回吹角连营 / 刘跃清著 . -- 南京：江苏凤凰文艺出版社，2022.7

ISBN 978-7-5594-6850-5

Ⅰ．①梦… Ⅱ．①刘… Ⅲ．①长篇小说－中国－当代 Ⅳ．① I247.5

中国版本图书馆 CIP 数据核字（2022）第 081695 号

梦回吹角连营

刘跃清　著

出 版 人	张在健
责任编辑	张恩东
装帧设计	凌富仁
责任印制	刘　巍
出版发行	江苏凤凰文艺出版社
	南京市中央路 165 号，邮编：210009
网　　址	http：//www.jswenyi.com
印　　刷	江苏凤凰数码印务有限公司
开　　本	700 毫米 ×1000 毫米　1/16
印　　张	16.25
字　　数	165 千字
版　　次	2022 年 7 月第 1 版
印　　次	2022 年 7 月第 1 次印刷
书　　号	ISBN 978-7-5594-6850-5
定　　价	59.00 元

江苏凤凰文艺版图书凡印刷、装订错误，可向出版社调换，联系电话 025-83280257

内容提要

二十一世纪初，某部三十多位新排长参加新干部集训。在集训中，李肇强、刘大勇和我（刘小虎）结下了深厚的友谊。集训结束分配工作单位时，李肇强和我留在本岛直属保障分队，刘大勇被分到远离本岛的小岛，三人难得一见。我在通信连当排长时，排里的新战士江流影在参加抗震救灾后情绪低落，继而在一件突发事故中牺牲；我调到旅政治部组织科当干事后，先后经办李肇强、刘大勇的后事，无意中走进他们的情感和精神世界。在军队改革前，我回到老连队担任指导员，我和我的战友一起经受精神和情感的洗礼。军改徐徐启动，我们部队的番号永存我军序列。

目录

引子 001

第一章　鲜花盛开的世界 011

第二章　云中谁寄锦书来 055

第三章　碧海青天夜夜心 111

第四章　莫愁前路无知己 165

第五章　永不消失的番号 233

引 子

那年七月的阳光像鸽群，能听到它们哗哗啦啦的扑腾声，还能看到满世界耀眼的光芒。我汗流浃背地赶到某海防旅政治部干部科门口，正准备喊报告，就听到里面有人在问："我的办公室在哪儿？电脑配置还可以吗？"看来又是一个对基层部队一无所知的"菜鸟"。"呵呵，等会儿你就知道了。"一个低沉的声音答道，应该是陈干事。我考上军校那年，陈干事是干部科的副连职干事，那些烦琐的手续还是他给我办的。那天他没有认出我，或许根本就对我没印象。

先我一步报到的是李肇强。陈干事问我们怎么现在才报到，李肇强说，学校有活动，才结束。我说，我也是。我其实是拎了一袋水果，请学校干部处干事把我的报到时间往后填了三天，顺道回了一趟家。前段时间，妹妹在电话中无意中说起，我娘病重，正住在县城医院里。我想，新排长报到后没有探亲假一说，再大的事自己也不好意思提起。没想到，那竟是我见娘的最后一面。那年冬天，我在新兵中队带新兵——新排长带新兵也是惯例。一个寒冷的深夜，我接到一个令我心惊肉跳的电话，待我赶回去时，千呼万唤娘已经不能应了。

我和李肇强报到时，集训队的集训已经开始几天了。刘大勇本来是住单间的，这下挤进来我俩，好在其他人都是四人一间宿舍。我们的行李托运到了，堆了半间屋子。我把被汗水沤湿的短袖上衣搭在空着的上铺，穿件白背心去了洗漱间。待我擦把脸回来，李肇强的家当已经摊开了，一副要安营扎寨的样子。我把日常生活用品取出后，把其他几个纸箱、包装袋一股脑推到床下。据说部队去海训了，很快就回来，也就是说我们的集训是临时性的。李肇强问刘大勇："都集训了什么？"刘大勇说："今天上午参观了旅史陈列馆，没有具体计划。"我一个"单杠二练习"上了上铺，李肇强愣了下，看了我一眼，目光又回到那本比砖头还厚的英文书上——后来听说他想考研。

　　天气热，集训安排的都是室内活动，如理论学习，听老基层讲带兵经验等。陈干事也来上过一次课，磕磕巴巴地读《解放军报》上的社论，下面鸦雀无声，大家该干啥干啥。下午四点照例是体能训练，跑五千米。金黄色的阳光洒满了树林、草地，这是一天中最宁静、美好的时候。我跑了三五圈转回来，李肇强在前面晃晃悠悠跟竞走似的，喘得像老牛拉车，又像老汉拉风箱。我超过他时尽量不去看他，同时尽量放慢脚步。晚饭后，有时候打打篮球，踢场足球；有时候分头行动，各忙各的。我溜出去找老乡、战友，营区里有几个留守的兵，有点熟，和他们扯扯我去上学后部队的一些事。李肇强很多时候像老首长一样转一圈就回来，打盆凉水，脚泡在水里，戴个耳机，继续悠然自得地看他那本英文书。刘大勇则安静地趴在桌上写写画画，还经常悄悄溜出去打电话。营房大门口有一排磁卡电话机，周末晚上人满为患。军人服务社有一台固定电话，打一回，除了上面显示的电话费，还加收一块钱的使用费。那时手机刚刚兴起，上级提倡少打电话多写信。每天晚上除了看《新闻联播》，我们都不看其他电视节目。

集训队那几个女队员常聚在一起，不时发出一阵嬉笑，声音不大，但直往耳朵里钻。她们穿天蓝色裙子的样子像湖面上的天鹅，估计是分到通信分队或旅医院的。我没和她们搭过话，因为自己拿镜子照过，知道自己已经由王子变回了青蛙。李肇强担任值班员，组织活动好像慢半拍，主要为照顾那几个姑娘。他还老拿眼睛的余光去瞥，怕她们落在后面，尤其是看那个叫张巧云的，他那眼神能抽出蜘蛛网来。那时我们还不太熟悉，彼此"端着"，不好意思开他的玩笑。刘大勇倒是磊落大方。那天我撞见他帮一个女队员提行李，从营房大门口到宿舍楼，他俩不紧不慢地走在前面，我跟在后面，感觉像是盯梢的奸细，浑身不自在。他看到我时，微微点点头，算是打招呼。附近一家炼油厂（后来才知道和我们是共建单位）的工人们曾前呼后拥地来打过一次球，有趁"主力"不在欺负"游击队"之嫌。我们在陈干事的带领下奋起反击，打得意气风发，对方的十几个漂亮的啦啦队员几次转向为我们欢呼。他们恼羞成怒，差点和我们打了起来。刘大勇打球，眼里只有球，心里只有一个目标——投中得分。陈干事几次站在篮板下冲他又跳又喊又拍手，他就是不传球，没让陈干事有"剪彩"的感觉。集训结束，陈干事让他去了最东边的小岛，不知和那次打球有没有关系。

有带兵经验的人瞄一眼就知道我们仨的"出身"。李肇强毕业于某地方名牌大学，尽管已历经一年军训，但对军营生活的理解还停留在"实验室"的理想状态。刘大勇是地方高中毕业考上军校的，从纸上谈兵迈向实地作业，那气场像是大将军。我是老兵，"土八路"，高考落榜后入伍，当了三年兵考军校，靠走"曲线"来实现自我价值。

我们渐渐熟了，说起各自参军的经历。我出生在湘西大山深处，高考失利，失魂落魄如范进没有中举，父亲整天阴沉着西伯利亚寒流似的脸。那年夏天，家里不时有鸡发瘟，一看到鸡病恹恹的样子，父亲马上给它补一刀，烧水煺毛打理干净，用微火熏出色泽诱人的样子，然后拎着去找表姨父。表姨父在乡武装部当部长，十几年了。秋天第一片树叶飘落，征兵的消息传来，表姨父帮我第一个报了名。我当兵体检、政审都顺利过关，表姨父唯一的"贡献"就是将我的年龄瞒了两岁，我本来已满十九了，他偏让我写十七。他说这样可以装嫩，多两次考军校的机会。这样一来，弄得我现在档案和身份证上的年纪不一样，上军校审查档案时差点没通过。很长一段时间里，我担心表姨父吃了瘟鸡后会生病，后来发现他照样红光满面，说话还是像放大炮，悬着的心也就放下了。表姨父是在炮兵排长的职务上转业回来的，身体素质好；此外，那瘟鸡是放过血的。

李肇强是山东人，他老爸在黑龙江漠河当过三年兵，退伍后被安排在县城一所省级重点中学保卫科看大门。尽管学历不高，工作一般，但因为长得帅且篮球打得好,他当数学老师的妈妈还是飞蛾扑火,非他老爸不嫁地嫁了。他老爸年轻的时候,一入秋就望着远方出神,自言自语:"这个季节,漠河该落雪了吧?"他老爸很希望他能上军校,最好是能回老部队当个团长或政委,自己也可以回去转转,那才威风呢。他平时学习成绩一般,高考超常发挥,是他有史以来考得最好的一次。他老爸让他填报军校,说上军校不花钱,不愁就业,当军官多帅气多神气。他答应了,是他妈妈在最后临门一脚时把他的志愿给改了,填报了地方一所院校,说舍不得他远走高飞,舍不得他吃苦受累:"俺家不缺那个钱,俺儿子大学毕业不愁找不到工作,以后也不愁找不到漂亮能干的媳妇。"上大学期间,有一次他无意中说起学校正在征兵呢,提到大学生入伍,退伍后可调整专业,能免除学费,还能拥有当地某一线城市户口,还有不菲的收入……他老爸在电话里喊道:"儿子,你还等什么呢?是爷们儿就当机立断,把握住机会呀!"他妈妈马上接过电话说:"咱们的专业很好,不需要换,去当兵等毕业了再说。"他知道,老爸就希望看到他穿军装的样子,看到当年自己的样子。后来,他如果打家里的座机,老爸几乎再没接过电话。他大学快毕业时,部队又来"招兵买马",这次他放弃了已签约的一家公司,穿上军装,实现了他老爸的心愿。

刘大勇的老家在江西瑞金,爷爷是老红军,爬雪山过草地,吃过树皮草根,参加过抗日战争。他父亲和两个叔叔都当过兵。他爷爷一生最大的遗憾就是几个儿子没出息,在部队时间都不长,在他奶奶的溺爱下，只是把当兵作为找工作的跳板。他父亲兄弟几个退伍后都在企业工作，没过几年红火日子，企业不景气，他们先后下岗。当时他爷爷的老部下还在一些部门任职，他爷爷也能说得上话，给几个小孩换个工作问题不大，但他爷爷犟着，就是不开口，说不能擅自利用自己手中的权力，哪儿有好处就往哪儿钻。很长一段时间里，爷爷和几个儿子的关系降至冰点，再加上几个儿媳嘀嘀咕咕，煽风点火，几家与老人，以及几家相互之间的关系都有点剑拔弩张，充满火药味。只有几个孙辈一天到晚在老人跟前蹦蹦跳跳，欢声笑语，很得老人欢心。刘大勇是长孙，爷爷最希望他去当兵，去最远最苦最磨炼人的地方当兵，说那将是他一生的财富。所以，他高考后填志愿时除了军校还是军校。我们说他是红色土地里长出来的一棵壮硕的红色苗子。

周六晚饭前，陈干事说晚点名时政委将会来看望大家。那几天，我们按照建制连队一日生活制度开展工作，陈干事只是"名誉"连长。晚点名的号角刚响，大家鱼贯而出。政委和旅政治部主任晒得黑乎乎的，像两尊铁像似的站在排房外的空地上。那天的值班连长是刘大勇，他整队、报数，转身向政委报告，动作干脆利索，口令洪亮有力，看得出他军事素养硬扎。政委简单几句开场白后，说今晚参加点名目的有两个：一是检查人员到位情况，看有没有不假外出的；二是检查一下大家相互了解得如何，也就是"知兵"情况，因为我们是按照正规连队生活制度训练的。政委说话声不大，但每一个字都像是从胸腔里擂出来的。

旅里对基层带兵干部的基本要求是：一天知姓名，三天知家庭，一周知全情。"知兵"点名分两种形式：一种是带兵干部背对官兵，不看花名册，把全连官兵的名字一一叫出来，叫到谁，答到后跑步离开队伍，另成一列，这是最基本的要求；更高层次的考验是不仅要叫出名字，而且要说出其籍贯、出生年月、家庭情况、性格特点，并且对其近期的工作表现、精神状态等有一个简短的点评。两相比较，面对面要容易一些，至少每一张熟悉的面孔能够勾连起很多记忆。

"谁自告奋勇上来试试？"政委问道。队列纹丝不动，只能听到微风拂过衣襟的声音，每个人都感觉到身体在晃，每一秒都很长。

旅政治部主任看了看政委说："今天就不搞面对面、背对背，也不说每个人的情况了，只要站在前面，不看花名册把每个人的名字叫出来就行了。"

政委又问："有谁能做到？再没有人站出来，我就指定了。"就在这时，我鬼使神差地喊了声报告，跨前一步出列。

"好！就是你了！"政委说。

我上前把集训队三十多个人的名字报了一遍。其实，我并没有刻意去记大家的名字，这只是我当新兵班长时养成的习惯，记住别人的名字是尊重，也是为工作方便。政委问我是哪个学校毕业的，我说出那个并不响亮的名字。听说我是从这儿考出去的，又回到这儿时，政委显得很高兴。政委以前是政治部主任，我认识他；当然，他不认识我。

我在新兵中队带过三个月新兵,对于"点名"这一套十分熟悉,有段时间还很反感,觉得这是"形式主义"。知兵,是要真正从心底关爱他们,把他们当作同胞兄弟,甚至是父母临终遗言务必好生照看的兄弟,只有这样,彼此的心才能贴在一起。上了三年学,我改变了一些认知,内容为王毋庸置疑,有时候形式也是需要的。内容需要形式来体现,如果完全没了形式,内容就没附着与体现的载体。

政委和旅政治部主任的突然出现,意味着前方海训已经结束,部队很快就会回来,集训队解散也就在这两天。果然,第二天,旅政治部主任满面春风地来和我们座谈,换一种说法就是集体谈心。开讲前,主任讲了一个小故事,说是前几天刚发生的一件真实的事情。按照上级要求,旅里将新组建一个连队,让全旅各连选送一名最优秀的战士到新连队去,确保新连队的战斗力。某连连长,一个能力不错,连队发展势头也不错,号称"小李云龙"的连长经过一番"慎重"考虑后,竟然将一个小错不断、大错不犯的"后进"战士当成典型推了出来。没过几天,旅党委会议决定,鉴于该连长的综合素质,将他调到新连队担任连长,以便使连队建设尽快走上正轨,迎头赶上。主任顺着这个话题向大家提问:怎样才能带好兵,当好排长,迈好在军营的头几步?李肇强坐在窗户边,正扭头向外张望,没想到主任会首先让他回答。李肇强说,带兵要一碗水端平,具体到每个兵,就是要用情用心;至于个人与集体、团队,要有大局观念、整体思想,只有这样,才能上下拧成一股绳,才能打胜仗。主任又问了几个新兵,他们都谈了自己的看法。其他几个新兵都起身立正，以说报告词的语速和音量回答，只有李肇强坐在座位上，一副泰然自若的样子。主任好像并不在意每个人的答案，说这个没有标准答案，每个人有自己的特点和特长，每个兵都是一把"心锁"，需要独具匠心的心灵钥匙才能打开，这需要艺术，更需要真诚与热情。座谈会快结束时，主任特地问："大家谈对象没有？有的要珍重，没有的要慎重。"几个女队员嘻嘻地笑。刘大勇和我坐在一起，一副事不关己的样子。

座谈会结束，陈干事宣布了每个人的去向。我去通信营通信连担任排长，李肇强去工化营道筑连担任副连职排长，刘大勇去了最偏远最艰苦的外岛——据说是他自己要求的。

因为那段短暂的集训经历，我们几个后来尽管难得相聚，但彼此总觉得更亲近。刘大勇偶尔回旅部开会办事，就到我们连队蹭饭。有时我叫上李肇强，三个人躲在某个角落里，就着几个卤菜吹一瓶啤酒——那时部队还没有"禁酒令"。我们就是吹吹牛，说上几句在战士面前不适合说的牢骚话。刘大勇酒量不行，一瓶下肚，就脸红脖子粗，掏心窝子话都说出来了。有一次因为感情上的事，他说着说着就泪流满面，呜呜地哭了，弄得我和李肇强不知说什么好。李肇强他们连队就在我们隔壁，我们常见面，他的事我知道一些。他很想干好，干出点成绩。刚开始，他和连队干部，和排里几个班长相处得疙疙瘩瘩、别别扭扭，后来实施"无为而治"，放手让几个班长去管理。有段时间，传闻他提交了"退伍报告"，再后来听说他终于融入群众了，和战士们打得火热，玩出不少花样，有的还小有影响。这些他从未对我提起，我也装作不知道。

通信连是我的老连队，四年以上兵龄的兵我都认识，有的还是我带的新兵，如陈华、徐涛、刘旺等。我去上军校前，我们还一起照了张合影，后来也一直保持联系。我当年的连长是现在的营长，当年的指导员是现在的副教导员。因为熟悉情况，所以沟通顺畅，工作上手也快。几年来，好像我从未曾离开过连队，猪圈还是那个猪圈，菜地还是那块菜地，水井还是那口水井，杂物间还是那个杂物间……

那年年底，我去带新兵了。新兵训练结束时，我选了几个军事素质好的放在我排里，作为"种子"培养，多年后，他们也许是我的骄傲。江流影这个兵当时我真瞧不上，不但长得像个娘们儿，做事也像。他个子高挑瘦弱，说话轻细缓慢，就连匍匐前进、据枪射击、跑步投弹也好像要讲究风度，注意姿势优美，不紧不慢的。优点就是心细、踏实，射击训练五发子弹每次都能打出四十五环以上。分兵的时候，我看到他讪讪地望着我，几次欲言又止，弄得我好像也成了娘们儿，于是招了招手，让他跟我走。后来，我每每回想起他那一刻欢天喜地的样子，心里就隐隐作痛，那是他对我的多大的信任呀。

第一章
鲜花盛开的世界

晚饭后,那边的篮球场、足球场上,一群战士身着体能训练服、运动服,像非洲角马一样奔走,哨声、叫喊声不时传来。军副政委和旅政委边说话边向连队走来。我们连队挨着营区主干道,地理位置很不好,针尖大点的事机关都知道。我紧张地瞟了一下上等兵江流影。他还在翻那本巴掌大比小学生用的《新华字典》薄一点的红壳子《内务条令》。军副政委和旅政委快走到连队门口了,江流影把摊开的《内务条令》往桌上一扣,站了起来。我的心跳到了嗓子眼儿。糟糕!这小子可能又犯病了。

江流影整了整腰带和衣服下摆,一阵碎步小跑。当他站在能容纳六辆解放141并排行驶的主干道旁,举手敬礼时,我紧跟在他身后,也举起了手。我的手很快就放下来了。他还举着。军副政委和旅政委半侧着身子,小声说着什么,缓步向前。在这种情况下,首长们只是从连队一侧的主干道上路过,没有要进来的意思,就不用郑重其事地跑过去敬礼,只需要站在哨位上行注目礼就行了。江流影的手一直举着,目光随着军副政委和旅政委的脚步移动。两位首长已经走过江流影几步远了。军副政委扭过头,微微颔首。"将军,《内务条令》里没有点头这一礼节！"江流影身体绷直，目不斜视，手还举着。"哦，小鬼，很精神的嘛，条令也学得很好。"军副政委停住脚步，转过身来，笑着对江流影说。"将军，《内务条令》里没有'小鬼'这一称谓，在知道名字和职务的情况下，可以称呼名字或职务加同志；在不知道名字的情况下，可以称呼军衔或军衔加同志。"江流影脖子上像爬有数条扭曲的蚯蚓，青筋毕露。军副政委看了我一眼，笑容僵在脸上。旅政委拉了一下军副政委，耳语几句。军副政委整理了一下衣服，两肩向后一收，昂首，挺胸，举手："上等兵同志，继续履行你的职责！""是！"

  江流影是我排里的兵。他犯病时，外人一般看不出来，只有我和我们排的人知道。但凡有下列情形之一，就表明他犯病了：见到军衔比他高的就敬礼；军衔比他低的列兵见到他不敬礼，他就吐口水，骂娘。他不是班长，连小组长都不是，但他自己配了一只一般只有班长、骨干才有的哨子，双休日早上六点就吹起床哨。本来周末六半点起床，推迟半小时，可他一遍又一遍地吹，直至全连官兵起床，扎上腰带跑一圈回来。打雷下雨的时候，他扛把铁锹冲进雨地里，连爬带滚，连哭带喊："再救一个！"熄灯后，他把我拉到工具间，一会儿说他女朋友孙彤跟别人好上了，不理他了；一会儿说她逼他马上结婚，他还在部队呢，这可怎么办？有次外出弄丢了士兵证，他担心被坏人捡了去，遗落在凶杀案现场，赖上他，致使他被五花大绑押走……"班长，我没杀人，真的没杀人……"我的手被他掐得青一块紫一块的。有一次，一个列兵的家长出差路过驻地，顺便来连队看看。江流影拉住人家，口若悬河，滔滔不绝地说起他在海地维和时，当地蚊虫很多，走路不用费力气，蚊虫抬着像腾云驾雾一样；讲参加亚丁湾护航，他一枪让一个海盗"爆头"，接连"秒杀"三个海盗，其他的海盗吓得面如土色，举着枪跪在晃荡的小快艇上不住地求饶……说得有鼻子有眼。列兵家长对他顿时肃然起敬，即使他不抽烟，也不住地让，叫他班长。直到他说在长征路上吃草根嚼皮带，咽不下也拉不出；抗日战争中和日军拼刺刀，血溅得迷住了眼睛……不然岳飞怎么会写出《满江红》那么豪迈的词呢？列兵家长这才觉得有点不对劲。

群山如疮，满目废墟。热浪一股一股地掀过来，夹杂着浸入肌肤，刺入骨髓，绕不开、洗不掉，令人作呕的恶臭。

地震，与死神赛跑的时间已经过去了，接下来就是与自己赛跑。

江流影翻过一块巨石时，腰一闪，几乎跌倒。平时还算合身的迷彩服这时套在他身上就像用根竹竿挑着，湿漉漉的，背上的"盐碱地"又一次被水淹没。江流影是我带的新兵，我给他打过洗脚水，给他挑过脚上的血泡，用白酒给他揉过扭伤的脚踝……现在，我到哪儿他都跟着，我们形影不离。"就是这儿！"我喊了一声。江流影慢慢转过身，醉酒一样，蒙住大半个脸的白口罩上印出一张黑色的嘴，像猪八戒。我想，我可能也是这个样子。

一群绿头苍蝇趴在浮土碎石上。我一铁锹挥过去，绿头苍蝇轰的一声散开，很快又飞了回来。这下面有人，而且埋得不深。我小心翼翼地从周边开始刨起。江流影像考古似的，一点一点地扒，像是怕惊醒下面沉睡的人。很快挖到一层浇过油一样的湿土，遗体被清理出来了，是个老年男性。我把裹尸袋摊好，打开。江流影眼睑低垂，铁锹始终机械地在遗体周边扒来扒去。"搭把手！"我喊道。将遗体搬进裹尸袋需两个人抬。江流影犹犹豫豫地伸出右手，塑胶手套戴在上面，僵得像根木棒，那样子好像是想让老人抓住，叫他自己爬出来。我一咳嗽，江流影浑身一抖，抓起一只紫色的肿胀得像吹了气一样的手。刚一碰，那只手上的烂肉、尸水就扑扑地往下落……他抓起骷髅手用力一拉，没想到整只胳膊竟从腋窝处脱落。江流影一屁股坐在地上，终于看了一眼坑里的遗体，遗体突兀的眼球里有绿水正缓缓流出……啊！江流影像是被火灼伤一样将手里的胳膊扔出，蹲在地上哇哇直吐。直到我把遗体一点点挪进裹尸袋，收拾停当，他还在吐，吐的都是胆水，没有星点食物。我们已经好几天没吃东西了，吃什么吐什么。

晚上，我硬逼着自己喝了点稀饭。江流影嘴唇一沾碗沿，就立刻侧过头哇的一声，放下碗，眼神空荡荡地坐在那儿，一会儿，走开了。我端起他的碗，添了一点稠的，跟了过去："吃！必须吃，吃了才有劲，明天还有活儿等着我们呢。"江流影看了我一眼，端起碗，喉结滑动了一下，吐得比刚才还狠。那翻江倒海的架势，比女人的妊娠反应还强烈。

夜晚，帐篷里又闷又热，躺着、侧着、靠着、坐着都不舒服，恨不得抓胸挠膛。烙饼一样折腾许久，终于迷迷糊糊睡去。帐篷里依稀有脚步声，野地里全是哭声，喊声，呼儿唤女声，哭爹叫娘声……我被一个接一个的噩梦惊得大汗淋漓。凌晨五点，外面还灰蒙蒙的，川北高原天亮得迟，这时候的江南早就鸟儿欢唱，天大亮了。我翻身坐起。一旁，江流影一会儿翻身，一会儿屈腿，从频率来看，估计他还在寻找身体和"床"（地上铺一床棉垫）相互适应的最佳姿势与角度。一条纤细的像幼蚕一样的虫子在他手臂上一弓一伸地前行。我们老家管这种虫叫"量布虫"，很形象的。"量布虫"沿着他黑细得跟烧火棍一样的手臂往上量，眼看要量到肩上了。我突然想起白天的一幕，心一紧，伸出右手，食指与拇指配合，轻轻一弹，"量布虫"从江流影肩上飞了出去。"啊！"江流影惊叫着坐起，双手紧抱于胸前，浑身像浇过一盆冰水，牙齿咯咯作响。有人问一声，有人咕哝几句，帐篷里很快恢复了平静。那几天，这种惊叫声很平常。

　　天，终于亮了。我们又出发，重复昨天的故事。

　　江流影好像没有那么害怕了，但动作更迟缓，一举一动像电影里的慢镜头。大多数时候是我抬上半身，他抬脚。我们低着头，盯着自己戴有塑胶手套的双手，尽量避免和遗体面对面。将遗体放进裹尸袋，拉上拉链后，狂跳的心似乎缓和了些。"排……长，我……在战备仓库里第一次看到裹尸袋，心里就发毛。一张普通的塑料做成雨衣觉得稀松平常，做成裹尸袋就感到像一个幽灵躺在那儿，朝着它一侧的皮肤都起鸡皮疙瘩。现在我觉得……裹尸袋还是蛮好看的……"我和江

流影又将一具高度腐烂的遗体顺利地装进裹尸袋。这是几天来，江流影话最多、语气最轻松的一次。我"嗯"了一声，没在意，在意的是他怎么口吃啦？后来，我一直后悔不已，没有把握住那次机会和他好好交流。挖、装、抬，整个过程中，我们有必要说话时，就像下战斗口令一样，说军语。闲谈，没那份心情，加上要保持体力、精力，还有那股无孔不入、不可名状的恶臭，一切让我们谨记"沉默是金"。尽管口罩上喷有风油精、花露水以及不知名的香水，却总是掩不住那股臭味。

傍晚时分，下起了雨，越下越大。帐篷外的排水沟响起哗哗的水声。凉快了，恶臭也淡了。帐篷里充满了呼噜声。

"嘟、嘟、嘟——"三声急促的哨声后，又是三声。紧急集合？发生余震了？黑暗中，人影绰绰，穿衣服，提裤子，拉鞋子，拎工具，一阵混乱，很快有人点亮马灯。一个撕心裂肺的声音从风雨中传来："救人呀！快来救人呀！"

雨地里，江流影穿着棕色汗衫、深蓝色大裤衩，踉踉跄跄，摇摇晃晃，拿着铁锹边哭边喊边挖。他穿的是体能训练服，我们都当睡衣穿，行动方便。他挖的是一块有合抱之粗的麻石，铁锹不时撞在石头上，火星直溅……他扔下铁锹，一屁股坐在泥浆里，用手去刨……"救人呀！"他大喊一声，鼓起腮帮吹响挂在脖子上的哨子，这时我才注意到他脖子上有个哨子。红绳头？我一摸裤子口袋，我的哨子怎么落到他手里了？

江流影就是这样犯病的。我不厌其烦地把详细经过向随后赶到的几拨心理专家描述。如果再详细一点，就是我在编故事了。

心理专家们甚至把江流影当作实验攻关对象，围着他，各尽所能，使尽浑身解数，什么单个谈心、集体上课，什么心理疏导、心理保健、心理按摩、心理体操，什么"闪回"法、"植入"法、"眼动脱敏"法，什么唱歌、游戏、绘画、倾诉等方法。这些，对有些神情恍惚的兵还奏效，可对江流影来说就像箭镞射在麻石上，纷纷坠落。

从北京来的心理专家带来一台"战地心理恢复车"。士兵们戴上耳机，手腕连上一根线后，电脑屏幕上顿时呈现出狂风暴雨抽打着荒原上的一棵枯树的景象。随着专家的提示，士兵们调节呼吸，放松心情，想象专家描绘的世界，渐渐地，暴雨停息，枯树变绿，抽出新枝，满地蘑菇生长，鲜花盛开，鸟儿欢唱，天边出现一道彩虹。

我们把江流影牵到椅子上坐下，给他戴上耳机，手腕连上一根线，任凭专家像哄小孩入睡一样，喃喃絮语，电脑屏幕上始终是一片世界末日的景象，天昏地暗，雷鸣电闪……

江流影已沉浸在自己的世界里，外界的影像映射不到他心田里去了。

有人说，江流影之所以发病，是因为他太胆小了。

隆冬时节，北风呼啸，前几天才下过雪，不远处的山顶、山腰上残雪斑驳。我站在靶台一侧，望了望一溜儿进行卧姿射击训练的士兵。

这是新兵第一次实弹射击。平常射击训练我不准他们戴手套，队列训练可以。别的排我管不着，我排里的兵绝对不允许，好多兵的双手生冻疮，皲裂，冒血。我知道他们恨我，背后也许诅咒过我多次，但这时他们应该体会到了我的苦心，上战场哪有戴双棉手套瞄准开枪的？

"砰砰砰……"一阵枪声响过，百米开外的报靶指示牌开始比画，只有江流影前方没动静。五发子弹在规定的时间内打完，江流影落在最后，还好成绩不算丢人。后来，我问他怎么回事。他说，旁边靶台一声枪响把他吓蒙了，好一会儿他才缓过神。

给新兵开第一次排务会，我敲着桌子说："当兵就要有兵的样子，要有股虎气、杀气、朝气，不要细皮嫩肉娘娘腔！我们是野战部队，武器装备科技含量不高，初中文化就能摆弄。我们首先要把自己摔打得像头壮牛，赤手空拳能对付三五个人，不然，就是耻辱！"江流影搽过粉一样的脸红一阵白一阵，眼睛盯着脚尖，双手平放在膝上，始终没有抬头。我知道他大学读了一年，保留学籍入伍，想改弦易辙考军校。

连队门口摆了一副水泥浇筑的杠铃，一百五十斤重。饭前，会后，士兵们围着杠铃炫耀武力。"江流影，上！"嬉笑声戛然而止。众目睽睽下，江流影躲闪了一下，最终还是走过去，躬身抓起杠铃，拎到腰际，脸红脖子粗，使出吃奶的力气，却再也上不去了。"砰"的一声，水泥地上多了两道白点。人群里笑声还没爆响，我不紧不慢走向前，将杠铃连举十下后轻轻放下，然后从容地吹响哨子："集合，开饭！"

这个星期，我负责连值班。

连长说，衡量一个班的战斗力，不是看最强的士兵，而是看最弱的士兵。这就是所谓的木桶理论。五千米跑步，连队总是以最后一名的成绩作为我们排的成绩。我们排最后一名铁定是江流影。为了不至于让排里的成绩太拿不出手，每次跑步，我除了帮江流影背枪，背手榴弹（假的，教练弹），背水壶，还要像猴子一样跳着给他鼓劲加油。最后实在没招了，眼看他摇晃得像根面条，差点口吐白沫，我掏出事先准备好的背包带，拴在他腰上，在前面像匹马一样拉着他跑。

江流影的九五式冲锋枪射击练习，几乎每次都是优秀。我曾动过念头，想把他培养成"神枪手"，旅里每年秋天有射击大比武，层层选拔，如果参加军区一级大比武夺得名次，普通战士有望立二等功。我把想法跟他说了，他说，他的眼睛当兵前做过近视纠正手术，视力虽然不差，但瞄准射击时间一久，就流泪难受，晚上火辣辣地痛。他谁也不敢说，就告诉了我。

我和江流影"结对子"是自然形成的。"一帮一，一对红"好像是二十世纪六七十年代军营里的事，现在虽然不这样叫了，但还有"一帮一""结对子"活动。有我的地方就有江流影；有江流影出现，我肯定在不远处的角落里。实弹投掷，我就站在他身后；游泳训练，我在离他自由泳几手臂的位置；水利施工，我和他搭档抬一个柳条筐或推一辆小车。我俩像太阳底下的人和影子，虽然大多数时候觉得没什么，但有时候背这么个"包袱"，我会觉得很累赘。

连队要挑一个兵到通信执勤中心程控机房去值班。我极力推荐江流影。江流影通信专业学得不错，电脑玩得溜，各种电子产品一捣鼓就会，最主要的是他的性情适合于整天待在有空调的屋子里。连里说什么也不同意，最后还是连长道出其中的玄机——江流影长得太帅了。通信中心那么多叽叽喳喳的女兵，就算他不动心，却保证不了别人不对他动心。哦，难怪通信执勤中心的男兵都跟"歪瓜裂枣"沾边。领导考虑问题就是不一样，有全局观念，不服不行。

我想把江流影推出去，堂而皇之的理由是为了帮他，为了我们排的荣誉，其实也有我个人的"小九九"，我想冲击军事训练先进排，我想两年调副连。我的起点低，当了三年兵费劲考上军校，还是个大专，如果进步再慢，几下一折腾就到了军官服役最高年限，就会被淘汰回家。我不一定能当将军，但我想当一辈子兵，穿一辈子军装。

我不动声色地开足马力带领全排往前冲，江流影是最大的拖累。

不知是谁走漏了风声，江流影知道我推荐他去通信执勤中心，没成。他的话更少了，很长一段时间里像做错了事的小孩，说话不敢看我的眼睛。

对于一些拎不上手的小事，江流影像"赎罪"一样抢着干，如打扫我们排的卫生包干区、帮厨、积肥、去机关出公差等，这些恰恰是我不愿意让他去做的。他应该把这些时间利用起来学习。我还指望他考上军校呢。若干年后，我们排里如果能出一个军官甚至将军，我这个排长也觉得脸上有光呀。为此，我几次把他从出公差的队列里叫出来。

星期五晚上，排房里就我和江流影，其他人上网、看书、打牌、打电话、看电视去了。江流影给我打了盆洗脚水。情况反常，我望着洗脚盆里摇晃的日光灯倒影，大脑有点短路。趁我洗脚的工夫，江流影递过请假报告单，说他想周末上街买考军校的书。我问他：知道在哪买，认得路么？他说上网查过，知道。这是他当兵半年多来第一次请假出营门。出门前，我又让他把总部、军区规定的"十个不准""十个严禁"背一遍。他比我背得还顺溜。

江流影超了一个小时零五分钟的假。这个数字，是我等在营房大门口，掐着手表计算出来的。如果以他回到连队销假为准，时间还要更久。他是打车回来的。出租车在营房门口停下，他下车时我没认出来，才一天光景，他像是在江湖上历经磨难，九死一生，一边脸像没刹住车一样蹭破了一层皮，细密的血迹已结成点点血痂；一边脸像刚出笼暄腾的馒头，肿得发亮，两边各具特色，很不对称。月白色长袖衬衣皱皱巴巴脏兮兮的，像汽车修理工的工装。纽扣只剩下脖子下那一颗。衣袖和前襟裂了好几道口子，有的丝缕相连，很明显是蹭破的；有的呈三角形，像在钉子上挂破的。膝盖处也破了。不是打架挨了一顿狠揍，就是跌跤了——跌的还不是普通的跤，是从陡峭的山崖上滚下来，跌了好几跤。

我像封炉膛一样，将火气压了又压。"是不是和人打架了？""不是，跌跤了。""碍事吗？""没事。""书呢？""没……买到，我让家里网购后，给我寄来。""吃过了吗？""没有。""快去吧，给你留饭了，还热着。"从营房大门口到连队有老长一段路，我们就说了这么几句话。基本上是我问，他答。

后来，我又问过他两次外出碰到什么事了。他的回答始终是那三个字——跌跤了。我让他在排务会上做出书面检查，挖掘超假一小时零五分钟的思想根源。连队同意我的处理意见。

这件事好像并没有了结。不久，他考军校的书寄来了，他竟然说士兵证外出时丢了。没办法，我又去营里开证明，去邮局给他取书。我不敢再让他外出了。

江流影不是一个好兵，最起码不是一个优秀的兵，但他有理想有志向。

天擦黑。我们的车队刚进灾区，就被哭喊的群众堵住了。在泣不成声的诉说中，我们知道了哪里灾情最严重，就往那里跑。

一栋六层教学楼已夷为平地，砖石遍地，水泥板耸立。成百上千的家长或围着废墟，或翻扒瓦砾，或攀爬在残垣断壁间，呼唤，寻找。每一声呼喊都牵肠挂肚，每一张脸都泪雨滂沱。"解放军来了，我们有救了！""解放军，快救孩子们吧！"拉上警戒绳，不用劝说，家长们立即离开废墟。

我们带着钢钎、铁锹等简易工具冲进废墟，迅速行动起来，有工具的奋力挖，没有工具的就用双手刨。第一个孩子被救出来了，家长紧紧搂住孩子，长跪不起。一个接一个孩子被救出来，家长抱住送孩子的兵，泪流满面，语无伦次地说着感激的话。每挖出一具遗体，场外那些还没等到自己孩子活着出来的家长就爆发出阵阵撕心裂肺的痛哭声，像锥子一样扎着每个官兵的心。

我们在呼喊，在奔跑，用锹挖，用钎撬，用手刨，用脚蹬，泪水伴着汗水，汗水搅着泥灰，展开一场与死神的殊死搏斗，一场与生命希望的接力。我们挖出一具具小小的遗体，有的紧紧抱着书包，有的握着半截铅笔，有的还双手端着课本，有的已支离破碎，惨不忍睹……

"小朋友，能听到我的声音吗？"

"叔叔，救救我！"

"爸爸妈妈，救救我！"

孩子们微弱的呼救声从不同角落里传出。

我跪在地上，紧握工兵锹，像赛龙舟时挥桨一般，奋力将一块块断砖碎石扒开，江流影在一旁用脸盆飞快地将扒出来的断砖碎石搬走。空间太小了，锹碍事，我丢开锹，用手刨。在一块沉重的水泥板下，我们找到两具孩子的遗体。这时，我的十个指头钻心地痛。

突然，旁边的缝隙里传出惊恐的呼救声："叔叔，我在这里，快来救我！"我的手指痛感顿时消失。我和江流影像两只穿山甲，又像两只土拨鼠，身后砖石翻飞。"小朋友，坚持住，叔叔这就来了！"我边刨边喊。江流影始终抿着嘴，一声不吭，只是不住地刨。"小朋友，看得见手电筒光吗？"我摁亮手电筒。"看见了。"在碎石和水泥块

间，露出一张被泥灰和血浆模糊的小脸。我们小心翼翼地搬开碎石、混凝土，小孩头部周围清理出来了，身子却被一块水泥板死死卡住，水泥板上还压着一条粗大的横梁。吊车和挖掘机在哨声和喊声中轰轰隆隆开进，横梁被切断，移走，水泥板被搬开，欢呼声中，小孩终于获救了。

夜深了。大雨倾盆。

废墟外挤满了一张张焦急的脸，一双双期盼的眼睛。家长们用一切可以照明的工具照亮我们掘进的路，奔跑的路，通往生命曙光的路。风声、雨声撕扯着挖掘声、哨声、机械轰鸣声，更有那抓心挠肝的哭喊声，"是男娃还是女娃？""叫什么名字？""几年级？""是不是穿红衣服？""脖子上有没有挂钥匙？""娃，我是爸爸呀……"

江流影脱下雨衣盖在一块水泥板上，废墟下，一个孩子睁着又黑又亮的眼睛，就那么揪心期盼地看着他。他伏下身子，把头伸进洞里，双手不住地刨。他头顶的横梁上躺有两具孩子的遗体，雨水混合着鲜红的血水浇在他头上，脸上，迷住了视线。他想先把那个大眼睛的孩子救出来，他肯定还活着，不然不会那么看着他。我跪在江流影身后，将他刨出来沾有淡淡血痕的石头、砖块、混凝土搬开，尽量把洞口弄宽敞。洞太小了，刚容得下江流影单薄的身子。

"嘟、嘟、嘟——"尖厉的哨声响起。余震来啦！快躲！大地开始试探性地晃动。

我一把抓起江流影的双脚，哧溜一下将他拖往出口，拉起他的手就跑。我们作业的旁边有一堵平坐下来的危墙没倒，但已摇摇欲坠。没跑几步，江流影猛地甩开我的手，掉头跑回洞口，身子一趴又钻了进去。大地剧烈晃动，好像有巨兽在地下不停地拱，危墙上像闪电划过，瞬间裂缝纵横交错，密得像蜘蛛网，墙顶，砖石土块扑扑地往下落。

"江流影！你给我回来！"我刚要冲过去，有人从后面死死抱住我。

江流影身子一躬，退了出来，怀里紧紧搂着个孩子。他转身刚跑，轰的一声，危墙倒塌，雨中腾起几缕细淡的灰尘，将窄小的洞口堵得严严实实。我冲向前接过孩子，孩子小小的蜷缩的身躯冰凉冰凉的，还是睁着大大的眼睛看着我，看着我们。

"该死的地震！"我仰头大喊，发疯一样。

江流影抹了一把脸上的血水，就那么怔怔地站着，一动不动，任凭雨水往他身上浇，任凭风往他身上抽……

回忆起舍生忘死八天八夜的点点滴滴，我们每个人都声音嘶哑，眼眶潮湿。江流影竟然没有发出过任何声音，没哭过，没喊过，没叫过，甚至没有泪水。他只是默默地奔跑，默默地刨土搬石，十个指头血肉模糊，胶带缠了一次又一次，缠上又脱落，脱落再缠上。

江流影胆小吗？我说不清。

黄昏时分，我们排几十号兵赤条条地站在井台上冲澡。井口像一面硕大的镜子，水满的时候蹲在井边用脸盆就能舀上来，水浅时用背包带拴一个红色塑料桶三五下就能拎上一桶。哗啦，一桶水流像飞瀑一样从头顶浇下，尖叫、嬉笑、打闹，乱哄哄的，像群南极企鹅，场面蔚为壮观。其他人都光着白亮的屁股（我们身上只有屁股是白的），只有江流影不肯脱掉那条配发的制式裤衩，用毛巾在裤衩里掏呀掏的，一桶水冲下，裆部顿时鼓鼓囊囊，沉甸甸的。满脸"红高粱"的下士从后面一把将江流影的裤衩扯到膝盖处，江流影追出几步，在井边的草地上和下士扭打在一起。江流影像是发狠了，专拣下士的要害处打。下士见势不妙，抱头鼠窜。从那以后，江流影洗澡和大家一样，光屁股。他用拳头和光屁股表明他是纯爷们儿。

江流影第一次站军需仓库的夜哨是我带的。军需仓库位于一个僻静的山坳里，从营区到仓库以队列齐步走的速度行进，约需十五分钟。白天，我带着他把哨所周围的地形地物熟悉了一遍，哪儿有棵树，哪儿有座坟包，哪儿是观察的死角等，必须做到心中有数，不然一有情况就抓瞎。晚上，我让他把现场与白天观察到的景物相对照，告诉他走到第几棵树下必须回头，看看屋檐下的摄像头是不是好的；碰到紧急情况，在拉响警报的同时，第一个电话应该打给战备值班分队，不能打给旅战备值班室，更不能打给旅首长。我们演示了一遍，距离来人多远问口令；当对方答上口令后问回令时，要立即回答，声音要严厉，底气十足，富有穿透力，千万不能吞吞吐吐、犹犹豫豫、躲躲闪闪……从上哨到下哨，江流影紧跟着我，像怕走丢一样。

我没想到江流影第一次上哨就"冒泡"（"冒泡""拉稀""捅篓子""掉链子"等是军营行话，意即关键时刻顶不上去）了。那晚江流影是第三哨，夜里十一点到十二点，是被查频率较高的时段。对此他早有准备。已经来两拨了，一拨是机关督查组，一拨是连队干部。江流影按正常程序问口令，报告警戒情况，填写查哨登记表，一切顺当。望着他们在夜色中逐渐消失的背影，江流影甚至盼着有人来查。

月至中天，虫儿在草丛中浅吟低唱。江流影快要下哨了。突然，远处树影里冒出一个高大的黑影，快步向这边走来。哟，那黑影居然穿的是便装。前几天驻地发生了一起凶杀案，警方的通缉令都贴到了营房门口，连队晚点名时也说了这件事，让每个兵，尤其是哨兵要提高警惕。莫非……江流影紧张得手心冒汗。

到了喝问口令的距离了，对方愣在那儿，答不上来，更没有问回令。江流影冲向前，一膝盖顶在黑影腰部，一记"捕俘锁喉拳"将黑影放倒在地……拉响警报、电话报告战备值班分队等一套程序他全忘了。黑影被江流影死死地按在地上，喘着粗气，狂躁得像头熊，骂骂咧咧的，一会儿说自己是某某某，一会儿说自己是副连长，一会儿问江流影叫什么名字……不对呀，他竟然报出连长、指导员和排长的名字，还问他是哪个班的……这时，接哨的来了。

接哨的是个上等兵，将他们拉开，哭笑不得。黑影是外出学习刚回来的副连长，他放下行李，洗漱后没有睡意，在营区里走走，转了好几个哨位都没事，转到自己连队分管的哨位，被列兵江流影给了一个下马威。

副连长一回来就几天没出操，到食堂吃饭、去厕所蹲坑都扶着腰，一脸痛苦，像痔疮犯了一样。他描述的事情经过是这样的：当他快走到哨位时，发现那儿没有像往常一样有哨兵站立或来回转悠，他正纳闷儿，突然响起一个尖细、古怪的声音问口令。他愣住了，寻思这是什么声音，从哪儿发出的。还有，他确实不知道那晚的口令，出门时忘了问连队自卫哨。就在他愣神的一刹那，有人从后面猛地顶住他的腰部，扼住他的喉咙，将他按倒在地，幸好那家伙身子骨单薄……

江流影的说法是：快下哨了，估计不会有人来了，他躲在树影里观察。看到一个像黑熊一样的影子向这边走来时，他想，只有用智才能应付。他按下口袋里的遥控器，哨位上他设置好的袖珍音箱立即发出声音，问口令。对方站在那儿答不出来，他就趁机上去了……

江流影懦弱吗？我也说不清。

每一扇窗户都是用钢筋焊死的，电灯悬得很高，跳起来伸手都够不着，桌椅都是生了根一样固定的……我像走进了一个梦的世界：有人像幽灵一样从我身边念念有词地走过；有人垂涎着口水冲我笑，我望着他，那笑好像又不是冲我的；有人又唱又跳，既没有观众也没有掌声……大多数人眼神空洞、虚幻地坐在床沿或椅子上，很久也不动一下。

012医院是我们部队治疗官兵在情感情绪方面出现的障碍的体系医院。平时士兵们看谁傻呵呵的，一副没心没肺的样子，就说是从

"012"跑出来的，或者说送到"012"去吧。

江流影变白了，长胖了，穿条纹状病号服（倒还合身），躬腰拍打着一个胖子的肩，轻轻哼唱："当你的秀发拂过我的钢枪，别怪我保持冷峻的脸庞，其实我有铁骨，也有柔肠……"胖子仰靠在椅子上，微闭着眼，像是入睡了。我在一旁悄悄坐下，待他唱完后，小声说："江流影，我来看你了。"江流影瞥了我一眼，目光如晃过一把椅子，一张桌子，脸又转向胖子。"江流影，我是排长。"我恍若在呼唤临终的病人，眼泪夺眶而出（这是我当兵七年来除了几次送老兵和上次抗震救灾，又一次流泪）。他茫然地看着我，害羞地笑了。他端坐了一会儿，起身，踮着脚走过去，看看四周，笨拙地打开我放在桌上的水果和牛奶，挨个儿发过去，给我和护士各发一盒牛奶，他自己掰一根香蕉津津有味地吃了起来。

"江流影，告诉你一个好消息，你立三等功啦！抗震救灾总结，上级分给我们排一个立功名额，连里开会，一致通过给你。"江流影举起香蕉皮像放纸飞机一样，瞄准角落里的垃圾篓，啪的一声，香蕉皮准确地飞进垃圾篓。他感觉嘴角沾有一根香蕉筋，用衣袖一抹。

江流影和我说过，如果他能立一个功，返校上课，就能改选专业，能减免部分学费。那时候听他的口气，当两年义务兵能立功是想都不敢想的事。这次，立功名额是平常的数倍（往年一年忙到头，一个连队就一个名额），分到我们排一个名额。尽管我心里有想法，连队干部也暗示我把握住这个难得的机会，在没有江流影参加的排务会上，我还是提出，这个功应该记给江流影，他在这次行动中表现很好，付出很多，我们不能忘记他。大家对于我的提议没有表示不同看法。

"他的情绪比来的时候好多了，还算稳定温和，没有什么暴力行为，有时候清醒，能恢复部分记忆，有时候什么都记不起来……"护士介绍说，"最难得的是，他经常帮我们安慰、照顾其他病人，唱歌，跳舞，讲故事，劝狂躁的病人要听话，像幼儿园里懂事的大孩子……也因此挨过好几次打。"江流影好像听懂了护士在表扬他，不好意思地眨着眼睛，神情像以前听到我在排务会上表扬他。

我像他们中的一员，默默地坐在那儿，看江流影呆坐，喝水，来回走动，嘴里念念有词，整理衣服、床铺，小声哼或大声唱，唱各种各样的流行歌曲，有的我从来没听过，唱的次数最多的还是《当你的秀发拂过我的钢枪》。有一阵子他撅起屁股，不住地捶打，很难受一样。我轻抚他的背问道："江流影，难受吗？跟我说说。"江流影说："屙不出来，捶松点。"我问医生才知道，他们吃了一种什么药后，三五天甚至一个星期拉不出大便是常事，平时要多喝开水，多吃水果。

从窗户探进来的日头的影子渐渐拉长。我得走了，不然就赶不上回部队的最后一趟车。从医院到我们部队有近三个小时的路程，中间要转一次车。转车时要路过一座已不通汽车只走行人的水泥桥，桥面很高，桥下水流湍急。站在桥上看，都市繁华，远处两岸青山像两条巨龙腾跃而来，风景秀美。夏日晚风习习，来桥上纳凉的人很多。就是这么个地方，驻地晚报偶尔刊登消息，有人想不开时，走路，骑车

（自行车、电瓶车、摩托车），开车，打车，赶到桥上跳下去。其中打车去的命要大些，出租车司机一听说去桥上的就察言观色，挽救生命于关键时刻。

我坐在固定的板凳上，看了一眼触手可及的军帽。那天我穿的是军装。《内务条令》加上连队的其他规定，非公务外出一律着便装。指导员说，我们的光辉形象是我们的先辈用生命和鲜血换来的，是我们在人民危难时刻拼着命攒来的，我们千万不要自己毁了自己的形象。尽管路上要几个小时，乘坐的是地方上的交通工具，我还是坚持穿军装来看江流影。看江流影应该和公务沾边吧。

江流影拿起我的帽子，摩挲着上面的帽徽，没头没脑地说："排长，她跟我分手了。"江流影叫我了！他认出我了！可再看他漫不经心的样子，好像这一个多月来我们从未分开过，就像是在连队。"她是谁？"我小心翼翼地搭话。"当然是我女朋友，但已经是前任了。"他啥时有过女朋友？在新兵中队时现场提问调查，十几个兵落落大方地站起来承认自己老家有女朋友，其中没有他。后来，我和他一个排房睡那么久都没听他说起过。"以前，别人都拿出自己女朋友的照片说事，不时爆料，怎么从没听你提过？""我脸皮没有他们的厚！""也没见你们通过信呀。""这年头谁还写信，打电话就是了。"嗯，周末，他的电话倒是蛮多的，通信员或连值日员经常扯着嗓子喊："江流影，电话，女的！"江流影闻声咚咚地跑过去，一聊就是半个小时，害得旁边想打电话或等电话的像憋着等蹲坑一样，急得团团转。"她叫什么名字？""孙彤，孙子的孙，红彤彤的彤。""有电话么？要不要我跟她说说？""021—84512345。"江流影脱口而出。

江流影把床单连同棉垫一揭，拍了拍床板，示意我坐过去。这个动作似曾相识。在连队是禁止坐床铺的。士兵们整天在野外训练，摸爬滚打，休息时席地而坐，回到排房如果一屁股往床铺上一坐，雪白的床单上立即会印出一朵水墨荷叶，既不卫生，也不整洁。所以，观察一个兵有没有不由自主地坐床铺，可以看出他平时的习惯养成。一进门，稀稀拉拉往床铺上一坐的兵，一般是机关兵或后勤兵。江流影当新兵时，就因为训练回来坐床铺，被我罚面壁"拔"了一小时军姿。

江流影挨着我坐下，像密谋一样，说他和孙彤是同学，大学里的，他们俩好得就像梁山伯和祝英台一样，她看他的眼神都荡着蓝色的浪花，也有金色的，紫色的，粉色的，橙色的，黄色的……好多种，每天每时每刻都不一样。"她爱吃巧克力，但她不胖。"他补充道。她当着很多人的面给过他一块，其他人都没给。也许给了，别人没要，他记不清了，反正只有他一个人有。那是什么？是爱的宣言，是情的宣告。在她眼里，他就是很特别，就是和别人不一样。那块巧克力他过了很久都舍不得吃，握在手里，直到化成一摊泥，一点一点舔着吃了。她用很好闻很好看很柔软的手帕，给他包扎过手上被树枝划破的伤口，动作轻柔得像蜻蜓落在荷花上，一边还噘着嘴不停地吹气，有股淡淡的馨香，像兰香、桂香、菊香、蔷薇香……江流影歪着脑袋想。在她包扎的工夫，他看她精致、白皙的耳朵，耳际的头发，瓷白的脖子……伤口痒痒的，一点也不痛。

当他把手帕洗干净叠好还她时，她眨巴着《西游记》里女妖一样的眼睛，笑吟吟地说，送他了。那是什么？是定情信物，是爱恋物语。后来，在很多地方，树林里，小河边，足球场，林荫道，他和她在一起，不是说话（用眼睛说，用双手说，也用嘴巴说），就是亲吻。他当兵时，她来送他了。那一夜，他们相拥到很晚。他得寸进尺地提出要求，她节节败退。最后，她的手像铁钳一样坚硬，守住了那道防线……

江流影红着脸说，他每次"跑马"（梦遗），就是梦见和她在一起。有时候看不清面容，但从身段感觉，那个女妖就是她。

"我衷心祝福你呀亲爱的姑娘，如果有一天我脱下这身军装，不怨你没多等我些时光，虽然那时你我天各一方，你会看到我的爱在旗帜上飞扬……"焊满钢筋的窗户里传出江流影的干号哭唱。

在医院门口，我花了几百块钱打辆黑车，总算按时赶回连队。

熄灯号悠扬响过。挂在二楼走廊上的密码电话经过周末的"热线"，周一晚上是最清静的。我拨起那个熟记的号码，一阵欢快、悦耳的嬉笑声传出。我说："我找孙彤。"

"孙彤——"

叮叮叮的皮鞋声在楼道里回荡，一个声音微喘着："我就是呀！"

"你是江流影的同学？"我紧接着说，"朋友？"

"是呀！"

"我是江流影的排长。我姓刘，战友们都叫我小虎。"

"你……到底是姓刘，还是姓胡（虎）？"

"哦，我姓刘，叫小虎。"

"咯咯咯……"

那边的电话线好像在抖。这个小笑话在我身上无意间发生过好几次，今天我有意拎出来用一下。

"你们有很长时间没联系了吧？"

"是的。"她的声音马上变得警觉起来。

"江流影病了，现在住在一所部队医院里，很多人和事他都忘记了，只记得你以及和你有关的事。"

"他怎么啦？得的什么病？严重吗？"她的声音提了起来，很急切。

我把江流影在抗震救灾中发病的经过大致说了说。电话里先是一阵沉默，接着是一阵低低的抽泣声。

"我希望你能去看看他，看能不能唤起他的记忆。谢谢你了！就算我们当兵的求你了，我们不会忘记你的……路费等开支，我们承担……"

"别说了……"哇的一声，她大哭起来。

挂电话前，我告诉她我们部队的地址、番号以及电话，来的时候坐哪路车，在哪转车。这些我都上网查过。我还告诉她，来之前最好给我们打个电话，我们去车站接她。到部队后，我们一起去医院看江流影。她用笔把我说的一一记了下来，又重复了一遍。

孙彤来了，受到贵宾般的礼遇，全连官兵夹道鼓掌欢迎。这种礼节只有老兵退伍、连队主官调离或将军以上首长莅临时才有。孙彤穿一条磨得起毛的牛仔裤，一件雪白的衬衣，头发扎成马尾巴，扭捏、迟疑了一下后，走进欢迎的队列间。没走几步，冬瓜霜一样的脸变得像红辣椒，眼睛也红了。

孙彤去看江流影，是我陪着去的。在长途汽车上，她坐在靠前面的位置，我坐在最后一排，一路无话。我望着孙彤随汽车颠簸甩动的"马尾巴"，思绪万千——如今的爱情保鲜期也忒短了，尤其是不在一起守候、呵护的爱情。这让咱当兵的屡屡受伤。

江流影一见到孙彤，就嘿嘿嘿地搓着手笑，转来转去撒着欢，只差长一条尾巴表达亲昵和爱意了。望着一双双眼神发直的眼睛，一张张涎着口水的嘴和一个个搞怪、僵硬的动作，孙彤像一下子被投入了一只关有野兽的铁笼里，不知所措。"去，去。"江流影赶鸭子一样朝望着这边似乎要往这边走的众人挥了挥手，躬身从床头柜取出一卷卫生纸，撕开塑料包装膜，扯下一截，又扯下一截，铺在上次我坐的那把椅子上，示意孙彤坐上去。孙彤缓步上前，双膝并拢，屁股轻轻搭在椅子上，腰杆挺直，像高傲又亲切的公主。江流影双手在衣襟上搓了搓，脑袋晃来晃去。孙彤晃了晃手里的矿泉水瓶，他放松地笑了。看他俩配合得熟练默契的样子，我猜他们可能以前常这么做。

我看了一眼不远处五大三粗壮得像牛一样的护士，他正警惕地看着这边的情况。我悄悄退出，来到医务值班室，打听起江流影的病情。

医生说，正朝好的方向发展。自从我上次来过以后，他变化很明显，希望和他熟悉、亲近的人经常来看看他，陪他聊聊天，从心理上关心他，宽慰他，这对他的康复很有好处。

我回到病房时，孙彤正捏着一颗草莓往江流影嘴里递。他俩挨坐在床沿上，床单和棉垫像上次一样被揭起一半搭在被子上。江流影怀里抱着一个蓝色的"海宝"。这是孙彤带给他的礼物，上海世博会的吉祥物。草莓是我在医院门口的水果摊上买的，五十块钱一大篮子。

当天下午，我就回部队了。孙彤留在那儿，在医院简陋的招待所里住了三天。

部队搞演习，从准备阶段到集结出发，再到战斗打响，忙得屁股冒烟。演习结束，一回到营区，我就把我们排武器装备的擦拭、保养、入库等事一股脑扔给班副，向连队请假，去看江流影。这次间隔的时间有点长，一个多月。我去了后，医生和护士说，江流影的女朋友才来过。

江流影在做俯卧撑，胖子在口齿不清地数数。我问江流影，孙彤来过？他红扑扑的脸上淌着汗，望着我，只是笑，半天才说，她的手像没有骨头。

我说，我们把"蓝军"打败了，最后双方打红了眼，我们被打伤十几个住进了医院，他们更多。我们和驻地一所大学联欢了，女大学生们拉着手一个劲地喊：兵哥哥，我爱你！喊得我们脸红心跳，不知如何回答（主要是有首长在场），大家说如果江流影在，准有办法，他是大学生呢。上级配发了一款叫《光荣使命》的军事游戏，据说是我军自主研发的，里面的武器装备就是我们日常训练时用的，很多游戏规则就是我们的战斗条例，可以一个人玩，也可以几个人对打。前段时间连队火药气息呛鼻，大家说如果江流影在，他肯定是高手……江流影不住地点头，像是在听，又不像在听，鼓着腮帮总憋不住想笑。他终于把我拉到门后兴奋地说，她带他出去了，去了附近的公园。"三次啦。"他伸着指头。

江流影的话很快得到证实，孙彤是带他出去了。医生说，江流影的病已基本康复，服药量正逐步减少，这个时候如果让他回到以前的生活环境里，参加一些力所能及的活动（高强度锻炼和重体力劳动除外），更有利于他的身心健康和下一步回归正常生活。

接江流影出院，我们是三个人去的——我，旅医院的兼职心理医生，还有孙彤。我和心理医生一起从部队出发，孙彤径直从学校赶去医院。

月色如水，在环营区出早操的跑道上，江流影和心理医生有说有笑地走在前面，我和孙彤落在后面。我问她："你知道江流影最喜欢唱哪首歌吗？"

"哪首？"她很感兴趣。

"《当你的秀发拂过我的钢枪》。"说完，我自顾自地哼起来。我平时很少唱歌，主要是唱得鬼哭狼嚎，纯粹是制造噪音和恐怖气氛，

即使在连队合唱的队伍里也像吹响口哨一样突兀,很不和谐。那天我哼唱完,眼里居然噙满泪水。一阵沉默。我把歌词一字一句说给她听。

"写得真好!你唱得也很好。"这是第一次有人夸我歌唱得好。

"能说说吗,你为什么和江流影分手?"我还是没能忍住。

"什么意思呀?我不明白。"

"男女朋友之间吹灯拔蜡,再见,拜拜,搞不懂吗?"

"哈哈哈……"她笑弯了腰,笑得我莫名其妙,"我和他从来就没谈过恋爱,就是普通同学、朋友,哪怕有那层意思,也没挑明过。"笑过后,她认真地说。

我将信将疑,把江流影所讲的关于他们俩的故事说了个大概。孙彤说,巧克力的事她真的记不得了;用手帕给他包扎伤口,好像有这么回事;至于接吻,那是他臆想中的事,她和他从来没有单独相处过(他住院期间几次外出不算),更不要说约会了。就是这次牵手,都是因为过马路,怕他跟不上,怕把他弄丢了。

"那你……"

"我晓得你会问我,为什么几次来看他。这里面有同学、朋友的情谊,最主要的是被你们那种精神所感动。上次你打电话说起江流影的事,我就想要为你们做点事。"

"谢谢!"

"我和他才是真正分手了,他对我去探望一个当兵的,关心另一个男人很不理解。"她说完,沉默了。

我明白她说的他是谁。

"如果你的爱能够唤醒他，你愿意付出一生吗？"

"没想过。"她捋了一下耳际的头发。

送孙彤回学校时，我和江流影一起去了。

月台上，江流影和孙彤相拥……

凉爽的风鼓起孙彤的衣襟，曲线分明，凹凸有致，看上去很美。

江流影在连队里的大部分时间是这样打发的：站连值日，帮炊事班择菜，挥舞竹扫把打扫一下连队门口的卫生，拿根腰带去训练场转……他想干什么，想去哪儿，一切随他，只要不出营区，没有危险，不影响大家的作息就可以了。经常是，他在营区里漫无目的地逛，我在不远处踢石子，掏蝉蛹，在梧桐树下跳起来摸高，像个游手好闲的二流子；他在二楼走廊上的密码电话机前打电话，我趴在栏杆上（距离以听不清他说话为宜）眺望风景；他上军人服务社，我说正好要去买盒牙膏或买包洗衣粉什么的；他去上厕所，我同时也要方便，由此，我学会了点一支烟驱臭……有次他突然问我，怎么没解裤子蹲在那儿抽烟？我说方便完了。

士兵们私下里说，我是江流影的通信员兼贴身保镖。

旅政治部值班室来电话说，有个老太太找来，说一定要见见我们连队的江流影，还送来一本士兵证，是江流影的。那边问到底是怎么个情况，让连队先摸摸底。连里把这个任务交给了我。

江流影现在可是旅里的名人。走到哪儿都不需要报单位和姓名，几个大门哨不用说了，就连家属区的嫂子们和小朋友们都认识他。这得益于他待人处事特立独行，比较高调。他说话嗓门儿变得像放大炮一样，喜欢大声唱歌，喜欢针砭时事，喜欢叫住正在走路的列兵，纠正其队列动作（他已经是上等兵了）。每次大老远看见旅首长，他就一路小跑过去，敬礼，高喊："首长好！首长您亲自出来走呀。"旅首长还礼，又是亲切地和他握手，又是和他拉家常，大庭广众下对哪个兵都没有这么和颜悦色过。他的性格完全变了，变得外向、亢奋，容易激动。

这个时候，他像威风凛凛的狮子，谁都不敢贸然惊动他。

我选了个周末。这次，江流影没有见人就敬礼，没有提前吹哨叫大家起床，没有哭喊着冲出去救人，也没有拿他女朋友孙彤说事。我小心翼翼地提起士兵证，告诉他士兵证可能找到了，不用太担心，不过只是可能，还没有完全确定，没有太大的把握（晕！我变得像他一样婆婆妈妈的了）。我请他仔细想想士兵证是在哪儿丢的，怎么丢的。江流影抱头坐在折叠椅上，我都看了十来页书了，他才用双手揉了揉脸，平静地回忆起士兵证丢失的经过。

那天太阳很好，马路上车辆扬起的灰尘很大，进城的人很多（我们部队地处郊区），有大爷大娘大姑娘小媳妇小朋友壮小伙。翘首等待中，309路公交车像个颇有风度的绅士缓缓而来。人群骚动，追着公交车跑，朝车门涌去。309路公交车线长，站点多，要路过长途汽车站、火车站和一个繁华的商业区，客流量大在驻地城市是出了名的。江流影最后一个上车，像壁虎一样扒在门边，挺胸收腹，车门才哐啷一声关上。

车上几个衣着体面的年轻人（看起来并不坏），兴风作浪一样硬往人群里挤。人群稍定，他们又好像站在哪儿都不舒服，蹭痒似的钻来钻去。有人下，有人上，下的比上的多，车内渐渐宽松，能活动开胳膊。江流影从车门挪到车厢中部，还准备往车厢后面转移。他查过交通图，要坐好多站，不能碍着别人了。这时，他旁边有人下车，空出一个座位，他朝身后一位约莫六十来岁的老大娘点点头。老人头发斑白，胸前挂着一个淡黄色的皮包，手里牵着一个五六岁虎头虎脑的小男孩。老人赶紧扶小男孩坐上去，还用当地话教小男孩说谢谢。江流影冲小男孩笑了一下，说不用谢。江流影穿着一件月白色上衣，一条蓝色休闲裤，一双白色篮球鞋——入伍时从家里带出来的便装。虽然走出营门了，他还觉得自己穿的是军装，或脸上写有三个字：当兵的。

江流影不好意思一直站在老人身边，尤其是以"施与者"的身份。尽管这种施与只是举手之劳。他寻到空当又往后挪了几步，一个理板寸头的年轻人马上填了过来，手一抖，打开一份晨报，投入地看了起来。公交车一颠一簸，"板寸头"身子随车摇晃，手里的报纸渐渐占据了老人面前大部分空间。小男孩趴在玻璃前，眼睛盯着外面。老人一手抓住位于头顶的拉环，一手紧握窗户上方的扶手，望着窗外，怡然自得。

江流影忍不住朝这边看了一眼，小男孩扭转身子，就半边小屁股搭在椅子上，老人怎么不坐呢？再看"板寸头"强迫老人读报的样子，很别扭。"干什么！""板寸头"的一只手已伸进老人胸前拉开一半的皮包里，随着江流影一声断喝，那只手抓起一包暗红色的东西闪了回去。江流影噌地挤了过去，一把抓住一个"马脸"的右手腕，"把东西交出来！"

"板寸头"和"马脸"像劫持人质一样把老人夹在中间。"马脸"眼皮一掀，说了声："二五。"

"老人家，你丢东西了，我看到这个家伙拿的。"老人一头雾水，还在看热闹。

听到江流影的话，老人头一低，布满青筋的手一摸，大喊道："不得了，钱包不见了，里面有身份证，还有一千多块钱！"

"放开。""马脸"头一仰，没把江流影放在眼里。

"拿出来，就放你一马！"

"你凭什么说是我拿的？莫名其妙。"

"我看到你拿了。"

江流影和"马脸"对峙着，能闻到对方的口气。

老人额头渗出一层细密的汗，身子在晃，脚下有些站立不稳……她还在不停地翻找，好像她的皮包大得像杂货铺，钱包小得像根针。"刚才上车时还在的，怎么就不见了呢？奇怪了，真是奇怪了。"老人已经翻过几遍皮包了，还是不相信自己的眼睛。她急得带着哭腔说，这是女儿让她去看病买药的钱，回去怎么交代？小男孩拉着老人的衣襟，哇的一声大哭起来，边哭边说："姥姥，别哭，我们回去。"

"板寸头"刮了江流影一眼，抖了一下报纸，若无其事地向后门走去。公交车快到站了。

"师傅，别开门！要么等警察来，要么直接开到派出所去。"江流影冲驾驶室喊道。

"对，就是要把这个家伙揪出来。"

"这小偷也太可恶了，也不睁睁眼，摸摸良心，老人那么可怜。"

"谁捡到了，拿出来吧，别耽误了大家的事。"

"老子还要赶车呢。"

"谁爱等就等，我可等不起。"

"多大点事，耽误大家的时间。"

车厢里闹哄哄的，说什么的都有。

"说不定就是他偷的，贼喊捉贼！"一个尖细的声音冒出来，蹦得老高。

江流影的脸红了。他犹豫了一下，腾出手从裤子口袋里掏出一个深绿色的小本子，高举着，晃了晃，说："请大家相信我，我是当兵的。"说完，把深绿色的小本子塞进上衣胸前的口袋里。"马脸"鼻子里一哼，一侧脸，一抽搐。

"乖乖，果真是当兵的，好样的。"

"这年头，也只有当兵的这么见义勇为了。"

"当兵的怎么到公交车上反扒了？狗拿耗子。"

公交车靠近一个歪歪斜斜的站牌停下。车门没有打开。

路两旁是一大片拆迁过后的废墟，少有行人。从一个个水泥池和废弃的公共厕所看得出，以前这儿人流如织，锅碗瓢盆奏响，是生活气息浓郁的棚户区或老居民小区。现在，公交车站牌像纪念往日繁华一样，还立着。车子到这儿，如果有乘客要下车，还得停。

"师傅，怎么不走了？我们还要赶车呢。"

"开门，下车！"有人捶打车门。

"再不开，老子就踹门啦！"

"妈，我们停在黄庄了，车上有人说丢了钱。"有人在往家里打电话。

"喂，是110吗？我们坐的309路公交车在岔路口的黄庄停下了，车上有人丢了钱……"

"哟，这儿不是有个钱包吗？"车厢后面有人喊。

一个灰扑扑、暗红色磨得已经绽开线的钱包被一只只手传了过来。老人迫不及待地打开，钱没了，身份证和几张超市购物的票据还在。

"咣、咣、咣……""板寸头"气急败坏地猛踢车厢后门。有两个身材粗壮手臂上文有毒蝎图案的年轻人已从窗户上翻了出去，没人敢吭声。

车门打开了。"板寸头"骂骂咧咧，大摇大摆地走了下去。"马脸"猛地挣脱江流影的手，哧溜冲下车去，灵活得像条泥鳅。江流影紧追下车。

江流影说，他后来上网查过公交公司的有关规定，在这种情况下，公交车是不能打开车门的，必须等警察到才能开。可是那天那个驾驶员竟然擅自打开车门，差点让坏人跑了。他在很长一段时间里都想举报那个驾驶员，可是怎么也记不起车牌号……

"我说到哪儿啦？有点乱了，得捋一捋，捋一捋。"其间好几次，江流影的思路岔开了。

"板寸头""马脸"和两只"毒蝎"，四个人吹口哨，打响指，一脸坏笑，挑衅般像围着一只弱小动物一样围着江流影。江流影毫无惧色，瞅准瘦弱的"马脸"，朝"板寸头"虚招一晃，一个箭步冲上去，使出捕俘拳之"海底捞月"，众人还没明白是怎么回事，"马脸"已双手捂住裆部躺在地上杀猪般叫唤起来。再看江流影，已从后面锁住"板寸头"的脖子，冲两只蠢蠢欲动的"毒蝎"说："有种的过来！"

"解放军同志，别怕。"车上有五六个高大壮实的小伙子走下来，踩得车辆直晃。

"别放走了这几个家伙，他们在这条线上干尽了坏事！"有人在车上喊。

"解放军，好样的！"

"警察来啰！"

警察将四个垂头丧气的小偷押上警车。一个瘦高个警察直皱眉头，说："怎么又是你们？"

瘦高个警察紧紧握住江流影的手说:"谢谢你,还是解放军同志好,敢于与坏人坏事做斗争!"

丢钱的祖孙俩跟着警车一起去了(江流影猜测,在派出所,小偷肯定将钱还给他们了)。瘦高个警察问江流影:"一起去吧?"江流影说他还有事。以前听说见义勇为做好事容易,就是到派出所做笔录麻烦。没想到瘦高个警察很通融,没有耽误他的时间。

江流影把事情经过详细地说了一遍,每一个细节都记得很清楚,甚至比画着动作,复原当时的情景。我相信他此时是处于清醒状态的,我相信他说的是真的。

他说,这一折腾,那天考军校的书没买成。打斗中,放在外衣口袋里的士兵证可能掉在那儿了。就这么一件小事,他当时认为不值一提,没有必要汇报,现在既然有人将士兵证还来了,问起了,就说说吧。

在挂有党旗、军旗,庄严气派的政治部会议室里,我见到了江流影描绘中的老大娘,头发斑白,红润的脸圆圆的,微胖的身子陷进后背很高的黑色椅子里,模样普通,就是每天早上在菜市场里买菜的老太太。听说我是江流影的班长,老人几次拉住我的手,急切得像是要把一肚子话倒出来,颠三倒四地说着。我听得很认真很仔细,还特地带了个笔记本,打开,准备像上政治教育课一样把老人的话原原本本记下来,又担心太重视了,老人反而不自在。有几个地方,老人激动得口水沫子四溅,捶着桌子,说不下去了。我抽出一张纸巾递过去,望着老人，耐心等候。我善于与老人打交道，与老人交往首先要学会耐心，学会倾听。我耐心倾听的样子未来丈母娘肯定会喜欢。不过听说现在的准丈母娘更喜欢房子。

老人说的大部分和江流影说的差不多，只有结尾不一样。关于事情的结果，老人是这样说的：车门打开后，江流影撵着"马脸"跑下车。他被那四个家伙围在中间，根本不是他们的对手，几拳就被撂倒了，爬不起来。他们用穿着皮鞋、运动鞋、洞洞鞋（一种有孔的凉鞋）的脚去踢他的胸、腰、腿、肚子、屁股，发出咚咚咚沉闷的声音，像踢在沙袋上、土堆上。"板寸头"还用脚踩在他脸上，如摇晃一个西瓜或一截木头，叫嚣道："叫你多管闲事！打的就是你这样的，多管闲事……"江流影一声不吭，蜷缩在地上，每挨一秒钟都像过了一年。"啊——"他声嘶力竭地大喊着，猛地爬起，用头朝其中一个家伙撞去。那家伙一躲，另一个家伙脚一勾，江流影又重重地摔在地上，几个家伙上去又是一阵拳打脚踢。"哇——"一股红色浓稠的液体从江流影嘴里喷出——车门开着，人们纷纷趴在窗口观望——江流影又一次摔倒。车上有人叹息，有人惊叫……江流影嘴角的血像半截蚯蚓。他摇晃着站起来，这次，他手里抓着一块砖头……车门哐啷一声关上，车身一晃，在老人的捶打和叫喊声中，车蹒跚着开走了。

老人不住地抹泪，说她当时带着小孩，不敢下去，如果没带小孩，她无论如何都要和那几个家伙拼了这把老命。在下一站，她磨蹭了好

一会儿。当她牵着孙子返回时，刚才打斗的地方只剩下一片杂乱的脚印和留在尘土里的点点血痕。她直发愣，围着巴掌大的地方转了几圈，试图辨认出哪个脚印是江流影的。在一个砖缝里，她发现了这个深绿色的小本子，这肯定是他的，他在车上出示过。士兵证上左侧用楷体打印着姓名、民族、籍贯、入伍时间、年龄、部别、编号、发证机关等信息。左侧最下方盖有一个"有效期两年"的章；右侧，在职务、军衔一栏里只写有"2008年""列兵"等字样。

凭着士兵证上简单的信息，老人到处打听，只要听说哪儿有部队，哪儿响军号，哪儿当兵的扎堆，她就拎一壶白开水乘公交车赶过去。军营大多驻在边远郊区，花大半天时间，好不容易赶到那儿，在营门值班室，她递上士兵证，热切地盯着对方问："上面的部队是不是你们？"对方摇摇头。"那您知道XX部队在哪儿吗？"对方还是摇摇头，说没听说过。都是当兵的，一个这么大的单位，怎么就没听说过呢？半年多时间里，她几乎跑遍了这座城市的所有驻军处，陆军、空军、海军、二炮、武警，甚至是三五个兵带一条狗的雷达哨所，只有几个兵的军用仓库，她也碰运气一样去了。平日里走在街上，碰到穿军装的她就问："解放军同志，听说过XX部队吗？"害得对方马上警觉地打量她，如果她是"美眉"，人家还以为是女间谍呢。也有解放军接过士兵证看了看，关切地问江流影是她什么人，是不是她来部队看儿子，找不到他了。江流影是她什么人呢？她也问自己。牵挂久了，找的日子长了，恍惚中她就觉得江流影是她失散多年的儿子，是她的骨肉至亲。她还拿着士兵证去找过新闻媒体。记者同志听了她说的故事后，说这件事不正面，不积极，不利于军民关系，不好报道。

眼看士兵证上显示的"有效期两年"快到了，如果再找不到，这个叫江流影的兵就要退伍回老家了，以后就更难找了。现在，她终于在这个离市区两个多小时车程的角落里，找到了我们的部队，打听到了江流影这个兵。

老人絮絮叨叨地说，一定要见江流影，要当面把士兵证还给他，向他表示感谢，说声对不起。我说，江流影因为工作需要调到别的部队去了，离这儿很远，我们一定把她的意思转达到。老人马上问，在哪儿？再远她也要去。我只好说，那是一个保密单位，外人是不准去的。"电话呢？""电话……也不能打。"望着老人神情黯然的样子，我真的于心不忍，但以江流影现在的身体状况，绝对不能让他与老人见面、联系。不能让他大喜大悲过度激动。这是心理医生的意思，也是营里和连队的意思。

江流影出事的消息传来时，我正领着几个骨干在巡线。接连几天暴雨，通往各小散点的线路断了好几处，抢修是临时性的，一待天气转好，要进行整理加固。我们用随身携带的话机打通值班室测试线。线路通了，值班室通知我立即赶回去，说江流影出事了。我大脑嗡的一声，一片空白，深一脚浅一脚地往营区跑。

那天是江流影早就与012医院约好去复查的日子。由于整修任务重，需要爬上爬下，我和江流影的班长商量了一下，决定由他陪江流影去医院复查。这位班长和我一起去看过江流影，知道一路上怎么坐车，医院里的医生他也熟。我反复叮嘱他，在人多热闹的地方一定要小心。后来，据江流影的班长说，他们转车路过那座只走行人的水泥桥时，停留了一会儿。就是在桥上停留那会儿出的事。

由于连日大雨，河水暴涨，看那水势，可能上游还在下，桥两边栏杆上趴满了看涨水的人。那热闹的场面，可能农历八月十五钱塘江观潮的盛况也不过如此。桥下水面距桥面近了，流速也快了，如万马奔腾。浩浩荡荡的激流打着一个个漩涡，卷起木头、柴草、泡沫、破烂衣服、塑料薄膜等飞流直下，更显深不可测，险象环生。江流影和班长穿着便装，也饶有兴趣地挤在人群里，随着人群的指指点点望去。突然，远处一沉一浮漂来一个黑点。有人尖叫着说那是个人，肯定是人；有人否定说不是人，是洋娃娃。近了，更近了，连脸都能看清楚了，躺在水面上的是个黑头发真人大小的橡胶娃娃。但还有人说这是个人，怎么就没人去救呢？江流影和班长中间隔着两个人。班长瞟了一眼江流影，江流影正回头看他，笑眯眯的。就在橡胶娃娃漂近桥洞的一刹那，江流影翻身向它扑去……

两天后，我们在下游一个涵洞口找到了江流影，他怀里紧紧地抱着那个橡胶娃娃。他和它都笑眯眯的。他赋予了它生命。它让他得到了永恒。

有人说江流影那一刻头脑清醒，觉得自己病了，拖累了大家；有人说他犯病了，以为那是个人。以我一年多来对他的了解，我觉得，那是他的本能反应，他质朴、善良、勇敢，是一名英勇果敢的战士，一名大无畏、敢于直面生死的战士！

傍晚时分，天气放晴，有蜻蜓来回飞舞。我望着远处欲坠的夕阳，莫名地想起屈原的那句诗："出不入兮往不反，平原忽兮路超远。"他的世界永远鲜花盛开。

在评定江流影到底是"病故"（事故）还是"牺牲"这件事上，我和指导员不知道往政治部组织科跑了多少趟。我把江流影入伍以来的点滴写了厚厚一叠稿纸。他是我的兵，他对我最信任，我对他最了解，我应该义不容辞地为他做点什么。评定烈士，应该有也必须有条条框框，有硬的标准，但也要看一贯表现，看本质初心，要于情于理于法说得过去，要起到激励人、鼓舞人、温暖人的作用，千万不能让活着的人寒心。

江流影的烈士评定批复下来了。当我和组织科的同志一起把相关证明十分庄重地交给他的父母时，正值壮年的夫妻俩相拥而泣。他们头发斑白，苍老得和他们的年纪很不相称。他们泣不成声地说让大家操心了，感谢党，感谢国家，感谢军队……其实，应该感激和自责的是我们，尤其是我，人家把一个鲜活的生命，一个可爱的孩子交给我，我没有保证他的安全，没有把他带好，而是换成了一张薄薄的纸片。

为了给江流影争取评定烈士，我查阅了历年来各种文件资料，了解以前类似的情况，写了多份材料，向政治部主任、分管组织科的副主任汇报，和科长以及科里几个干事都熟悉了。在我担任排长三年快满的时候，调到组织科任副连职干事，主要写各种各样的报告材料，顺带着做优抚工作。主任在找我谈话时，温暖、信任地盯住我的眼睛说，主要是看重我的热情，以及我想着基层、想着官兵利益的出发点和初心。

第二章
云中谁寄锦书来

阳春三月，一切生机盎然。

我们部队驻地生长着一种树，树叶呈心形，脉络清晰，富有韧性，颜色从早春冒芽直到深秋飘落都呈火红色。不知从哪一年起，哪个心思细腻的兵用它来写信，后来经常有兵采来送给远方的恋人，或用它给有发展倾向的异性朋友写信。用那树叶写信，不能用圆珠笔，如用力过猛，会把叶子戳穿；也不适合用钢笔，那样下水太流畅，字迹容易模糊。最好用一次性水笔，轻轻地、温柔地写来。一小片树叶，话不能载得太多，从结构到布局，从起笔到落款，每一句话得像写诗一样洗练、清新。那片小小的树叶不知承载过多少思念，也不知促成过多少花好月圆，士兵们称其为"爱情笺""红叶笺"。

周六上午，太阳老高了，往常这个时候是训练场上值班员吹哨休息的时间。我去办公室赶一个材料路过篮球场时，看到一两个兵在小树林里那几棵红叶树旁转悠，让人不由得会心一笑。微风吹过，有樱花飞舞。

在旅机关门口，我撞见刘大勇也正要上楼，他说来参加营连军事主官会议。我提议中午叫上李肇强一起聚聚。他说不了，还要上街买点菜种什么的带回去。那个会肯定是司令部作训科组织的，一般由参谋长主持，旅长就训练工作讲话。为了完成年度训练计划，只有他们才会这么做，经常占用基层官兵正常休息时间，把一些会放在周末开。刘大勇是今年二月底当连长的，和我的任职在同一个命令上。世界上的成功就像种地，有播种才有收获，播种了不一定有收获，但没有播种是绝对不可能有收获的。他那么优秀，在岛上干得那么苦，付出那么多，领导和同志们还是看到了。中午不聚也好，不然李肇强又要发牢骚，顺带把我们从头到脚奚落一番。

　　黄昏时风很大，气温骤降。我在通信连蹭了顿饭，晃晃悠悠走回来。正不知该做点什么打发这春色几许，这时，刘大勇提着一个编织袋匆匆赶来，说他耽误了最后一班船，也不是耽误，是他在街上买这买那，没有赶上更早的一班船，最后一班因为天气原因停开了。我马上打电话到工兵营道筑连。电话响了好一会儿才有人接，估计是连值日，其他兵或看电视或打游戏去了。我一听是刘佳阳，这小子我督查时逮到他两次违反纪律，都是李肇强找我求情，让我不要因为一点小事一棍子把兵打"死"。我拿腔拿调地说："叫你们排长跑步到家属区117室来！你们的卫生区是怎么搞的？昨天就要求清理杂草、垃圾，到现在还没动静！"刘佳阳是李肇强排里的兵，我听出来了，他可能不知道我是谁。放下电话，我跑到军人服务社买了些罐头、啤酒，又在一位嫂子那儿买了几个卤菜。家属区有位嫂子随军未就业，就在家里做点卤菜卖，补贴家用。由于口味好，价钱公道，蛮受欢迎的，大伙儿戏称"嫂子私房菜"。

我刚把"摊子"支好，李肇强就在外面把门敲得山响。他提着一个黑色塑料袋，一边把一包挂面、一棵白菜、几个鸡蛋掏出来摆放在桌上，一边骂骂咧咧："我就知道是你小子的电话，是大勇来了吧？"

我说："不这么说，怕你走不开。你们连队事多，离开你，拉不开枪栓。"

"我有那么重要？"

"你能干，要组织唱歌，还开了什么'世界军事'讲座。"

"你别跟我玩这一套，还叫我跑步过来，不得了了，你小子到机关才几天，哪天我叫你出洋相，下不来台。"李肇强还是气不顺。我为刚才的玩笑有点后悔。

刘大勇出来打圆场："你们别互'撕'了，我还没吃饭，肚子正饿着呢。"

刘大勇呼哧呼哧吃了一碗面条。李肇强手上那瓶啤酒也喝得差不多了，他又啪地开了一瓶递给刘大勇。刘大勇说："等会儿，歇歇气。"

李肇强说："不给面子？"他发红的眼睛扫视一圈我那仅一床一桌一椅的单身宿舍，"反正晚上住这里，没事！"

我们那年一同下来的排长，大多调走了，有的直接担任连长、指导员，如刘大勇；我不算快也不算慢，但调到机关是很多人没想到的，尤其是我排里还有个兵出事了。在连队，排长和全排战士住一起，排长最多睡某个角落，相当于大厅里的"雅座"，调副连就意味着能住单间，有个人的一点空间，时间安排上也相对自由从容点。李肇强是某名牌大学的高才生，起点不低，但三年多了还是副连职排长。而我由士兵考上军校，还进了机关，他心里愤愤不平，也可以理解。

其实，我们每个人如杀猪捅屁股——各有各的招。像我这种当了几年兵以后上军校的，能尽快适应部队，对部队也有感情，对那些或隐或显的军营文化、作风传统熟稔，生活得如鱼得水；缺点是知识储备不全面，一些看不见的素养尚缺乏，以致发展后劲不足，走得不远。那些从地方考上军校的，军事、文化素质都不错，将是我们这支军队的中坚力量。从地方大学直接入伍的，眼界开阔，思想活跃，学习能力强，他们容易走两个极端，有的完全不适应部队生活，入伍没多久就闹着嚷着要脱军装，但一旦转型成功，适应、坚持下来了，就如虎添翼，什么事都干得风生水起，精细而精彩。

李肇强属于哪一类呢？似乎哪一类都不是。他一方面埋怨部队，恨不得马上离开；一方面又试图好好干，建功立业，干出点名堂。一边想像鸵鸟一样逃离现实；一边又想像鱼儿一样畅游现实，讨好命运，与生活苟且共欢。这导致他对工作有时认真负责，看起来像是在撸起袖子加油干；有时破罐子破摔，一副"我就这样，就这能耐，就这脾气，谁又能把我怎么着"的模样。这是他心智很不成熟的表现。上级领导把他放在排房，让他再历练历练，磨磨他的心性，这样做是有道理的。

那晚刘大勇几乎没喝酒。李肇强那小子没谁劝他，他好像要自顾自地把自己灌醉才罢休，"啪！"他一咧嘴，又开了一瓶，看得让人感觉牙齿发酸。他猛灌一口，骂开了："这里不是人待的地方！我当初问有没有办公室，有没有个人电脑，还被当笑话传。"我心一紧，这话我也听到过，但从没对谁说起过。

"我这辈子受了我老爸的蛊惑，受'虚假广告'的骗了，军事小说、影视剧里那些轰轰烈烈的厮杀，那些金戈铁马的豪迈潇洒都是骗人的把戏，这里什么都是成块成线，机械，僵化，呆板，重复，单调，枯燥，压抑。三人成行两人成列，饭前唱歌，都是老掉牙的歌。都啥年代了，手机不让用，网不让上，周末上趟街还要请示报告，限时归队……"李肇强越说越激动，越慷慨陈词，越痛心疾首，"这里和我想象的完全不一样。"

我和他碰了一下杯说："你是不是该找个对象了？谈场恋爱，转移一下注意力。有个哲学家说，没事干、不顺心的时候，可以用一场恋爱来填满。"

李肇强问："谁说的？"

我只是想转移下话题，他倒好像认真了。

我胡诌了一个俄罗斯人的名字。名字很长，我自己都记不住，不能重复一遍，他肯定没听说过。

"在这个'和尚庙'，找谁谈？"

我说："目光可以放长远一点，胆子可以放大一点，步子可以放快一点，朋友圈，同学圈，战友圈，比方说我们旅医院，和我们一起分下来的那几个，听说还有待字闺中的。"

我故意把后面那几个字音拉长,加重语气。

李肇强一愣,大声说:"你瞎讲什么呢?"没想到他有那么大的反应,那点啤酒好像在他脸上产生了云谲波诡的作用。

我说:"没什么,随便聊聊。"接着把我们科里前段时间发生的一件小事当作趣闻说了。

副营职干事杨少校颇具才华,很多汇报材料和领导讲话稿出自他手,并且不时有文章见诸报刊。可就是这么一位大才子,在婚姻问题上竟然拖成老大难,三十多了,还是单身。原因是杨少校的形象实在有点磕碜:个矮(一米六三,勉强符合服兵役的最低身高)且胖,小眼厚唇,一笑还露着个小虎牙。这个样子当作普通的异性朋友感觉很纯朴很可爱,但是作为枕边人,估计没有几个女孩能接受。所以很多次相亲仅是"一面之缘",见过一次后便"黄鹤一去不复返",再约,女方总有各种理由推辞。

杨少校刚开始还很敏感,每次"失恋"后,他就把自己关在房间里,伤心欲绝地写一首小诗或一篇小文章,把自己和别人感动一番,同时赚点稿费。当然,他所谓的失恋只是单方面的幻觉,他相中别人,别人相不中他。后来次数多了,他也就麻木了,再没了写作的灵感。一日,又有热心人为他介绍,说那女孩肤白貌美,大学文化,在一家效益尚可的大型国企坐办公室,父母亲是银行职员,家境优渥,万事俱备,只欠"快婿"。听了介绍,杨少校搓着手,额头直冒汗。科长把他拉到一边,面授机宜,如此这般,说得杨少校频频点头。

杨少校先把几大本见报文章剪贴好送给介绍人，请介绍人转交给女孩，以便加深了解，促进沟通。一个星期过去了，女方捎话来，说文章看得差不多了，"春色几许"，可以一见。杨少校说，他正忙着给旅里写一个总结材料，再等等吧。转眼又是一个星期，女方说，文章看完了，"春色满园"，想见一见。杨少校又回话说，他正在军区协助工作，给军长写一份讲话稿。直到第三个周末，他才摆出一副劳心费力的疲惫样，赶去与女孩见面。这次女孩对他的感觉很好，看什么都顺眉顺眼，那矮小的身材，是浓缩的精华；那小小的眼睛，是目光深邃；那厚厚的嘴唇，是男人的性感；那小虎牙，是男人的纯朴天真……据说，现在两人正商量着国庆节期间把事办了。

我说："有合适的吗？你父母估计也催你了。"

李肇强红着脸，半天没吭声。

熄灯号响起，远处的营区传来此起彼伏的哨声，周末推迟半小时熄灯，也就一晃眼时间。李肇强起身时被一旁的小马扎绊了个趔趄，说："不能太晚了，影响不好。"

"没有喝多吧？那边是往旅医院走，这边是向营区走，你不会走错吧？"

李肇强可能没有听出我的言外之意："你也太瞧不起人了吧，一点啤酒，漱漱口而已。"

晚上，刘大勇和我挤在一张小床上。我说给他到招待所开个房间，他说不麻烦了，我们睡一起，刚好说说话。很晚了，他突然说，他快结婚了，如果我有空，欢迎去参加他的婚礼。

那晚我们都没休息好，尽管没有说话，但感觉到对方没有入睡。天亮时，我才迷迷糊糊睡去，刘大勇什么时候起床离开的，我不知道。

那次相聚后，我们各忙各的，少有联系，在营区我偶尔碰到李肇强，也只是打个招呼，部队战备、教育、驻训、海训、单兵训练、连排进攻、合成演习等呼呼啦啦地铺开了，每天起床号一响就如拉开枪栓打速射一样，哒哒哒地忙得团团转。没想到的是，那次是我们三个最后一次聚会，那年七月，李肇强就牺牲了。

我在组织科经手善后的第一位烈士竟然是李肇强。身处事件的旋涡中时，我只是按照规定、程序一步步去做，事无巨细地忙，待处理完后，很长一段时间里都精神恍惚，感觉阳光都不甚真切。就像那些参加过战斗的老兵回忆战争，身处炮火纷飞的战场时浑然不觉，战斗结束后，反而一想起就后怕，感觉脊背发凉。

我曾和李肇强斗嘴，打闹。我像悟空捉弄八戒一样，拿他的书呆子性格开涮，其实在心里是很敬重、很欣赏他的，只是以这种方式让我们更亲近，更亲切，这是我们之间独特的语言。我奔走协调，组织参加了李肇强烈士的生平整理、媒体宣传、事迹宣讲等全过程，感觉李肇强是简单的，透明的，可爱的，他的很多事，他的内心世界，我自以为比较了解，但越到后来越觉得没有读懂他，也许是真的不了解，以后永远也无法了解。有些事我甚至都没有他们排里的刘佳阳了解得多，比如他和张巧云的交往，他们之间有故事，又似乎没有任何故事。

那个叫刘佳阳的兵，我在机关督查时查到过他两次违纪。一次是他站连值日看不健康的书，站连值日本来就不能看书，他看的竟是一本破破烂烂涉嫌武侠、色情、迷信之类的书，被我逮到了，他争辩说那本书原来就在哨位桌子抽屉里，并且一直在里面，不是他的。还有一次是熄灯号已经响过一会儿了，他打着手电筒在被窝里看书，当时李肇强不知溜到哪去了。这两件事，都是李肇强第一时间打电话找我，说不要上报了，他来批评教育，只让刘佳阳在排务会上做深刻检查。旅里除了保卫科、纠察队以外，还组织机关干部排班轮流督查，每天早、中、晚定期以及不定期地像幽灵一样出现在各个营区，各个角落，各个小散单位，确保部队全时空、全方位、全员额的安全稳定。

我"应邀"到李肇强他们连队蹭过几次饭，一起踢过球，刘佳阳守门笨得像头熊，只差把球往自己门里扑了。李肇强牺牲后，刘佳阳来找过我，他报考军校整理档案时，希望能在里面装个"优秀士兵"之类的卡片。组织科分管这个。如果我硬着头皮悄悄帮个忙，问题不大，但我没有做，以我不长时间的军旅体验觉得那没有多大意义，多张表少张表没有任何影响。不是因为李肇强牺牲了，不能帮他说话了，我就不帮忙了。如果那张表真能发挥作用，助力他考上军校，成长成才，我肯定会做，我看重那份情谊。

我和刘佳阳谈过多次，都是围绕李肇强。能感觉出来，刘佳阳的性格气质、情感心理和他的排长很相近，有点"臭味相投"，难怪他们合得来。

下面就是刘佳阳眼里的李肇强，一个生命如流星的基层带兵人——

那年夏天，我们部队驻地周边的天空像被捅了个大窟窿，银河水直往那儿灌，暴雨如注，下了二十几天，还没有消停的意思。我们旅已派出两拨人马，没日没夜地战斗在抗洪第一线。我们全连官兵每天吃过早饭后就靠在背囊上边听广播、闲聊边等，等那震撼人心的紧急集合哨吹响。据说我们营是最后的预备队，是杀手锏，不到万不得已不能出动。

这一天，哨声响起，全营集合，在昂首挺胸的营长的带领下，全营官兵排成三路纵队雄赳赳地向旅机关进发。走在队伍最前头的是两个身材高大的兵，端举着一张很大的红纸，红纸上用浓墨写着慷慨激昂的请战书；紧跟在后面的是锣鼓队，几个壮小伙儿卖力地敲着，恨不得把锣鼓敲破。在旅机关门口，锣歇鼓停，一位上校领着几位校尉军官接过请战书。听老兵说，上校是代职的副旅长，真正的旅首长都上一线了。上校说了几句鼓劲的话就让我们回去待命。这时，我们真是处于嗷嗷叫的状态了。休假的已被召回，结婚的，亲人病重的，老婆生孩子的……全部暂缓休假，身体有病的谎称自己没病，共产党员向连队上交决心书，团员、青年在上交决心书的同时还附一份入党、入团申请书。有的还打算咬破手指写血书，但看看周围没有人这样做，也就算了。

李肇强就是在这种氛围中参加抗洪抢险的。本来怕他身体吃不消，在拟定名单时没有他，连队干部也劝他不要参加，但他坚决要求去。当时，他才出院一个多月。我清楚地记得是三十八天。

在大堤决口时，我们终于出动了。

李肇强是在距离决口的不远处牺牲的，准确地说是为了救我而牺牲的，而我是为了救困在一棵杨树梢上的一个中年妇女。

转移到高处的人们撑着五颜六色的雨伞，七嘴八舌地支着招。水流湍急，冲锋舟试着冲击了几次，怎么也靠不过去。杨树梢弓成一根鱼竿，低垂于水面，摇摇欲断，穿黑衣服的中年妇女看起来像垂在竿上的一条黑鱼。中年妇女脚下不远处缠着一条锹柄粗的蛇，昂着头，吐着芯子，尾巴泡在水里。雨还在不紧不慢地下，这会儿好像又大了些，黄汤样的水面好像又上涨了一些，缠在树上的蛇好像又往上挪了一点。"解放军同志，救命呀！"中年妇女歇了好一阵后，又开始了瘆人的叫喊，喊声如清宫戏里那长长的指甲挠抓着我们的心。尽管我们知道那是条水蛇，并不伤人，这时的它只能无奈地和人挤在一起；就是伤人，也是无毒无危险的。中年妇女可能不知道这一点，即使知道也被吓得胆都裂了——女人怕蛇是一种天性。中年妇女又往前爬了一点，"咔嚓！"树梢终于承受不住她肉坨坨的身子，断了。

蹲在冲锋舟头的我本能地扑入激流中，奋力向中年妇女游去。还好，树梢不是脆断的，还连着一小半的纤维，中年妇女双手紧紧抓住倒在水里的树梢，身子随着水流摇晃得像块布条或一个塑料袋。树梢断处，白生生的纤维被一点点地撕扯，眼看就要全断了。中年妇女用近乎绝望的眼神盯着我，没了叫喊声。一看她那紧贴头皮湿漉漉的头发下白多黑少的眼睛，我不禁发怵。这时我若过去，她准把我当作救命稻草，双手铁钳似的抱住我，我们俩有可能都完蛋。我脖子一缩，脱下救生衣，用力向她扔去。橘黄色的救生衣打着旋向她飞快地漂去，她松开一只胳膊，眼疾手快地抓住救生衣，整个身子熊一样扑在救生衣上。树梢断了，零星几片树叶支棱在水面上，很快没了踪影。趴在救生衣上的中年妇女瞬间也消失成一个小黑点。

我往回游时，完全没有了刚才的利索，迷彩服包裹的肢体怎么也不听使唤，身体如草捆，在激流中阻力很大。我的水性并不好，每次下水都是程咬金三抡板斧的冲劲，五千米武装泅渡考核，还是靠下士陈志球连推带拉，我才勉强及格。我几乎处于激流的中央，岸上、浅滩上的鼓劲呐喊如无声的背景从我眼前一闪而过。我知道应该往右岸游，那样的话无须穿过激流的中心，而且能顺势用力，顺着水流的方向逐渐往岸边游，在水流平缓的地方上岸。但水流平缓的地方一般水很深，大多是"沙锅"底，即边沿呈锅状，是流沙，一踩就塌，游到筋疲力尽时处于这种环境中会更危险。我心里很清楚，盘算得也很明白。一个浊浪打来，没过我的头顶，我呛了一口水，满嘴泥沙，鼻子发酸，眼泪鼻涕直淌。这时我心里有点慌，感觉脚下有"落水鬼"在套我的脚踝。

小时候，大人为了唬住我们不要下河游泳，说深水潭里有毛手毛脚样子长得像猴子的"落水鬼"，夏天的晚上有人路过，看到它们在潭边乘凉，窃窃私语，听到脚步声，只见黑影一闪，扑通几声，搅碎了水面的月色。"落水鬼"在水下能四两拨千斤，被它套住了插翅难逃。以前，我不相信这个世界上有我们没有发现的物种——"落水鬼"，疲惫和恐惧导致我开始怀疑了。这时，站在高处的人们看我的迷彩帽就像浮在水里的一个花葫芦，随着水流几沉几浮。我浮上来一次，岸上忽然变得高亢的叫喊声丝丝缕缕梦幻般传入我耳中。当我再次浮上来，一个橘黄色的救生衣以水滴下坠的速度，带着视觉暂留的效果向我漂来。就在我一把抓住救生衣的刹那，排长李肇强从我身边不远处超车似的闪过，还朝我扬了一下手。岸上又是一阵惊呼，这次我抱着救生衣，头鸵鸟般扬在水面上，听真切了。一根有合抱之粗的松木裹挟着一阵风，紧追李肇强而去。

天边的太阳好像在淌血，洪水开始消退，往日绿得冒油的玉米叶、灌木丛涂了一层厚厚的黄泥，空气中有股浓烈的异味。疲惫的人们在下游十几千米的一处浅滩上找到了面目全非的李肇强。被救的中年妇女闻讯赶来，跪倒在地，拍打抚摸着李肇强的遗体号啕大哭。

如果李肇强不参加这次抗洪抢险，他不会死；如果他不去救我，他不会死；如果他的腿没有负伤，他也很可能不会死。我想着种种可能性，顿感头重脚轻。

在整理他身上的遗物时，我们从他衣服口袋里找到一部电信手机（旅通信科统一办的，士官在节假日和休假期间也可以用，听说保密效果很好），一个泡得发胀的钱包，还有一包已浸泡成纸浆的纸手帕。

李肇强的遗物每一样都被做了详细登记，哪怕是毫不起眼的，这对于他的家人来说都弥足珍贵。据清点登记李肇强遗物的人透露，李肇强的钱包里有三百二十块钱，有一张电影票票根，能辨认出是大华电影院的情侣票。大华电影院是我们部队驻地较有名气的现代影院。说得最神秘的是李肇强上衣贴身口袋里还有一封信，信已变得软软的，粘连在一起，仔细打开，仍能看清楚信的内容。至于内容，说话的人不愿意再提起。提及李肇强口袋里的信，我的心阴沉得像片积雨云，只待稍稍遭遇冷空气，就会大雨滂沱。

李肇强牺牲了，因抢救人民群众而牺牲。那些日子，一打开军区报纸，有关他的报道和他的大幅照片就扑面而来，整版整版的。军政治部宣传处几位笔杆子来到旅里，增强旅宣传科报道组的火力，我们连队成了他们短兵相接的战斗第一线，挨个儿找每个官兵谈话。和李肇强有关的印象深刻的事我们该谈的都谈了，可他们还不满足，不断地提问、启发，挤牙膏似的努力从我们这里打探消息，有时只言片语也让他们兴奋不已，当然是要最能反映李肇强光鲜亮丽形象的方面。上级拟编一本《李肇强故事集》，以达到教育除了我们连队以外更多官兵的目的。还准备成立一个"李肇强英雄事迹报告团"，先是在本军范围内巡回报告，再向全军全国推广，以期产生更广泛的影响，教育更多的人。

上级拟定报告团成员四人——旅大校政委，我们连队上尉指导员，旅医院上尉军医张巧云，以及我（上等兵刘佳阳）。我们的讲稿还是由那些笔杆子操持。我的他们先让我自己写，写好后拿给他们看。他们改我的讲稿估计比藤野严九郎先生改鲁迅先生的讲义还严苛，最后只剩下前面那句"首长、同志们"，还有一个冒号是我自己写的。机关那帮笔杆子们的水平实在是高，不服不行，他们在我们连队翻箱倒柜、掘地三尺挖到第一手资料后，在旅政治部会议室架上投影仪，吞云吐雾，眼睛熬得跟兔眼似的，逐词逐句推敲，浓墨重彩地在李肇强身上涂抹了一层熠熠生辉的金色。虽然我们连他的星座，他的左手（男左女右）上的"三线"（生命线、爱情线、事业线）的转折走向都很清楚，但现在却突然觉得他很陌生，陌生得几乎不认识了，也许我们平日里没有从思想高度上去认识他。几份讲稿囊括了李肇强工作、学习、生活的方方面面，从感人的故事升华到闪光的思想，具体到每一份讲稿，根据主讲人的身份，又各有侧重点。政委侧重讲环境对他的熏陶，组织对他的培养和他身上所蕴含的时代精神；指导员讲他的成长经历，他对待工作、生活的态度；我讲他平时怎样关心爱护战士，他和我们一起哭一起笑一起进步；张巧云讲他的性格特点，才华素质，还有内心丰富的情感世界。这主要考虑到张巧云是报告团唯一的女性，女性不但能调节听众的视听觉，而且从情感上能与听众拉近距离，能打动人心。

安排张巧云参加"李肇强英雄事迹报告团"，事先并没有征求她的意见。当旅政治部值班室通知她时，如一团棉花飘进深井里，没有回音。政治部主任急了，以命令的口吻让医院院长和协理员尽快做通她的工作。院长、协理员围着她媒婆劝嫁似的，好说歹说，晓之以理，动之以情，只差绳之以条令条例了，可她就是不答应，一副死猪不怕开水烫的样子。我们指导员在没有主任批示的情况下，代表连队拎着水果像看病人一样去看她，她也不为所动，软硬不吃。这一点是首长们始料未及的，原以为在英雄舍己救人精神的感召下，只要是和英雄沾边的，只要有利于学习英雄，宣传英雄，树立英雄的高大形象，每个官兵都会全力以赴地配合。首长们也曾想过由被救的中年妇女上台现身演说，可能更具说服力，更有感染力。后来了解，中年妇女是个拾荒女，涨水前就在那棵杨树下搭了个简易窝棚，涨水了也舍不得她那堆千辛万苦淘来的破烂，先是站在破烂上，然后爬上棚顶，最后爬上树。她那样子，无论几个女兵怎么摆弄，实在有点说不过去，再加上她不认识几个字，满口方言，连比画带猜才知道她是西部某个县的，如果让她上台，还得配个翻译。决定让张巧云参加英雄事迹报告团，除了她的性别和形象气质有亲和力以外，还考虑到李肇强参加抗洪救灾前在旅医院住了一个多月的院，张巧云是他的管床医生，对他有所了解。其实还有别的原因，和一封信有关。

　　后来，在一次事迹报告会后，张巧云平静地如述说别人的故事一般，向我述说起她第一次看到那封信时的情景。

　　天下着雨，时断时续，在旅医院那间潮湿黑暗的会议室兼会客室里，政治部主任语重心长、苦口婆心，说得口干舌燥，院长和协理员在一旁不时帮几句腔，张巧云始终一言不发，如庙里的观音，一副低眉垂眼不为所动的样子。政治部主任技穷了，看了一眼桌上的黑色公文包，又看了一眼嘴唇紧抿的张巧云，示意院长和协理员先出去一下。然后他略一迟疑，用微微颤抖的手拉开包，取出那封信。信装在旅政治部的制式信封里，上面除了右下方的印刷体外没有写字，平整簇新，没有封口，显然这信原来不是装在这个信封里的。抽出里面的信，就一张纸，用的是旅医院的办公信笺，眉头有一排红色的十分熟悉的字。信纸已磨得发毛，很薄很软，颜色发黑，看得出曾被一双汗津津的手摸过多次，信的折痕是灰尘色的黑，丝缕相连，将断未断，用透明胶带小心翼翼地粘连着。最特别的是信被水泡过，粘在折痕处的透明胶带欲脱未脱，露出乳白色的胶状物。信是用黑色的签字笔写的，尽管多处已被水浸泡变得漫漶，但仍然看得清楚，字迹娟秀工整，是仿宋体。信是这样写的：

亲爱的战友：

你好！

来信均悉。你住院期间，我所做的一切都是我应该做的，如果还有什么地方做得不好，没有关心照顾到，请你理解并原谅。常言说，伤筋动骨一百天。你住院不到两个月，出院后，要遵照医嘱，安心休养，不要干重体力活儿，不要再去

踢足球、打篮球等，进行剧烈的体育运动。要多吃含钙的食物，多喝牛奶、骨头汤。只有懂得关心保护自己，才能去关心保护别人。连队里都是大大咧咧的年轻人，他们不一定想到的，你自己要想到。如果有什么不适，及时到医院来，也可以联系我。

读到很多你和你战友有意思的事，看得出阳光洒满你们的笑脸，你们的生活丰富多彩，你和你的战友相处得很愉快。你写的信和诗都很美，看得出你读过很多书，你有理想有抱负有才情，是一个率真积极开朗乐观的人。我远没有你说得那么好，只是一个普普通通的人，一个普普通通的女孩。谢谢你七夕节的礼物，谢谢你精美的贝壳，谢谢你采来的大束的花。我不是你所说的佛前许愿千年邂逅的人。我们之间只是战友。祝早日康复！

此致

军礼！

你穿白大褂的战友
××年××月××日

张巧云看完信，掩面而泣，小号女式军装下瘦削的双肩剧烈地颤抖着。过了好一会儿，她才抬起蒙眬的泪眼，随手捋了一下鬓角垂散的一缕黑亮的头发，声音低低的，几乎只有她自己能听清楚："我去。"说完,眼泪又扑簌簌地掉落下来。政治部主任自从黑色手提包里拿出信直到掩门悄悄离去,什么也没问,什么也没说,始终是一副凝重低沉如参加追悼会的样子。

李肇强从报到第一天到离去,满打满算当了我们三年七个月零二十五天的排长(当我的排长不到两年)。我翻开日记本掰着指头数过。这个时间虽不算长,但留给我们的回忆太多了。

李肇强是我们的排长,可我私下里直呼其名。我和李肇强是校友,都来自上海某大学,他大学毕业后选择"4+1",又学了一年的军事。我在大二时想挣奖学金,又想调换专业,选择了休学入伍,如果能在部队考上军校也是我很乐意的事。在那所垂柳依依芳草萋萋的大学校园里,我只是走过他走过的路,坐过他坐过的长条椅。当然,即使我们照过面,不是骑自行车撞在一起的话,也不会有什么印象。

我是李肇强带的新兵。那年冬天很冷,训练场上没遮没拦的,风凛冽得像敌人的鞭子。走队列时他允许我们戴手套,甚至对于有的兵用"暖宝宝"也装作没看见。他先是我们的新兵中队的排长,新兵训练结束后,他还是我们的排长。听老兵说,曾经有大学生干部刚来(当时我们不知道说的就是我们排长),放下背包就急吼吼地问自己的办公室在哪儿,哪儿有网孔接宽带。我们班长在李肇强报到前是代理排长,中士军衔,初中毕业,和我同岁,大多数时候是一副自信沉着稳重的样子,有时候却不是,如碰到新装备的英文说明书时,他就不得不向我或者排长请教。

下午起床哨响过，士兵们打着哈欠、伸着懒腰缓了会儿神。读报时间开始，李肇强走进连部向连长、指导员报告后，就在"虚位以待"的排长铺位上安静地整理床铺。列兵陈阿财起身过去讪讪地叫了声排长，班长没抬头，在报纸的"社论"中夹了句："陈阿财，你去我们的卫生包干区把卫生搞搞。"

李肇强虽然是干部，排头兵之长，但军事素质实在不怎么样，有好几项甚至比不过我这个列兵。比如说投弹，他每次投三枚都在二十五米左右，这个成绩如果在女兵中还行。报弹员抑扬顿挫的声音大得有些夸张，大家笑得也有些夸张。单杠二练习卷腹上，他腿乱蹬，脸憋得通红，如果没人托一把屁股，挣扎一阵还是上不去，会有气无力地垂下来。跑五千米，我俩这对难兄难弟常常"断后"，哪怕身上只剩下水壶和挎包也气喘如牛，脸色像死鱼翻白的肚皮，快冲到终点时身体软得像煮过的面条。

李肇强心理素质比我好，他可以毫不在意大伙儿的目光，参加投弹、射击、器械训练、攀岩、单兵战术、渡海登陆四百米等。大庭广众之下，在别人的笑声喊声欢呼声中，他动作别扭、姿势难看地练，边练还边问下一个动作该怎么做，怎样做才更到位，别人越起哄，他好像练得越起劲。很多时候我的脸上都挂不住，几次想以"老同志"的身份提醒他一点什么，难道从那些恣意的笑声里他听不出什么吗？他好像是在故意回避我，只有我们两个人在一起时，他就起身忙别的事去了。我绝对不像他那样，我丢不起那个脸，我要练到熟能生巧、炉火纯青，成为一种力量和美的展示了，才迎着大家的目光出现。比如跑步，每次跑在最后，我老是撩起迷彩汗衫擦汗，遮住脸，觉得不好意思。

为了军事考核能及格，为了在对抗演习中不会很快就被敌方"俘虏"或"阵亡"，为了考军校，最主要是为了后者，我每天看完《新闻联播》后，就冲一杯牛奶凉起来，然后去大操场上锻炼。先跑步，跑得气喘吁吁、大汗淋漓后做器械训练。这时候真爽，平时咬牙蹬腿都上不去的单杠，一翻身就上去了，身轻如燕。好多次，我发现有人在我前头或后面不紧不慢地跑，夜色中只能看到人影晃动。开始我没在意，只觉得不寂寞，夜行也有同路人。后来有次照面，我看清楚了，是李肇强。我们没有说话，只是伸手互击一掌，以示彼此鼓励。一个循环后我们又照面了，我掉头和他一起跑，问他：为什么要在大家的嘲笑声中练？他说他在烧自己的"栈道"，让大家来监督，不想给自己留退路。

我和李肇强不像其他兵想象的那样，有很深的交情，我们没有在晚饭后的草地上一起回忆过那个不知名也不起眼的湖，没有谈论过某个有名有才有趣没架子的老师，没有津津乐道于那些像花蝴蝶一样飞舞的女生和一个个传遍校园的绯红色的故事，没有抱怨贵且难以下咽的食堂饭菜——我们在大学校园里没有过交集、交往。李肇强不抽烟，但口袋里随时备有一包上档次的烟，和几个班长、老士官在一起时，

有时很随意地发一圈。他从不给我，哪怕我就在一旁，他也不示意一下：来一根？可能他知道我不抽烟。

李肇强很想"赢得生前身后名"，干出一番事业，可在日常生活中，他的努力就如在沙滩上留下的一些歪歪斜斜的脚印，直到那次对抗演习。上级指示，这次一定要把新装备"亮"出来，而不是"秀"出来。新装备列装快一年了，是骡子是马该拉出来遛遛了。连队干部心存疑虑，害怕关键时刻掉链子顶不上去，希望厂家届时派技术人员前来跟踪保障。在拟定演习方案时，李肇强说，没有必要。刚开始语气还有点含糊，后来很坚决，愿意立军令状，说打仗的时候总不能把人家技术人员拴在裤腰带上吧？

演习前面还算顺利，到了后半场，新装备老出状况。一有状况，营连干部就轰的一声，像马蜂一样围上来。处于中心位置的李肇强不慌不忙，边捣鼓边说，像是自言自语，又像是在向几个兵分析故障情况。故障很快解除，有惊无险。李肇强这招瞒住了很多人，如果他自己不说就烂在他心里了。有一次，他当着我的面，在电话里和别的部队的一位战友窃笑着提起，说那些状况都是他"导演"的，两个目的，一是练练手，二是露两手。那装备性能原理太简单了，应该是几年前就被淘汰的，不知为什么还拿来装备部队。我不知道这是对我的信任，还是别的什么。

报告会第一次试讲是在旅政治部三楼的小会议室里。人不多，很不成功，张巧云没讲几句就开始哭，不停地抽纸拭泪，不停地哭，哭得说不下去。李肇强的父母坐在台下一个不起眼的小角落里。几天来，他们的情绪牵动着好些人的心，现在总算平稳了些，张巧云的哭，又一次把李妈妈情感"蓄洪"的闸门轻轻一拨打开。老人先是木然地坐着，紧抿着嘴，眼泪如小溪般流淌，后来一下子趴在桌上，身体抖动，喉咙里发出沉痛的低吼。李爸爸刚开始时还稳得住，端坐着，看到张巧云哭，看到老伴哭，只有脸上的肌肉在痉挛，眼睛不住地眨，后来看到老伴趴在桌上悲痛欲绝的样子，便俯身扶住李妈妈的肩老泪纵横地说："我们不听了，我们回去，我们回去。"张巧云的哭和李妈妈的哭像是在互动。看到李妈妈斑白的头发在一抖一抖地颤动，张巧云更哭得一塌糊涂，眼睛红肿，头发蓬乱，眼泪鼻涕流成一团。

这次活动是旅组织科牵头组织的。邀请李肇强父母参加，是想模仿中央电视台《艺术人生》栏目，把影响嘉宾至深的人请来，以增强报告会的感染力，加强与观众的互动，以及为以后随着典型更深入、广泛、持久的宣传，更高级的首长接见李肇强父母做准备，相当于彩排吧。

李肇强牺牲后，两位老人的举动太令人动容了。李肇强的母亲是他们县唯一一所省级重点中学的老师；他父亲是学校职工，保卫科的，退伍老兵，李肇强当兵就是他父亲三番五次极力劝说的。连队和旅组织科先后打电话去他家，说李肇强在抗洪救灾中出了点事，现在住在医院里，让他父母来一趟。电话是李妈妈接的，因为家里有李肇强年

迈多病的爷爷奶奶，她特意去了另一个房间，压低嗓音说想和儿子通个话。对方说李肇强住在医院里，不方便接电话。李妈妈一听，像被抽掉了主心骨似的乱了方寸，火急火燎地和李爸爸说了。当过兵的李爸爸心里跟明镜一样：连队一般不会主动邀请战士的父母来队，而且有政治部门参与，除非有重大的事情发生。李爸爸当即收拾行李，还特地带上一套他作为军旅纪念的老式军装，连夜往部队驻地赶。本来李妈妈想一同过来，只因为学生，离不开，家里还有两位老人，怕老人多心。李爸爸犹豫再三，最终下定决心说，他先过来，了解清楚情况，需要的话她再过来。在火车站，部队的同志接到李爸爸后，沉重地将李肇强可能已经牺牲的消息告诉了他。这种情况，这个情景，是李爸爸一路上料想了无数次的，但是当事实陡然摆在眼前，他还是掩饰不住内心的悲怆和痛苦。飘忽的路灯不时映照出他脸颊上、鼻梁上闪闪的泪光。"勇士"（越野吉普）低吼着在郊区坑洼的道路上颠簸，他仿佛没有骨头，如一麻袋稻谷在宽大的后座上被甩来甩去。"去哪儿？"声音有点嘶哑，这是他上车以后说的第一句话。"先送您去我们招待所休息。""先看看小孩。""还，还在找，还没有找到。""那就去事故现场。""勇士"掉头奔向防洪大堤的决口处。接下来的几天里，李爸爸穿着他那套老式军装，和我们一起扛沙袋，一起奔向李肇强可能出现的地方，用心寻找。他用手机和李妈妈说了几句话，让她请亲戚照顾一下老人，速来，小孩出了点事，住在医院里，很想她。李爸爸胡子拉碴，发如蒿草，眼窝深陷。几天里，他像老了十几岁。

一见到李妈妈，他终于压抑不住，号啕大哭："玉兰（李肇强母亲名），我们的孩子没啦！"李妈妈脸色惨白，目光呆滞，嘴唇抖动。两个女兵适时出现在一左一右搀扶住李妈妈，但她还是瘫倒在地，昏了过去，当即被送上停在一旁的救护车。李肇强父母没有向部队提任何要求，只是说，孩子当兵，为了救人而牺牲，值得。他们反复说着这句话，语气低沉，绵软。

报告会的试讲被泪水和哭声充斥着，程序不能往下走，而且是由此前对这件事并不热衷的张巧云所引发，这是现场很多人没有想到的。空气中缓缓流动着悲伤、感动、沉痛，还有少许尴尬，谁也没动，也没说话。挨了一会儿，有人低头翻阅稿子，有人离座去倒水，有人起身去卫生间。

突然，张巧云扭头哭着向李肇强父母跑去，从一侧搂住李妈妈，把脸贴在李妈妈背上："妈妈！"一瞬间，李妈妈止住哭泣，将张巧云紧紧地搂在怀里。很快，两个女人的哭声汇在一起，揪扯着在场每个人的心。时间、空间已经凝固，坐在椅子上的低垂着头，走动的停住脚步，倒开水的一手端着杯子一手举着水瓶僵在半空中……我鼻子发酸，张巧云那声哭喊，喊出了我们连队好多兵的心里话，尤其是我，从见到李肇强父母那一刻起，我在心里就喊过无数遍爸爸妈妈，可嘴上就是喊不出口。

"闺女，别哭了，我们都不哭，谢谢你照顾李肇强，谢谢你对他好，谢谢你给了他那么多。他不能谢你了,他妈妈在这儿替他谢谢你……"李妈妈轻抚张巧云柔弱的肩膀。"妈妈!"张巧云无语凝噎,泪如雨下。李肇强父母也看过那封信,知道李肇强曾深爱过眼前这个女孩。不知道李肇强以前有没有在信中或电话里向他父母提过,估计没提过,因为她毕竟没有接受这份感情。自从李肇强父母看了那封信后,循着别人的叫声,他们开始迟疑地打量起这个叫张巧云的女军医,眼神就有了些异样。

排里很多兵是"伦仔"(周杰伦)的"粉丝",说起周杰伦的家庭、成长、服饰、喜好、情感、专辑等,一套一套的,如数家珍,熟悉得就像自己的表哥。李肇强发现这个公开的秘密后,也试着去喜欢周杰伦,学唱他的歌。周末有人请假上街买印有周杰伦头像的圆领衫、大幅海报、签名照片、最新专辑,他也掏钱让别人帮忙捎一份。了解并熟悉后,他发现周杰伦身上有一种闪光的东西,渐渐地,他也弄不清自己是"真迷"还是"伪迷",也许有的真迷就是由伪迷转化而来的。我们部队有旅歌、团歌、连歌,往大处说还有军歌,李肇强列出诸如阳光积极、奋发向上等条件,提议以不记名投票的方式选取周杰伦的某首歌作为"排歌",在我们排开会、列队的时候唱。我们选出的是周杰伦的《听妈妈的话》,才唱过几回。一次,周日晚上开排务会,我们扯着喉咙唱时被旅政治部督查组听到了。督查组那位带队的少校皱着眉头听了一会儿,可能跟指导员说了,指导员在点名的时候含蓄地说有些歌曲虽然思想内容健康，但娱乐性太强，绵软无力，不适合作为合唱歌曲。我们的"排歌"就这样"无疾而终"。

后来，以李肇强为主创，我们自己作词，以半桶龙虾（我们自己钓的）为报酬，请宣传科号称极有音乐天赋的文化干事作曲，创作了一首拥有自主版权的歌。我们没有把它定为"排歌"，但一有机会就唱，歌名是《军营走来九零后》。歌词这样写道：爱追星有个性思想不保守／军营走来我们九零后／虽然十八九不是太成熟我要自己做到最优秀／服役章一戴便感到热血流／队列中行进比前辈还雄赳赳／会操中炫技众战友惊羡自信爆棚／样样都要争排头／知识在我左右手／我们九零后潇洒军中走／军营绿色把梦染透／我们九零后勇气超一流／明天的战场冲在最前头。

大多数时候，我们在连队门口的草地上摆上几件随手脱下的衣服当球门，追逐一个飞快滚动的球，大汗淋漓、大呼小叫地送走一个又一个落日。很快，李肇强又开始琢磨新花样了。周末，他从炊事班找来一些装过米的编织袋，叫上几个兵去后山上背黄土。后山的黄土很黏，下雨天搞训练路过后山，道路泥泞，我们恨不得把迷彩胶鞋拎在手上光着脚丫走。背回黄土，我们就在连队门口的空地上认真地修筑起"长城"。开始只有几个兵参与，后来很多兵围观，忍不住脱下鞋子挽起裤脚加入。一个个浑身泥点的兵如一群淘气贪玩的大男孩，蹲着，跪着，趴着，屏声息气，兴趣盎然，全神贯注地忙活大半天，一座微缩的万里长城惟妙惟肖地蜿蜒在连队门口，箭垛、烽火台历历可

数，连砖缝都被勾勒出来，清晰可见。袖珍版万里长城一时成为连队一景。士兵们摆出各种"POSE"与它合影，发到军网上，寄给家人和朋友。我们修筑的长城很快就"夭折"了，主要是维护起来麻烦，天晴太阳一晒，泥巴干裂，得搅稀泥涂抹；下雨打出一些麻麻点点，还有被冲垮的危险，得找块塑料薄膜罩住。这给连值日增添了很大的工作量。以前连值日只要接待来访人员，接电话，维护环境卫生等，现在还要保护"万里长城"。动手铲除长城时，有些士兵面对自己的作品难以下手。李肇强边铲边说："有时候快乐就是一个过程，就如堆雪人，雪人终究会融化，但它带给我们很多快乐。"

　　李肇强和那些性格开朗的兵打得火热，和性格内向的兵也玩得可以，还算默契。主要是他肯为他们着想，眼里不是只有那几个表现优秀的活跃分子。上级分配给我们连队几个学技术的名额，有驾驶员、卫生员、厨师、兽医等，连队开干部骨干会议讨论。绝大多数人说，通过民主测评，把这些名额作为一种奖励，让表现好，能力强，愿意留在部队长期干的兵去。往年都是这么做的。轮到李肇强发言，他说激励先进没错，但还应该拿出一定比例，照顾孤儿、来自单亲家庭以及贫困地区家庭生活较为困难的兵。这些兵由于成长环境、文化程度、习惯养成等原因，技能不一定很强，表现不一定很优秀，其实他们更需要关心。关心他们，能让他们感受到组织的温暖、增强训练的热情、工作的干劲，为他们退伍以后的生活谋一条出路。此外，通过这种形式，让他们的家人和亲戚朋友看到部队的好、部队的人情味。

我们连队学技术的名单报上去后在旅里其他连队引起很大争议。一场争议后，这条建议被无声地推广，并形成制度。这条建议有的兵知道是李肇强提的，有的不知道，那些知道的、平时默默无闻的兵再看李肇强时，眼里就揉进了别样的东西。

陈阿财是我们排三十几个兵中最先和李肇强套近乎的。还在我们一致对李肇强"凉拌"时，他就跃跃欲试。对于这一点，老排长、我们中士班长像闻到焦臭味一样反感。陈阿财像条尾巴一样跟在李肇强后面甩来甩去的。以他的经历和他平时的为人，我们总觉得他有什么不可告人的目的。有什么不光彩的勾当不太可能，勾当需要两个人配合，从目前的相处情形来看，李肇强的心理并不阴暗。

陈阿财黑瘦黑瘦的，老家是广东的，也是大学生，还是大学毕业后入的伍，只不过他上的那所大学，在没认识他之前，我们都没听说过。他在大学里学的专业是计算机，大学毕业后贩卖过水果，在一家网吧当过管理员。由于专业对口，他在网吧里干的时间最长。他说起当兵前的那段经历和当兵的过程时很淡定又很沧桑，很吸引人，刚开始时很多人围着听，可老是那么些听众，听多了也就没人听了，他也不讲了。他在网吧上班时，除了负责收银、登记证件、电脑维护、网吧安全秩序和卫生等，还要做饭。他们三个管理员，上班三班倒，做饭由抽签后来改为轮流，做出来的饭不但自己吃，还供应通宵达旦上网以网吧为家的人（当然是收费的）。他们做的饭只能说是煮熟了，难吃得连他们自己都咽不下，反正那些上网的人不计较这些，他们熬红了眼睛，已经没有多少味觉了。每次做饭，他们都要到老板那儿去拿买菜的钱（网吧收银台的现金绝对不能动用，有监控）。老板三十多岁，网吧刚开张那阵子很敬业也很规矩，一天大部分时间守在网吧里。后来老板迷上了打牌，他们每次到他的牌桌旁向他要买菜的钱，跟乞讨一样。他赢钱了心情好就多赏点，做出来的饭菜就好吃点，耳边的异样声也就少点。如果老板恰巧输了钱心情不爽，他们就忐忑不安，不敢上前，也不敢问，真是可怜。老板爱给不给，有时给一点点，跟打发叫花子一样。钱少，他们做出来的饭菜就和猪食差不多，招来骂声一片。每次轮到谁做饭，谁心里就打鼓。

　　因为做饭，他真不想在那儿干了，想着干脆回家待上些日子再找事做吧。村支书听说他回来了，当天晚上就赶到他们家劝他第二天去参加征兵体检。反正闲着也是闲着，转转看吧。他是抱着这种心理去的。没想到一体检，身上每个零部件竟然都合格。这时他后悔了，从电视上看到当兵的那么苦，听当过兵的人说部队纪律严明，他担心自己受不了，与其到时候当逃兵，还不如不去。村干部三番五次到他家做工作，说当兵是每个公民应尽的义务，这是法律规定的；说他是大学生，有这么高的文化水平，说不定能在部队干出点名堂，比东一榔头西一棒槌地打工强多了；最后说如果他实在不去那就罚款，把罚来的钱给别的村，别的村合格的多，有愿意去的。他是想来部队看看有没有发展的机会，总比在网吧里做饭有尊严；他父母是害怕被罚款，于是他来当兵了。

陈阿财到连队后没几天就自告奋勇要求担任DV录制员,他说他是学计算机的,电脑玩得溜。他在连部的电脑上噼噼啪啪演示了一番,当着连长和指导员的面。连队老DV录制员退伍了,一时间没找到合适的,由文书兼着。老兵说,DV录制员是这几年新兴的一个角色,蹦蹦跳跳东跑西颠的,地位不怎么样,但作用很重要,电脑技术要精,其他电子产品哪怕没见过的也要一拿到手上很快就会摆弄;要有责任心,上级配发的电脑、摄像机、照相机、刻录机等价格都不菲,使用时要爱惜,用完后要注意保管;最主要的是要耐心、细心,要让每个士兵都觉得军旅纪念光盘真正有纪念意义,要让每个兵看到自己奋斗的汗水,成长的足迹,不要临到退伍了才"抱佛脚",用大量退伍前后的照片、镜头拼凑,这样制作出来的光盘纪念意义会大打折扣。陈阿财担任这个角色后,提出口号:你对你的历史负责,我对你的镜头负责。一有大型或有意义的活动,他就披挂上阵,数种"武器"轮番使用,那上蹿下跳"目中有人"的架势搞得像大牌记者。镜头所到之处,顿时精神振奋,神采飞扬,或坐姿端正,全神贯注;或奋力拼搏,顽强冲刺;或群情激昂,排山倒海。在所有画面中,排长李肇强的镜头往往最多,也最酷最帅。对此大家没有异议,只是觉得陈阿财如果让传说中的钟馗抓到了,肯定会被留下来挠痒。

排房里有三台电脑,一个班一台,最里边的那台几乎是"陈阿财专用"。大型活动结束后的那天傍晚或晚上,不管电脑前有没有人,

不管是在打"魔兽"，还是在聊天、查资料，只要陈阿财向电脑走去说要用，电脑前正忙活的兵马上起身让座。就在陈阿财移动鼠标，手指翻舞，将所有的镜头、资料编辑整理归类时，周围会探满一个个汗息浓郁、额头上有一圈帽痕的头，指指点点，嘻嘻哈哈，一睹自己的风采，笑别人的"糗态"。这时，士兵们才注意到那台电脑的屏保画面居然变了，以前是一个浑身伪装成冷面杀手样的特别有种的兵（简称"特种兵"），现在变成了一个有几分姿色、搔姿弄首的女郎。士兵们猜测：她是陈阿财的女友，同学？还是从哪个网页上下载的？陈阿财未做任何解释，谁也没料到这是个"阴谋"的开始。

大家对那个女郎在电脑屏幕上像美人鱼一样游动渐渐习以为常了。一天，陈阿财神秘地对李肇强说："她是我表姐。""谁呀？"李肇强没反应过来。"就是电脑上那个。"陈阿财指了一下。"哦，很漂亮，也有气质。""我表姐对我很关心的，她说她很想和我的直接领导谈谈。""陈阿财，你这是演的哪一出，你表姐比你父母还关心你？"李肇强笑着说。

每晚熄灯前的"卧谈会"，一个很重要且能引起广泛参与的话题是谈论女朋友。在新兵刚入营时的调查中，差不多有一半新兵坦承自己有女朋友，或谈过女朋友。谈论起各自的女朋友（包括曾经的），新兵最踊跃，毫不吝惜地拿出一个个精彩的细节和大家分享；老一点的兵就小气多了，在大家的"逼供"下，才一点一点地像挤牙膏一样往外挤，其实他在挤的时候也是快乐的；更老一点的兵分明有女朋友，且正热乎着，谈论这个话题时却只是笑，什么也不说，对于他和她的细节，大家只能展开丰富的想象力，七嘴八舌地补充，说对了他不吭声，说错了他矢口否认。这种"卧谈会"最直接的成果是大家对一个个未曾谋面的美丽女孩"久仰芳名"，对她们的喜好了然于心。待到见面日，士兵们在"准嫂子"面前像说相声、绕口令似的准确地说出一些情况，女孩立马脸飞红霞，知道是男友"出卖"了自己。对于这种群众自发组织的会议，李肇强从不参与。讨论最热烈的时候有士官、班长问他：有没有女朋友？陈阿财和几个新兵紧跟着起哄。李肇强平静地说没有。根据他平时的"蛛丝马迹"分析，可能真的没有。他没有地址内详字迹娟秀的信，没有话语呢喃刻意回避大伙儿的电话，节假日也没有梳洗打扮一番请假外出。这几点不可小觑，足以说明许多情况。

傍晚，菜地劳动，李肇强和陈阿财扶着锄头站在一垄菜地旁。陈阿财红着脸，那拗口的广东普通话说得吞吞吐吐，李肇强耐着性子听了半天才明白他要表达的意思。陈阿财的表姐在看了某当代军旅题材电视剧后，很想找一个和里面的主人公一样的男友，至少是同"型号"的。而家乡小城没有驻军，她也没有当兵的朋友或同学，也就没有可利用的条件，突然想到正在部队当兵的表弟陈阿财，提起过好几次，每次和他联系好像专门为说这事。陈阿财利用平时手里掌握的资料，把李肇强表现并不出色的照片和几段视频给她发了一份。他原以为不会有下文，事情就这样过去了。想不到他表姐像"花痴"一样，看了

李肇强的照片后喜欢得着迷，说一定要认识他。这下陈阿财可犯难了，只得硬着头皮向李肇强坦白。李肇强哭笑不得，勉强答应联系联系试试看。

陈阿财的表姐和李肇强通过几次电话后，说要来部队看看。李肇强劝她不要来。她说她以战士亲属的身份来。李肇强说以战士亲属的身份也不要来，还说了一些不要来的理由。她坚持要来，而且最终来了。她约李肇强去喝咖啡，吃简餐。他躲着死活不见面。她气恼地说："我以战士亲属的身份来，你作为陈阿财的上级，跟我说说他在部队的表现总应该吧？"在连队干部的劝说下，最后在连队二楼会议室里，李肇强和她见了面。就他们两个，谈些什么谁也不知道，话题可能是围绕陈阿财展开，谈他在部队里的一些事吧。

这件事让士兵们好一阵热议，对自己的身份、地位有了新的认识，看来有的地方女孩还是很喜欢咱当兵的，对"野蛮女友"追求幸福和爱情的那种疯狂劲也有了新的认识。士兵们嘻嘻哈哈，有的说陈阿财表姐看起来比电脑屏幕上还漂亮，有的说不如那上面漂亮。议论声中，陈阿财阴沉着脸一声不吭。

李肇强是在参加攀岩训练时从三层楼房高的位置上摔下来的。摔下来后躺在潮湿松软的黄土地上（幸好前一天下过雨，土地没有板结），脸色惨白，汗珠如豆，一动不动，大家觉得不对劲才围上来。

李肇强的军事训练，哪一个科目都一般，主要是协调能力不好，很简单的动作,他一做,看起来就别扭,怎么看怎么不舒服。好几次,他不用保险绳噌噌噌地爬上六层楼高的人工岩。有次被连长看到了,可能是照顾他在士兵前的面子,不太严厉地说了他,说他违反训练纪律。严格来说,每项训练都有规定,就如单双杠练习,按规定没有人保护是不能上杠的,但大家并没有当回事,该呼啦啦地玩还是呼啦啦地玩。连长刚转过身,李肇强就模仿连长的口吻冲我们很严肃地说:"大家听清楚了吧,这是违反训练纪律的,以后不系保险绳谁也不准上。"

班长很沉着地示意周围的人别乱动,问李肇强伤到哪儿了。李肇强扭着头咧着嘴痛苦地抱着右腿。陈阿财在一旁蹲下身子,大家七手八脚地把李肇强扶到他背上,他起身就跑。连长马上用手机通知旅医院值班室。从攀岩训练场到医院有一段路。几个兵如接力赛般背着李肇强跑,一个跑得气喘慢下来,立即换一个。跑了一半多路,旅医院的救护车才摇晃而来,像个风度翩翩的绅士。

据后来的事故分析,李肇强那次是系了保险绳的,攀爬之前他还试了试,一切正常。就在他下来快到地面的时候,脚尖踩在一个狭小的砖窝窝里。砖窝窝被前面的攀爬者踩过,带有少许稀泥,他踩在上面,脚底一滑,保险绳猛的一拉,事先没注意到的磨得欲断未断的保险扣断了。连长在总结事故教训时说,猴子摔断腿纯属意料之外,但猴子瞎胡闹毋庸置疑。

李肇强摔断腿就发生在陈阿财表姐离开后没几天。有个兵说陈阿财的表姐是"扫帚星"，给排长带来不好的运气。一直忍气吞声的陈阿财这次差点和那个兵打起来。

　　李肇强被送到医院后就住院了。晚上，陈阿财给李肇强送换洗衣服和洗漱用品时，把自己的日常用品也捎了去。望着陈阿财消失在暮色中的背影，班长说，是他自己找到连队干部要求去的，他说他了解李肇强的脾气性格和生活习惯。陈阿财说得没错，李肇强平时的一些小事如叠被子、打洗脸水、洗两件泡了几天的衣服、跑腿买包方便面等，陈阿财每次都乐颠颠地帮忙，跑得很欢。大家认为他这次是想将功补过。

　　李肇强住院后，连队门口的草地上难得有往日追逐嬉戏的笑声。晚饭后到《新闻联播》前这段时间常有兵相约去看李肇强。我和大家一起去过，也单独去过。有时候我从连队阅览室捎几本杂志，有时候利用下午整理菜地的机会摘几根黄瓜几个西红柿，偶尔也在营门口买个西瓜或几斤桃子。次数很少，出营门不容易，要巴结哨兵老半天。我们连队有规定，业余时间离开连队"专属活动区"要请假。我们连的"专属活动区"从我们连的营房到前面一栋营房，左右不超过我们连队营房的长度。一句话，要在哨兵的视线范围内活动，要听到哨声后能马上集合。平时请假，班长盘问得细，如果说去看排长，准假还是蛮爽快的。

　　旅医院离连队不远，走路二十分钟的样子。俗话说，老兵病多。连队里的老兵有事没事总喜欢往医院跑。我们班长在班务会上分析说，有可能是训练强度大真的有病，也有可能是思想有病，想偷懒，还有可能是别的原因。说到别的原因，有兵暧昧地笑。我不知道别的原因指什么。我就去过两次，一次是身体复检，一次是手蹭在地上，破了，以后再也没去过。旅医院门诊部虽然大部分时间空荡荡的，千呼万唤找不到值班医生，但建筑还可以，新修的三层小楼。住院部的病房就寒碜多了，几排青砖平房，据说还是老前辈们修的。病房前后是遮天蔽日的法国梧桐。初夏时节，病房里光洁的水泥地上透着丝丝凉意，汗津津地从外面进来，坐一会儿汗就干了。最强烈的感觉还是白，墙面很白（墙脚处松软，有成片的霉斑），床上的被子很白（没有墙白，有点发黄），连床头柜、挂水的铁架子都刷着白漆，在白晃晃的白炽灯下，一切白得耀眼。

　　这个季节，住院的兵很少。听老兵说，要到九、十月份天气凉快了才多，那时有一些老兵来割包皮，当了两年兵，退伍前把身体拾掇拾掇，回去也是一份收获。偌大的几排病房里只有零星几个病人，从他们的模样装束看估计是附近的农民。由于空出病床，陈阿财就睡在李肇强旁边的一张床上，这是作为一个陪护在很多医院里享受不到的待遇。

　　傍晚时分，病房里很热闹，有病人的家属端汤送饭过来，有小孩的追逐打闹声。我去了好几次，陈阿财都不在，倒看到一个身材窈窕似曾相识的"白大褂"，或倚在离李肇强病床不远处的门口，或半边屁股挨在李肇强一旁的病床上和李肇强正愉快地说着什么。我一出

现，她就一闪而走，恍惚间，我怀疑病房里有一只白狐。我看了一眼她的背影。我没问，李肇强也没说她是谁。这时，我突然想起班长说的别的原因，原来在医院里有可能邂逅美丽的"狐仙"。

我坐在陈阿财的床上陪李肇强说话，夸张地说着连队里的一些人和事。李肇强的笑声也很夸张。他一旁的手机不时有短信提示，他也不看。后来，我才发现陈阿财就站在走廊那头一张破桌子旁打电话。尽管光线很暗，但那小子大马蜂一样的身材就是烧成灰我也认得。不知道他在和谁说，有那么多话，有时候要到我离去时，他才匆匆赶来。一次，我的脚无意中碰到李肇强床沿下好几个大的空饮料瓶，其中一个装有大半瓶黄色液体。我端起来对着光看："这是啥饮料？你喜欢喝？"李肇强大笑，打着手势不让我拧开，说陈阿财老不在，他内急了就用它处理。

我终于等到了陈阿财，拉他出来悄悄问："你主动来陪护排长，结果大部分时间跑到哪儿去了？"陈阿财支吾了几句，没说出什么来。

熄灯后，连长找我谈话，让我去陪护李肇强，说陈阿财的专业训练一般，不能耽误得太久了。还有，我想考军校，到那儿正好可以看看书，准备准备。连长叮嘱我在那儿照顾好排长的同时，要管好自己，有事要向排长请假，不要像花脚猫一样乱跑。我望着连长："是陈阿财没照顾好李肇强，李肇强提出换人了，还是因为我？"连长的脸在桌前的灯下黝黑得冒油，实在看不出来什么。

前几天发生的一件事，让我考军校的决心动摇了。旅政治部到我们连队进行理论抽考，连队布置重点人员重点准备，发下一百多道考题让我们背。我是大学生士兵，自然是大家眼里的重点人，那十来页密密麻麻的考题背得我头昏脑涨，就是当年考大学我也没有这么用功过。抽考结果出来，我们连队毫无悬念地取得优秀。但在座谈的时候，我在我们班长和几个老兵的连连咳嗽声中，还是把我们连队备考的内幕抖搂了出来。我们连队的考核成绩由优秀降为及格，还被通报批评。那几天，连队里每个兵都像跟我有仇一样，横眉冷眼的。我们班长在班务会上批评说我是哪根筋搭错了，还大学生呢，做事一点也不过脑子，没有集体荣誉感。连队干部倒没说什么，晚点名时还表扬我做得对，表现出了一个大学生的素质，但我听了比挨打还难受。据说很快就要进行军事摸底考核，由于上次的缘故，这次我们连队备受关注，而我军事训练一般，又爱"放炮"，连队干部是不是对我不放心，这个时候想把我支走？

早饭后，我磨磨蹭蹭地收拾一些要用的东西。有些兵在准备训练器材，有些兵手握腰带在走来走去，值班员很快要吹哨集合去训练场了。班长看了看我，似乎想说什么。我马上转身去了储藏室，去拿我一直没时间看的几本书，是小说，不是考军校的书。陪护腿骨折病人应该没什么事，平时无非就是给他打饭，端茶倒水，扶他上厕所，洗一下难得一换的衣服，再就是有什么事跑跑腿，利用这个机会刚好放松一下心情。

我拎着自己的东西进去时，李肇强在翻一本杂志。"来啦。"李肇强随手把杂志放在床头，指了一下左边的床铺说，"你睡这吧，没人。"陈阿财的东西已整理好了，放在床上，装在两个很大的超市塑料购物袋里。一会儿，陈阿财回来了，把饭菜票给我，告诉我在哪儿打饭，在哪儿打开水，上厕所时要注意什么，早上洗好的衣服晒在哪儿等。"打针吃药呢？"我问。"这你不用管，到时候医生或护士会过来的。"陈阿财望了一眼走廊，犹豫了一下说，如果有电话找他，就说他回连队了。

我简单安顿了一下就躺在床上看书。"看的什么书？"李肇强扭头问。"闲书。"我把书递给他。李肇强翻了翻，把书还给我："不考军校啦？""还没想好。"我准备着洗耳恭听李肇强的一大堆劝说，但他只是叹了口气，什么也没说。

有两个小孩，一个男孩，一个女孩，从隔床老婆婆慈爱的目光看，估计是她的孙子和孙女。小孩们先是在老婆婆床边玩，在大人的管束声中小声地嬉笑着；后来在病房里追逐，小女孩跌倒了大声哭，小男孩挨打了，也大声哭。我合上书，皱着眉头。李肇强饶有兴趣地看着，嘴角挂着微笑。见我那样子，李肇强说："现在没事，你搬张椅子到外面去看吧，有事我叫你。"

高大的法国梧桐枝繁叶茂，树叶密得洒不进一点细碎的阳光，站在下面就是落雨一时之间也淋不湿。树叶间有蝉在歇斯底里地叫，树冠上有鸟儿在跳跃欢唱，烈日炎炎下，树荫里凉风习习，不冷也不热，不潮也不燥。手拿着书看不到几行，我就开始昏昏欲睡，心想：要是有张吊床就好了，拉在树干间，躺在里面随风轻荡，醒着就翻几页书，困了就把书遮在脸上酣然入睡。有资料说：法国梧桐不是法国产的，是地地道道的我国云南的树种，只因二十世纪二三十年代上海法租界种了不少这种树，人们就误认为它是法国的。本是我国土生土长的物种却被取了个外国名字，这也是一段屈辱历史的见证吧。

我正走神，看到李肇强从窗户里伸出一只手，用食指叩窗玻璃。窗户开着，声音不大，如果我没有随时警觉地瞟上一眼靠近李肇强病床的窗户，很可能听不到。我把打开的书按在椅子上，跑过去，第一眼就看到了她，前几次一闪而过"狐仙"般的背影也应该是她。那天她穿着医务人员常穿的白大褂，两条并不修长的腿搭在一起，斜坐在床沿上，边和李肇强小声说话边吃樱桃。她的脸庞白净清秀，嘴唇薄，有淡淡的棱线，鼻子不是挺拔的"希腊鼻"，而是圆圆的，像刚剥出来的小蒜头，这让她的脸更加生动，平添了几分俏丽与调皮。她的头发在发夹的作用下支棱而蓬松，长短应该符合军队条例规定，但有点卷且发黄，不知是不是她故意做的，如果是的话就不符合规定了。她坐的是我的床铺。我正迟疑坐哪儿，李肇强指了指床头柜上塑料袋里装的樱桃让我吃。这时我才注意到床头柜已挪到过道中间暂时充当茶几，塑料袋里面的樱桃湿漉漉的，鲜红欲滴。我在李肇强的床沿上坐下，东拉西扯地说些什么现在没印象了，但我清晰地记得她抓樱桃的手，小巧白皙，手背上青色的血管就如蒙在一层柔软透明的薄纸里。

她挑个大的，灵巧地抓住细小的柄往嘴里送。我思量着每次挑个大的，这样的人是什么性格，应该是乐观的，因为在她眼里，当下选择的总是最好的。从头至尾，李肇强没有向她介绍过我，也没有向我介绍过她。但我认识她，我们很多兵都认识她。

她就是张巧云，除了担任晚会女主持，还兼任旅历史陈列馆解说员。我不知道的是她和李肇强在一个集训队待过，他们即使没有交往，也应该认识。有道是"当兵三个月，看老母猪都是双眼皮"。当兵后正处于青春期的我们，就是一件花色衣服从一旁飘过，不用班长下达口令，也会全部行注目礼，回过神来后再评头论足。此时我才回想起"乱花渐欲迷人眼"的大学校园，那时候真是身在福中不知福。营区里有限的美丽资源很快被士兵们"人肉搜索"出，包括军人服务社收银的嫂子笑起来有两个好看的酒窝，不过她轻易不冲我们笑。"熊猫馆"的那群"熊猫"傲得跟孔雀似的，还没有熊猫娇憨有趣。士兵们把通信连那十几个女兵称作熊猫，她们整天猫在值班机房里，被部队的伙食催得胖嘟嘟的，又被严格的纪律管理着保护着，真像国宝熊猫，她们住的地方理所当然就是神秘的"熊猫馆"。张巧云在这样的环境中便脱颖而出，备受瞩目。

张巧云起身离去时说："刘佳阳，你跟我去取药，让你们排长马上吃。"我突然觉得自己的名字很陌生，她居然知道我的名字。

那天，有好几个电话找陈阿财。有两个男的，从那独具特色的广东普通话听，估计是他别的连队的老乡。掌灯时分，一个女的找他，我说陈阿财有事回连队了,我是他战友刘佳阳。她说听说过我,问陈阿财还回来么,我说不回来了。然后她关切地问起李肇强的病情。我一愣,这是否涉及机密?有没有违反保密规定?我被各种保密教育弄得条件反射了,尤其对方是个女的,让我更警觉。我笼统地说了一下,李肇强恢复很好,很快就能出院,感谢她的关心。"请问您是?"我礼貌地问。对方没有回答。我把这个电话的事跟李肇强说了,他听了没吭声。

连队大部分人外出驻训了,吃住在驻训点,要到蚊蝇蛇鼠横行的时候才回来。李肇强的日子落寞了不少。

只要不下雨,我就搬把椅子到屋外的梧桐树下去看书看树看人消磨时光,李肇强有事就叩窗户。我们似乎达成了一种约定,他有事就敲他左侧的窗玻璃,伸手就够得着。如果我哪天赖在床上,李肇强就说:"你出去看吧。"医院里大部分时间不是很忙,不忙的时候,张巧云就坐在李肇强一侧的床沿上和他说话,声音很低,几乎听不到,但偶尔传出的笑声仿佛一段平缓的直流线突然冒出几个山峰样的脉冲。有人喊张医生,听到"哎"的一声答应,皮鞋咚咚咚地急促地叩响水泥地面。不一会儿,皮鞋声又轻缓地出现了,在李肇强的床铺附近停住。我进去倒开水,拿书,取纸和笔,好多次见到张巧云坐在李肇强一侧的床沿上的样子。有时候在嗑瓜子,是那种纸袋装的葵花子,她一手抓一小把瓜子,一手握着一个用报纸卷成的喇叭,瓜子壳就吐在喇叭里；有时候吃话梅，手里托着一张纸手帕，核就吐在纸手帕上。李肇强有时候也卷个喇叭和她一起吃，很多时候就看着她吃，喉结不时地滑动一下。反正她很少干坐着，如果她坐在那儿，嘴巴没有吃东西，李肇强就会敲窗户让我去跑腿，买樱桃、桃子、西瓜等水果。那时节，水果还没有大量上市，樱桃十几块钱一斤，桃子和西瓜也要几块钱一斤，贵得咬手，李肇强给我钞票时手一点也不抖。

端午节后，我回连队一趟，带回一兜粽子、咸鸭蛋、苹果等吃食，是共建小学的孩子们送的。连队留守的人少，吃不完，给我们的远远超过了平均数。那些粽子乍一看眼花缭乱，有的贴有商标，有的没有，有的尖尖的，有的圆头圆脑，有的用棕榈树叶捆扎，有的用白线，还有的用彩绳，估计里面的馅也是五花八门的。再看咸鸭蛋和苹果，差不多每个咸鸭蛋和苹果上都贴有一张小纸条，纸条用透明胶带固定好，上面歪歪扭扭地写有一句话，如"解放军叔叔辛苦了""我长大了也要当解放军""我好想摸一下真的枪"……或绘有一个卡通图案。李肇强嘴角挂着笑，翻看着，示意我去叫张巧云。张巧云的医务室我跑过多次，借书，还书，取药，帮忙拿医疗器具等，有时候仅仅只是侦察一下她在不在。李肇强往那边看一眼撇撇嘴，我就明白他的意思。张巧云来了，握着一个咸鸭蛋又放下，端详起一个苹果，眼睛眯成一道缝，笑得像小孩。李肇强说，这些慰问品说不定是孩子们从自己家里带来的呢。张巧云说，是的呢，他们老师也许前一天或前几天就布置任务了，像布置家庭作业一样。孩子们回家向家长们传达后每天不时地提醒，准备好了没有，比完成家庭作业还要认真呢。张巧云俯身一个个拨弄着说，这不仅是孩子们的心意，还是一个个家庭的心意呢。

张巧云拿起床头柜上的水果刀给李肇强削了一个苹果。苹果在她手上像个地球仪，一圈一圈地转着。水果刀悄然划过，削好了，果皮还紧贴在上面，打开，果皮如一条匀称的带子。李肇强有点激动，脸像苹果一样红，接过削好的苹果，咬了一大口。果汁溢出他的嘴角，张巧云递给他一张纸巾。张巧云挑了一个咸鸭蛋，说咸鸭蛋保存时间长。那上面写着：你想家想妈妈吗？她让李肇强也保存一个，上面写着：我想做你的女朋友。

李肇强在叩窗户。我跑过去，他让我扶他去厕所。我一手用力扶住他的肩，一手提着根拐杖。他一只手搭在我肩上，当他那条"金鸡独立"的腿抬起往前迈时，整个身体的重量就落在我一边的肩上，我几乎是半背半扶着他走。厕所离病房有一段路，是用断砖铺的，平时不觉得远，这时会觉得又远又坑坑洼洼的，特别难走。把他送到蹲坑旁，递给他拐杖，我就在外面等。在那种地方候着别人解决问题，气味真大。我扶着李肇强往回走时，他说她也扶他上过厕所。她是谁？我马上反应过来。

那次，她坐在一旁和李肇强说话。李肇强探起身东张西望，叫了几次陈阿财，没有人答应，不知那小子跑到哪儿去了。她问他有事吗，他连声说没有没有。他的脸色渐渐变红，越来越红，说话也心不在焉的。"起来吧,我扶你去。"大人对小孩说话的口吻,不由他分说。她扶他去时没感觉,他的注意力全集中在臀部,咬着牙告诫自己一定要坚持住,千万别出洋相。在男厕所外,她大声问里面有人吗。她扶他回来时,他感觉到了她双肩的纤细瘦弱,还不够他一只手一搂的,每走一步都能感到她尖尖的肩胛骨硌着他的手臂。他努力把头往一边扭,不看她,但她发间淡淡的清香还是直往他鼻翼里钻。他尽量平衡住身体,不让重量往她身上压,但来回一趟还是让她气喘吁吁,脸上汗津津的。那次陈阿财回来后,李肇强并没有特别责怪他,以致后来又因陈阿财不在需要张巧云扶李肇强上厕所。

上厕所实在是太麻烦了,小便还是采用陈阿财发明的办法,用饮料瓶在被窝里解决。本来医院里备有专门解决的器具,但是那东西宽宽大大的,还没有用饮料瓶方便。

我和其他医生打交道时认真捕捉每一条信息,和医院里的几个兵闲聊时没忘记旁敲侧击:张巧云有没有男朋友?综合各种迹象,她很少收到信,也很少有电话找,节假日不是值班就是猫在宿舍里,不像是有男朋友的样子。我把得到的线索分析给李肇强听。他笑了。

那个女的又来过两次电话,打听李肇强的情况。我猜是陈阿财的表姐。我问她,她没作声。

李肇强和主治医生磨了半天嘴,提前了一个星期出院,其实他的腿还没完全恢复。

天气真好，晚上下过一场雨，早上太阳出来时，照得草地上的露珠晶莹剔透。张巧云知道李肇强快要出院了，可这几天她连个人影都没有。收拾好东西，我咚咚咚地跑了几个来回，累得满头大汗都没有找到她。后来，我问医务室另一位值班的医生，只说她有事请了几天假，具体什么事不知道。张巧云之所以不见我们，是不是因为李肇强提前出院？

回连队的时候，一路无话，李肇强头上好像有一片云跟着他飘呀飘。

李肇强提前出院是为了参加连队某训练攻关课题组。课题组已连轴转了好多天，他一回来马上就卷了进去，中午不能休息是常事，有时候午饭都在训练场上解决。好在主要是用脑，不是用腿脚，不然够李肇强"喝一壶"的。

晚饭后，我准备去军人服务社。李肇强脸色疲惫地叫住我，往我裤子口袋里塞了一封信，拍了一下我的肩，让我快去快回。他抬了抬下巴，我往旅医院的方向看了一眼。我回来时，李肇强已等在连队门口了，不时地向通往旅医院的路张望。他拉过我急切地问："见到了吗？""见到了。""信交给她了？""给了。""她说什么了？""没有。""有回信吗？""没有。"在他一番点射似的提问后，我详细地说起见到她的情景。我像传递情报的间谍，避开众人的目光，先是来到住院部的医务值班室，在窗户外的屋檐下站了一会儿，犹豫着要不要敲门进去，想着如果里面还有其他人我该怎么说。门口不时有人

进出，从里面的说话声可以判断她不在值班室，于是我来到她的宿舍门口——最前面那排平房的第三个门，这个我们早就打听清楚了，只是从没去过。在她宿舍门口我又等了一会儿，听得出，里面有人。她出来了，头发湿湿的，穿一件月白色碎花衬衣，腰束得很好看。她一扭头发现了我："你有事吗？""我……我们排长出院了。""我知道。"她面无表情，好像和李肇强曾经是夫妻，现在感情破裂得无法挽回。"他让我把这封信给你。"她接过信，捏在手上，没有当面看。"还有事吗？"她见我还没走。"没有了。"我磨磨蹭蹭往回走。暮色中，我在拐弯的时候看见她进屋了。这就是我给李肇强第一次当信使的全部过程。

唐代诗人李商隐好像有一句"青鸟殷勤为探看"的情诗。接下来的日子，我就充当李肇强的青鸟，风雨无阻。每天傍晚，他不动声色地塞给我一个封信，照例拍一下我的肩，我就老马识途般往旅医院跑，绕开障碍且准确无误地找到目标。张巧云有时候在医务值班室。如果有其他人在，我就推门探头说："张医生，有事找您。"她闪出来接过信，身子一扭进去了，白大褂衬出她臀部优美的曲线，让我愣神好一会儿。有时候找了一圈，她不在值班室也不在宿舍，我就把信塞进她宿舍的门缝里，如果窗户恰巧开着，就从窗户扔进去。每次回来，李肇强看看我的手，不见我往口袋里掏，情绪顿时像下楼梯一样，一步步往下落。我告诉他，她今天穿什么样的衣服，我去时她在做什么，说了哪些话。"她问起你呢，问你的腿恢复得怎么样。""真的？"

他眼睛一亮，看我笑得不太自然，又暗了下去。

李肇强给张巧云的信每次都没有封口。有一次，我在路边悄悄打开看了一眼，就看到一句话：在所有的药物中，你的笑容是最好的一剂。我心虚得像做贼，好像李肇强和张巧云就在身后用鄙夷的眼神看着我。天色尚早，我绕道爬上后山采了一大束太阳花。星期天，我们班在后山砍杂木（用来搭瓜架）时，我看到山坡上开满了星星点点的花，淡黄色，看起来像微缩版的向日葵，其实那种花学名叫什么谁也不知道，我们就给它取名叫太阳花。那天，我把花连同信一起交给她，她捧起花笑了。这是我充当"邮差"以来第一次看到她笑。"我们排长给你采的。"我提醒道。"谢谢。"她边走边嗅着花。花儿映着她的脸，真好看。

我又一次去，张巧云不在，宿舍的窗户开着，那束太阳花插在窗前书桌上一个玻璃瓶里，开得正艳。我把信扔在书桌上那束太阳花旁。

傍晚，离值班员吹哨集合看《新闻联播》还有一会儿，旅军务科突击到连队点名，检查人员在位率。我去旅医院了，还没回。点到我的名字时，李肇强说，请假去电话超市给家里打电话去了。

晚饭后跑去送信已经被我程式化了。我程式化了倒没什么，就怕张巧云收信看信也麻木成程式，就像到点就响的军号。她还是没有带给李肇强只言片语。有天晚上我送信回来，绕道采了几片红叶。那几棵树上伸手可及的叶子都被摘光了，黑灯瞎火的，我摘的几片树叶形象有点差强人意。我把树叶递给李肇强时，担心他会随手扔了。翌日晚上，我在去旅医院的路上抑制不住好奇心，看到信封里有片红叶，上面写道："红叶生南国，春来发几枝。"那片红叶也许没有发挥它的神奇与灵性，还是没有效果。

李肇强好像在冲着神女峰喊，一点回音都没有。看着他那霜打的茄子一般的样子，我犹犹豫豫地说："你怎么不正面交锋呢？就是打仗也有个火力间隙，再忙，这点时间应该能挤得出来。"他沉默片刻后说，他打过电话，别人叫她的名字，是她跑过来接的电话，但一听出是他，就什么也不说，只是听他说，但能听到她在话筒里的声息。他也去过，去过两次，在医务值班室或病房里，她像往常一样说笑。在她眼里，他如同恐怖分子，她目光躲闪，刻意避免和他单独在一起。他说，也不能老是去，巴掌大的地方，好多人认识。

我咬牙花了近一个月的津贴请收发室的上士给我带两张大华电影院的情侣票。收发室的上士是我们营里最令人羡慕的兵，他每天两次要蹬着自行车到邮局取报纸、杂志、信件。为了让上士乐意帮我这个上等兵跑腿，也为了堵住他的嘴，我还额外付出了一包中档香烟的代价。我当着李肇强的面把连在一起的电影票撕开。把其中一张塞给他时，他把电影票钱给了我，我毫不客气地收下了。香烟钱我没提，他也不知道。

星期天下午，太阳还老高，他垂头丧气地回来了。我问："她去了吗？"他摇了摇头。我指天发誓；说电影票我亲手给了她，她接过去了。当我说请她务必去，不然那袋爆米花我们排长吃不完时，她笑

第二章　云中谁寄锦书来

了，露出整齐细白的牙齿。

星期一，我去送信。张巧云看了一眼我额头上的汗，说别再送了，天怪热的。我连忙摆手，说不热不热。她很严肃地说："回去跟你们排长讲，谢谢他了，我们之间不会有结果的。"

我找到营部通信员，营部通信员找到他在旅医院当卫生员的老乡，转了几个弯才弄来一本有旅医院字样的空白信笺。如果他们问要这种信笺干什么，我就说用来写信。理由很牵强，这年头，还有谁写信呢？就是写信，为何偏要用这种纸？结果是我想多了，他们什么也没问。本来我也可以向张巧云要，但害怕引起她的怀疑。

晚上，我在学习室挑了一个不被人打搅的角落，先是在草稿纸上字斟句酌半天，然后才誊写到有旅医院字样的信笺上。写几个字不满意，撕掉又写，写了又撕，直到一本厚厚的信笺被我折腾得只剩下几页了，才把那几百字的信写好。张巧云的字我见过，端正娟秀，略有棱角，短时间内很难模仿。我就用工整的仿宋体写，字小一号，用笔略轻，看起来像是出自一双柔弱之手。一本侦探书上好像提到过，仿宋体的书写最难辨别是谁的笔迹。

夕阳抹红了树木，我照例向旅医院走去。我回来后将那封信塞给李肇强。他像不曾防备似的被猛然一击，脸通红，手直抖，转身就走了。熄灯号吹响前，李肇强拉过我悄声问："花是怎么回事？"我把那天的事说了，坦承以他的名义送过她一束野花。李肇强一声不吭，拍了拍我的肩。七夕节的礼物是李肇强亲自上街挑的，贝壳是他托人从海训场带回来的（他由于腿伤没有参加海训），这两件礼物经过他手，也经过我手；至于那束花，写不写我颇费了一番心思，后来还是决定写，主要是想增加这封信的可信度，并且告诉他我在促成这件事上尽力了。当时的我，怎么都没有料想过张巧云有一天会看到这封信。

熄灯号响过，李肇强靠在床头打着手电筒看那封信。我把头蒙在被子里，腿像抽筋一样地抖。后来，他看得多了，我也不笑了。

李肇强牺牲后，我们连队像其他连队对待牺牲了的英雄一样，晚点名时，第一个点英雄的名字，全连官兵扯着喉咙答到。同时，保留英雄的铺位，被子叠得方方正正，床单一尘不染，值日员每天除了维护好整个房间的卫生，重点是维护好英雄的床铺，一切保持他刚离去时的样子，好像他随时会回来，晚上就睡在那儿（后一项仅针对社会主义和平时期产生的英雄，战争年代的英雄可能还没有像样的被子，晚上住在老乡家里抱稻草、下门板，没有固定的床铺）。这么做，起初好几个胆小的新兵晚上睡不着，为此，我们班长，不，排长（他又代理上了）在排务会上强调说："我们革命军人怎么还迷信呢？老排长会吓唬你们吗？他只会保佑我们训练平安，比武拿第一。指导员说了，这是让我们感受英雄的气息，在崇尚英雄的环境中成长。"

至少在我们连队，士兵们不再觉得那个叫张巧云的上尉军医长得好看，不再谈论她，去医院的人少了，而且去的可能真有病。

陈阿财的表姐来电话，连值日员接的，说找我。她问："李肇强

第二章 云中谁寄锦书来

怎么啦？电话老关机。"我问她陈阿财是怎么说的。"他说他调走了，调到别的部队去了。"我说："那就是吧。"

　　日子过得不紧不慢，没有因为我们的悲伤或者快乐停下脚步。当兵第二年，我没有参加军校考试，年底改转士官。第三年我考上军校，八月底开学报到前我去找张巧云。虽然立过秋了，天气还很热，还是似曾相识的黄昏时分，在她宿舍门口遇到她，她还穿着那件月白色碎花衬衣，我恍惚回到了一年前。她正准备拉上门出去，扭头见到我，一愣，自从"李肇强英雄事迹报告会"散伙后，我们就没见过。她抓在门把上的手垂了下来，问我有事吗。我说，有些事一直闷在心里不得解，今天特地来问问。"什么事？""你为什么对我们排长那样？他住院时你对他那么好，出院后却小气得连张纸片都舍不得给。"听我提起李肇强，她平静的脸瞬间像有虫子爬过，半天没说话。我们就那样站在门口，看着夕阳在远处的山坳里一点点隐去。她没有让我进去坐坐的意思。有蚊虫飞舞，她抚了一下光洁的手臂，一只手搭在另一只手上，眼睛漫无目标地望着前方说，她有个和她相恋几年的同学毕业后去了雪域高原，一次巡逻，双腿被冻坏，不得不截肢。他几个月没和她联系，没有信，没有电话，这在以前也有过，是在大雪封山时。后来终于等到他的一封信，薄薄半页纸，让她不要联系他了，他已经结婚了。她气疯了，恨不得冲到他面前扇他一巴掌。后来才知道他出事了，回家休养时，由老家妇联出面找了个有轻度残疾的姑娘结婚了，他们结婚后，组织上给姑娘办了随军手续。这一切都发生在李肇强住院前后。她说，她至今都没走出那段感情，怎能面对新的感情呢？说完，她用牙齿咬住下唇，拼命忍住一种东西溢出。

我把那个贴有"我想做你的女朋友"纸条的咸鸭蛋递给张巧云。它已经变得很轻了，但壳还是完好的。我说："我们排长以前很珍爱这个咸鸭蛋，经常拿在手里看，送给你做个纪念吧。"

张巧云转身进屋，不一会儿拿出一叠信，用红色的绳子扎着："这是你们排长的，还给你，真难为你了，随你怎么处理都可以，你看着办。"

我告诉她："我考上军校了，很快就要走了。"

她伸出手说："祝贺你。"

我们握了一下手。

我转过身走出几步了，张巧云冲着我的背影说："谢谢你那封信，说出了我的心里话。你没骗你们排长。如果一切可以重来，我会给他一个满意的答复。"

第三章
碧海青天夜夜心

秋，好像一夜之间来了。中午天气还是很热，只是早晚稍微凉快点。部队刚演习回来，这次我们准备了几手预案，按照战场态势随时调整，完全没按套路出牌，如会拳的撞上拿刀的，把"蓝军"揍得晕头转向。上级通报战况后，全旅上下喜气洋洋，精神振奋。返回营区也一路顺利，仅有一两次有惊无险的轻微刮擦，上千台车辆，数百千米夜间出动，愈是风平浪静愈须警觉。

司令部通知，部队休整一天，半天整理器材，也算是对前段时间连续占用几个周末的补偿。我带了辆"勇士"，在几个主要营区转了一圈。我们部队点多面广，相对集中的营区有三四个，小散远单位几十个，分布在绵延上千千米的海防线上，有的岛上就一个连队，甚至只有一个排、一个班，如果每个单位转下来，得十天半月。路过道筑连时，我只是远远地望了望，还是绕着走了。我并不怕别的什么，只是怕见到那些熟悉的兵，怕看到熟悉的场景。位于营区角落里的旅医院我以前就几乎没去过，现在更是能不去就坚决不去。隐约听说张巧云打转业报告了，年底转业问题不大。在基层部队，营以下转业很难，不过女干部要好一些。

有的连队在热火朝天地整理、擦拭、晾晒器材；也有的连队把各类器材泥巴乎乎地随意堆在门口，士兵们像过年一样心情放飞。严格来说，这是两种类型的连队，两种带兵方法，没有好坏之分。前一种连队干部带兵一般中规中矩，按部就班，上级说什么就是什么，严格抓落实，就像农民种地、工人上班一样，老老实实，兢兢业业，他们适合于坚守阵地，或死磕硬啃打主攻；后一种连队干部带兵灵活，平时训练、生活听取大多数人的意见，更民主，连队有朝气士气，战术战法上常有创新，适合于出奇制胜，剑走偏锋打追击，于运动中歼敌。整个部队，一个独立作战单元，还有集体，要守正创新，平时管理、训练、教育要正规、正气，要严格按照训练大纲和部队日常管理规定，一步一动，扎扎实实走过程，踏踏实实练作风；但在实弹演习、正儿八经的战斗中就要创新战法，勇出奇兵，不能墨守成规，更不能纸上谈兵，士兵们走出去就是一群猛虎，不管使什么招，胜者为王。

　　我在督查通报材料上把两种现象都说了，肯定了一回来就整理器材的连队，但也没有点名批评那些懒散的连队。旅长在交班会上把我草拟的通报原封不动、一字不漏地读了。我心里暗自得意。作为机关小干事，最大的成就就是提出的意见、建议被领导采纳，草拟的报告材料被上级转发或发表，尽管绝大多数是不署名的，没人知道那些东西是谁写的，以后转业、离任也没办法作为成果业绩展示，但我还是很有成就感，那几天走路都轻快很多。很多人甚至不知道我们这些参谋干事整天忙忙碌碌的到底干了些啥。我们知道自己就像一台大机器上的某颗螺丝，到底发挥了多大的作用，自己心里清楚；当某颗螺丝没了或损坏了时，机器也知道。

那天交班会结束，我往宿舍走时先是接到刘大勇的短消息，说他定在国庆节的第二天举行婚礼，邀请我参加。紧接着他打来电话，问我那天有空吗。我说肯定去。问他们怎么现在才举行婚礼，他说，"驾驶证"过年前就拿了，他本来想拖一拖，把婚礼省掉，没想到李晓琳不依不饶，一定要举办。

李肇强走后，刘大勇很少来，即使来旅机关办事，也匆忙得像取火种，我们也很少通电话。他确实很忙，某国的军舰冷不丁出现在附近的公海，需要绷紧每根神经，还有他手下百十号人的各种事情。听他简单提起过，他和李晓琳是上学时候认识的，分分合合，合久必分，分久必合。我跟他说，但愿人长久，合是大河大江奔流入海的大趋势，是不可阻挡的世界潮流，他俩必将百年好合。

刘大勇的婚礼在上海一个很大很气派的酒店里举办，比我想象得还要隆重，应该是我参加过的为数不多的婚礼中最盛大的。婚礼上大多是女方的客人，穿着打扮与环境背景很相宜，一个个轻松自如、习以为常的样子。刘大勇这边就我们几个从外地赶来的战友、同学，还有在当地的他的几个老乡，估计是他初、高中时的同学，满打满算不到两桌，与对方乌泱泱的阵容相比，显得有点稀疏冷清，势单力薄。他父母黝黑清瘦的脸上洋溢着喜庆、幸福与自豪，也透出淳朴的拘谨，身上崭新的衣服好像合身又好像不合身。婚礼上，李晓琳如川剧变脸一样，眨眼间就换一套衣服，一套比一套漂亮。刘大勇就换过一次衣服。当他穿着军装礼服出来时，我们几个站起来，跳起来，声嘶力竭地欢呼。刘大勇穿军装的样子是那么帅，他的夫人是那么靓丽，他俩是那么般配，感觉刘大勇太给我们当兵的长脸了，李晓琳像女神一样，太给我们面子了。那一刻，我们觉得李晓琳坚持举办婚礼百分之百地正确，是讲好中国故事、军营故事——最美丽的故事。

刘大勇和李晓琳挨桌敬酒。来到我们那一桌时，我们起哄，各种刁难，李晓琳始终面带微笑，委婉地配合我们的"无礼"要求。她那端庄大方、温柔和顺的样子，反而让我们觉得不好意思，由有备而来变成偃旗息鼓，草草收场。这也许是上海女人的魅力之一吧。就在那次婚礼上，我见过李晓琳一面，后来在岛上再见到她，感觉判若两人，也许舞台上、婚礼上的女人和现实生活中的女人本来就是两个截然不同的版本。

我是那年年底结婚的。妻子是老家一所小学的语文老师，经亲戚介绍认识，鸿雁传书，以及"言而无信"（打电话），平淡无奇地交往一段时间后，双方感觉尚可，就在老家按照乡俗举行了一场简单的婚礼，在部队只是在政治部群工办开具了一个证明。没有拍结婚照，这是妻子一直耿耿于怀的。

夏天，一放暑假妻子就来了。能当老师说明有一定的文化水平，整天和学生相处，人际关系简单，每年有寒暑假，最主要是小孩的学习有人管。这就是军人喜欢找老师做妻子的原因。那天下午快下班时，我看到刘大勇和他们连队的司务长急匆匆地往军需科、财务科方向走。我叫住刘大勇，让他们等会儿过来吃饭。他答应了。一会儿，他一个人来了，手里提个大西瓜。那季节，西瓜还不当时令，贵得咬手。我问，他们司务长怎么没来？他说那小子不好意思。

进屋后，刘大勇才知道我妻子来了，我结婚了。他顿时变得像个中学生一样腼腆，搓着手，一个劲地怪我不早说，一点消息也不透露。

我妻子满面春风地说："经常听刘小虎提起你，什么时候把李晓琳带过来，咱们两家好好聚聚。"我妻子端出一杯茶，转眼间把热气腾腾的饭菜摆放好。在人前给足我面子，让我有一家之长的感觉，这是我和妻子婚前签订的"和平共处 X 项基本原则"之一。

那天我们就喝了点饮料。我拿出一瓶红酒，劝刘大勇喝点，他坚决不喝。我说："你也准备'封山育林'了？"刘大勇笑而不答，顺着话题说起他们岛上，他的上上一任的故事。

那时岛上常住人口还很多，有学校、医院、电影院、派出所等，一片红红火火、欣欣向荣的景象。岛上驻军最高首长——王连长结婚几年了，家属的肚子还是一马平川，没啥反应。这不能怪他，也不能怪她，只能怪他们聚少离多。有一回，他家属厚着脸皮在岛上待了近两个月，回去不久就传来喜讯——有啦！连队几个老士官听到这一喜讯后说："嫂子这次终于'精'诚所至，取'精'成功。"

那段日子，王连长给家属的电话打得真勤。那时候，长途电话费很贵，他把近三分之一的工资贡献给了电信部门。他们围绕着孩子说各种悄悄话，营养、胎教，生男孩叫什么名字，生女孩叫什么名字，孩子在肚子里老不老实，孩子的衣服、玩具，孩子的教育，甚至以后孩子上什么大学都要憧憬一番……胎儿三个月了，家属独自去医院做B超，例行检查。他们决定把谜底留在最后（就如当下年轻人开"盲盒"一样），不问医生是男孩还是女孩。当然，医生也不可能透露。但如果是很熟的人，也许会含蓄地提示准备什么颜色的衣服，如粉红色等，年轻的父母马上就心知肚明，心领神会。无论是男是女，对他们来说都是一份惊喜。王连长跟他家属说，当兵的结婚生子真有点像动物界的雄企鹅。雄企鹅把"种子"播下去后，屁股一拍，摇摆着身子走了，把孕育生命、哺育孩子等一摊子麻烦事全扔给了雌企鹅。其实，从一粒种子到一个呱呱坠地的生命，再到一个活蹦乱跳的孩子，这是一个多么痛苦、艰辛的过程呀！

王连长给家属的"预防针"虽然打了，但他心里还是谋划着到时候如果没有特别的任务，不是实在走不开，他一定要请假回去，守候在妻子的产房外，听到孩子的第一声啼哭，给孩子第一个温暖的拥抱。他家属也几次说起，女人生孩子是在鬼门关走一遭，到时候希望紧握他的手，能感觉到他的力量和温暖。每每触及这个话题，王连长就含糊其词地说，努力争取。

那年秋天，连队指导员被派出去学习，副连长母亲病危，临时请事假。连队要备战，盯紧那片海域，还要准备抗击蠢蠢欲动随时可能登陆的台风。作为连长，他自然脱不开身。那天上午，接到家属已经进产房的电话后,他套上一件便装,鬼使神差、不由自主地来到小岛医院妇产科门口。那里没有想象中窃窃私语的热闹,没有悄然紧张的欣喜,长条椅上就坐着一个五大三粗的爷们儿,一身皱巴巴的藏青色西装,络腮胡,浑身鱼腥味,有一两回掏出烟,看了看墙上"禁止吸烟"的提示,又表情讪讪地塞了回去,不时站起来,来回走,像头困兽。一到那儿,王连长也像被他感染了似的,一副魂不守舍、坐立不安的样子。好像过了几个世纪,突然,产房里传出一声洪亮的婴儿啼哭声。片刻之后,门打开一道缝,一个小护士探出头来,露出小虎牙一笑:"生了,大胖小子,母子平安!"

"生啦!"没等"络腮胡"冲向前,产房门关上了。

"生啦!"王连长好像陶醉在婴儿的啼哭声中,可就一两声,很快就安静下来。

"络腮胡"看到王连长闭着眼睛激动万分的样子,脸色刹时堪比猪肝,目光恶狠狠地刮向王连长,拳头捏得咯咯作响,一把就将王连长掀翻在地……那天王连长毫无防备,莫名其妙地挨了几拳头,没有还手。王连长为了听婴儿的第一声啼哭,感受一下当父亲的喜悦——竟然挨顿暴揍。

听刘大勇讲完这个故事,我和妻子都没有笑,默默地坐着,周围的空气好像凝固了一样。他充满了歉意,说对不起,说到当军嫂的难处了。他说这个故事在岛上,大家也不愿意提起,后来渐渐地知道的人就少了。

那天可能是因为没有喝点酒,氛围就像那几天的天气一样,闷得让人窒息。李肇强好像是我们两个之间的一块黑色的大石头。我们尽力绕开不提,扯一些轻松愉快的事,为此反而更不轻松。

我是最早知道刘大勇牺牲的人员之一。那天,作战值班室的电话响得很不寻常,声音尖厉,让人心惊肉跳。旅长、政委办公室的门先后砰的一声,紧接着是一阵杂乱匆忙的脚步声,楼下几辆"猎豹"的发动机声马上清晰地传来。我当时在政治部值班室值班。我们机关干部值班是每人轮流一星期,一天二十四小时守着几部电话,随时上传下达处理各种情况。一周值班下来,几乎把人憋疯,走路都感觉像在飘。值班期间必须待在那狭小的空间里,哪儿也不能去,最主要的是精神高度紧张,值班电话响五声没人接,就被视为玩忽职守。当然,最紧急、涉及作战军事上的事要首先报告作战值班室,其他几个部门各有各的特殊任务,也不轻松。

不一会儿,作战值班室的参谋打来电话,声音低沉地说刘大勇在实弹训练中受重伤,救援直升机已出动,正全力抢救,也通知了家属。那小子还跟我玩这一套,面对这类事情,通知家属或向普通群众通报情况,都是说发生一点意外,正在全力抢救或想尽一切办法挽回损失,然后再一步步把通报尺度放大,让各方面有个心理接受过程,只有报告主要领导才实话实说。

那个星期的班我没有值完,就火急火燎地赶往岛上,处理刘大勇的后事。在诸多纷繁棘手的事务中，最艰巨的任务就是做好家属的接待安抚工作，得成立一个工作小组。刘大勇的父母我见过，像我父母一样老实憨厚，老红军后代，下岗后一直起早贪黑地做点小买卖，儿子为国捐躯，相信他们会深明大义。加上有上次处理李肇强后事的经验，对于如何做好刘大勇双亲的工作，我心里有那么一点点把握，认定一点：就是把他们当作自己的父母，假如是我牺牲了，该怎么做。但如何面对李晓琳，我心里就没主意了。

我在码头见到一身素色的李晓琳，没想到她居然脸色平静，平静得让人心慌，让人担心那是台风来临的前奏。后来，她告诉我，她和刘大勇已经确定分手了，刘大勇答应她，忙过这阵子就回家办手续。

这种时候，李晓琳告诉我这些？我的身份是刘大勇的战友、兄弟，同时也是海防旅政治部组织科协调处理刘大勇后事的人员之一，她不哭不闹，不以"未亡人"的身份给自己争取最大权益吗？我顿时感觉这个女人像面前那片蔚蓝色的大海，让我意识到自己读不懂的东西太多了。

我和李晓琳在岛上相处了几天，听她谈起和刘大勇的一些往事，后来又浏览了她用网名"大海里的淡水鱼"发的一些感言，将那些看似没头没脑、不咸不淡的蛛丝马迹联结起来，我渐渐知道了他们的故事。

李晓琳接到一个陌生号码打来的电话，说刘大勇出事了。当时她正端着咖啡，望着窗外的黄浦江出神，觉得这个名字很陌生，已经和自己没什么关系了，仔细一想还是有关系。周围，同事们悄然进出，她心底一种莫名的说不清是痛还是别的什么的感觉缓缓蔓延。

她和刘大勇是军训时认识的。那时她是新生，他已经上大二了，一所军校的学生，是她们的教官。课间休息时，他老讲"段子"，说他刚领到军装和武装带时很纳闷儿，武装带是系在衣服外面呢，还是系在里面的裤子上呢？正左右为难，看到其他哥们儿都把武装带系在外面，他也照着样子做。吹哨集合，训练蹲起、站立、停止间转法时，他只觉得里面的裤子松松垮垮的，一直往下掉（天哪，原来裤子上还要系皮带呀），但又不准动，动一下就得喊报告，可是裤子一直往下掉。得！他只好把一只手插到兜里拉住。结果可想而知。他说他们教官是广东人，矮小精悍，军事素质好，正步踢出来带风，只是说话时舌头不像身体那么灵活。有一次他下达口令：第一排抱树！第一个同学不知所措。教官的眼神像匕首像标枪一样投向他，再次大声命令他抱树！那个同学极不情愿地出列，走到旁边的大树前，张开双臂抱住树。当然，教官说的是报数，如果是抱树，他会先做"稀饭"（示范）。还有一次正步"一步一动"练习，他出错脚了，教官低头大喊："谁把两条腿都抬起来了？"

现在回想起来，她那时的笑点和智商都像高原上水的沸点，很低。所有女生都那样，围坐在草地上笑成一个大花环，前仰后合，恨不得在地上打滚儿。最气人的是她们都笑得肚子痛，他竟然像鲁迅先生一样，表情严肃，横眉冷对，像口铸钟，又像个打坐入定的和尚。她后来才知道（也只有她知道），他是有备而来的，他把从网上扒来的、听来的和军训有关的笑话移花接木地"嫁接"到自己头上。他们没搞过如此"温情""浪漫"的军训。他们一当兵就被投进火里，丢在冰上，扔在风中。

军训为两个阵容里的妙龄男女创造了接触的机会，年年岁岁演绎着一幕幕镜花水月、欲说还羞的故事。听学姐说，她们以前是野战部队的官兵带的，更严，训练起来就像孙武指挥宫女一样，恨不得她们马上就能拿枪上战场。他们自己要求也硬扎，据说带她们女生队毫不起眼的"小教官"就百里挑一，经过层层把关，反复考察，全面衡量，仅次于选航天员。军训结束后，他们不能留任何联系方式，如"不慎"留下，来自校园的只言片语都要向组织掏心窝子汇报。尽管这样，还是"青山遮不住，毕竟东流去"，该萌芽的还是要萌芽。不知为什么，轮到她们就换了。辅导员知道那只是换汤不换药，提醒她们那只是一场风花雪月的事，不能太当真。尽管打过"预防针"，心底设置了"防火墙"，可"病毒"还是太强大了，她一见到他就斗志全无，只想缴械投降，乖乖当俘虏，当一个乖乖的俘虏。她莫名其妙地喜欢看他的背影、侧影（正面不敢看）。当他纠正她的动作时，她真切地体验到了那种触电的感觉，半边身子都麻麻的。如果不是拼命招架，她很可能会像个别女生那样中暑晕倒。有一个女生拔军姿晕倒，刘大勇在大家的嗷嗷起哄声中稍微犹豫一下，就涨红着脸抱起那个女生往医务室跑。她很长一段时间里对那个女生羡慕嫉妒恨，躺在他怀里应该像白云一样轻悠、幸福吧？她像歌词里唱的那样中了"爱"的毒，病毒扩散，一听到他的说话声，走路的脚步声，他路过或走近她身边时，她就紧张激动。他的样子、气息实在是太嚣张了，无处不在，无孔不入。每当他带着笑脸披着"佛光"出现，她就像戴着专防PM2.5的口罩跑步一样，呼吸不畅，感到窒息。后来每到雾霾天她戴着口罩出门时，就会想起那段时光那种感觉。

她和他相恋了。很多人说如今大学校园里的缠绵悱恻，只是连带妆彩排都谈不上的排练、实习，积累经验，待到毕业时雨横风狂，劳燕分飞，"花自飘零水自流"。但她和他上演的却是一场实打实的实兵实弹的对抗。他去过她家，站在她家阳台上，天气晴好顺风的时候隐约能听到远处的军号声和士兵操练的声音。她满以为他会分到那座军营，梦想着他们像小鸟一样同飞同栖、交颈而眠、牵手漫步、买菜购物的情形。

他军校毕业后去了祖国最东边，一个只有在五万分之一的军用地图上才有标识的海岛。她哭着问他为什么要去那么远的地方。他说那地方也要有人守。她说别人也可以去，为什么偏让他去？他说别人也是这么想的，为什么他就不能去？毕业季，校园里的广播一天到晚播放节奏铿锵、气势豪迈的革命歌曲，呼喊着到祖国最需要的地方去。他学习成绩好，综合分很高，在学员队里排名第一，可以最先挑选毕业去向。他确实用好用足了这份权利，选择了那一年去向中最艰苦、最边远的海防某旅。毕业典礼上，他作为学员代表发言，声音从麦克风里传出，慷慨激昂。学校给他记三等功一次，提高工资一个档次。但在吃"散伙"饭时他喝高了，抱着每个人一番痛哭。

他在海岛很好的。他说去海岛就像冬天冲凉水澡，去之前战战兢兢，一盆水浇下来后，就适应了，还是一种悠然自得的享受呢。他第一次休假给她带回一堆只有在电视上才能见到的精美贝壳。他和她光着脚丫坐在地毯上。他捡起一只海螺放在她耳边，说："你能听到海的声音。"她屏住呼吸，真的听到了浪涛声。他向她求婚时，深情地看着她，眼里荡漾着大海一样的波光，说："现在办结婚证很便宜，才九块钱，我请客，我们结婚吧。"就这样，他俩"裸婚"了。

一晃，他们结婚几年了。她和他的一些同学有的还单着，也有的小孩已经能打酱油了。

早晨起来，李晓琳发现衣服在外面晒了一个晚上的星星，比从洗衣机里拿出来还潮，能拧出水。正午的太阳看起来虽然白晃晃的，照在身上却温吞吞的。昨天下午她摸了一下衣袖，还有点潮，当时没收，后来就忘了。这个季节在内地走到哪儿都恨不得像狗一样伸出舌头用来散热，在这儿晚上还要盖被子。当然，被子盖在身上感觉湿湿的。

早饭已摆在外间的小桌子上，有馒头、鸡蛋、稀饭、小菜，还有一袋牛奶，都凉了。门口有一队蚂蚁，漆黑，个大。"咦，你们是怎么来的？在这儿居然也能顽强地生活。"馒头碎屑从她指间掉落，蚂蚁队形顿乱，一片欢腾。

李晓琳提出要住刘大勇的房间。营里和团里来的领导很为难，说英雄的东西不能动，要原样保管好。还有，她一个女同志住连队不方便。有什么不方便的呢？又不是没住过，她上次来就住的连队。

她婚后第一次也是唯一一次上岛，是在冬天，赶来过年。在码头的小旅馆里，她等了三天，每天几次去轮渡卖票的小窗口打听。那个坐在电烤箱旁打毛衣的女的，不待她开口就说，天气不好，发不了船。他在哪个方向？船要往哪儿开呢？大海苍茫，海边的风真大，真冷，她要死死抓住锈迹斑斑的栏杆才能站稳。伫立片刻后，她感觉自己像一条冰冻的鱼。年关将至，到处是回家的匆匆脚步，而她要赴一座小岛，她是一只小小的候鸟吗？小岛是归途，还是驿站？晚上，小旅馆里的被子刺骨地冷。

终于出发了。机械轰鸣声和船头犁过海浪的哗哗声，尤显气氛冷清。有几个满脸沧桑的人坐在一角用她听不懂的方言不时地交谈，旁边堆着大大小小的竹筐，里面装满蔬菜。一个穿红色羽绒服和她年龄相仿的女子不时起身走动，很惹眼。船开始只是小幅度地晃，像躺在吊床上，很快就像荡秋千，这让只在公园里坐过游船的她花容失色，感觉天旋地转，连胆汁都吐了出来。后来才知道，他们坐的是小船（冬天旅客少，用不着大船），不抗风，当时船正在穿越一道风口。海面一望无垠，无遮无拦，怎么还会有风口？很长一段时间里，她都很纳闷儿。那个穿红色羽绒服的女子形象不比她好多少，吐得脸色惨白，头发蓬乱，走路直打晃。下船时才知道，穿红色羽绒服的女子是刘大

勇他们连队副指导员的家属，叫云岭，一个很好听的名字，也是第一次上岛。她们熟了后，一起说过很多女人间的悄悄话。联欢晚会上，拗不过官兵们火一样的热情，她唱了一首歌；云岭特地换上一条裙子跳舞，白皙的小腿冻得青紫，浑身直哆嗦。

那次她就住在连部，和刘大勇挤一张小床，睡觉前在床边加几张凳子。连队只有几间客房，被其他来队的干部、士官家属住满了。刘大勇说，大过年的，来的都是客，有的还是新媳妇，第一次上岛，他这个连长应该发扬风格。她很想说，她也是第一次上岛，她也是新媳妇。

他在信上、电话里无数次向她描绘岛上的夏天是怎样地美，海水蔚蓝，海天一色，远处有星星点点的渔船、游船晃悠，不时鸣笛。小岛是碧绿的，风一吹，茅草、芦苇像波浪一样起伏。站在小岛最高处的雷达哨所极目远眺，有云朵从胸前、脚下飘过。从这儿再往东数十海里就是公海了，站在这里，会有一种"望断天涯路""念天地之悠悠"的感觉。如果你能早起，又不怕冷，就能看到一轮红日从海面上喷薄而出的壮观景象。这是多么地奢侈呀，能迎着日出，踩着早晨第一缕阳光出操，进行队列训练，番号声比浪声还高。

夏天，岛上可热闹了，四面八方的游客纷至沓来，观光电瓶车满载欢声笑语，不时地驶过营区门口，把哨兵的目光扯向远方。士兵们当然最喜欢这个季节啰，不为别的，就为人多。小岛周围大多峭壁林立，乱石穿空，不适合游泳，但可以垂钓，烈日下，常见戴墨镜、遮

阳帽的人独钓喧嚣中的那份宁静与悠然。华灯初上，海边的公路上摆出长街烧烤摊，吃海鲜，喝杨梅酒——据说喝啤酒容易引发痛风。听大海在脚下咆哮，猛然间，你可能会忘记自己身处何方。这儿的海鲜虽然价格不一定便宜，但个大，味道可鲜美了……

在刘大勇的眼里、话里，小岛只有夏天，春天、秋天和冬天都隐退在大海深处。可她在漫长的两地分居季节里只领略过小岛的冬天。

小岛很小，如果能环岛走一圈，以她穿高跟鞋的行进速度，最多花两个小时，有的地方走不过去，所以不用两个小时。据说小岛的行政级别是一个乡，以前有上千人口，还有一所小学。现在人们大多搬到大岛或陆地上去了，只零星地留下些故土难离的老人，年轻人只有在夏天的渔季和旅游旺季才回来。她来时正是小岛的"冬眠"季节，见到的是一副憔悴、慵懒的样子，就如歌词里唱的那样："云雾满山飘，海水绕海浇，从来不长一棵树，全都是石头和茅草……"散落在山弯、洼坳、海边的石头房子一片凋零破败，很多人家的门口长满杂草，夕阳下，寒风中，衰黄凄凄。她和他走在村子里，偶尔碰到身形臃肿、动作迟缓的老人，都热情招呼，唤他们进屋坐坐，吃杯茶。这儿每年从十月份开始就鲜少有人来了。

李晓琳去过岛上最有名也最让官兵们引以为傲的"景点"，是小岛的制高点——雷达哨所前一块巴掌大的空地，官兵们用各种各样的石块精心砌了一只"雄鸡"的图案。在好几年的央视"春晚"上，你都能看到这样的场景：一群海岛官兵举着冲锋枪、摇着红旗欢呼着向全国人民拜年。镜头就是在这儿拍的。当然是团里来的新闻干事提前几天赶来拍摄的,"春晚"举办时,官兵大多正在哨位上,抽不出身来给大家拜年,也没有那个通信设备。除夕,刘大勇上哨去了。之前本来说好了,她陪他去,临出门时他变卦了,说外面风大,怕她感冒,在岛上生病了可不是闹着玩的。她和十几个兵坐在电视机前。当他们站在哨所前围着"雄鸡"欢腾跳跃的画面出现时,士兵们很激动,比听到零点的钟声敲响那一刻还激动。先前很多士兵已经打电话告诉家人了,到时候他们将"出镜"。想象着家人坐在电视机前看到他们的样子,有几个新兵呜呜地哭了。李晓琳心里一阵酸楚,也跟着激动起来。从那以后,每年无论在哪儿,无论和谁一起看"春晚",她心里总在等待那个镜头,哪怕和他的"双边关系"降到冰点的时候也是。

赴约小岛,她觉得自己就像传说中的那只狐狸,为了吃到栅栏里的葡萄,只有把自己饿瘦了才能挤进去;品尝短暂的甜蜜和幸福后,又得把自己饿瘦了才能挤出来。后来由于种种"更与何人说"的原因,她再也没去过。

这个夏天,她来了,可他已经走了。

指导员过来几次,每次先低头在门口徘徊一会儿,进屋后拿眼睛瞟桌上的碗碟,如果饭菜剩得多,下一顿准变换花样。

李晓琳上次来时他还是副指导员,喝两杯啤酒,黑脸就涨得通红。士兵们起哄让他唱歌,他马上站起来唱了一首谁都会哼几句的革命歌曲，绝对正宗的男高音（尽管肚子不挺，不属于自带音箱），但调跑得像脱缰的野马。大家笑得岔气了，他还一本正经地模仿明星的样子，冲过来一个个握手，喊着"掌声再热烈点，大家一起唱"。从吹拉弹唱活跃气氛方面看，指导员称不上是一个优秀的基层政工干部，这方面他还不如他家属。云岭歌唱得好，舞跳得好，人也漂亮。那次云岭跳完舞后，指导员跑过去用大衣宝贝一样裹着她说，以后就聘她担任"编外副指导员"啦，工资自带。李晓琳曾经觉得他的黑瘦长条脸和云岭的秀丽可爱不般配，不兼容。但刘大勇说，这个副指导员很得力，别看其貌不扬，但干活儿豁得出去，有一股"呆萌"劲，估计他把这股劲同样用在了追云岭的功夫上。连队干部就是要豁得出去，平时要这样，关键时刻更要这样，不能扭扭捏捏像个娘们儿。这是带兵，又不是绣花。

距离招待所门口几步远的位置，应该是种花的地方，可士兵们见缝插针地种上了菜。夕阳西下，蜻蜓飞舞，士兵们穿着体能训练服，端着脸盆穿梭着浇菜。水得从山坳里那棵马尾松下打来。马尾松是井的标志，井是马尾松的内涵。岛上能冠以树的名称的屈指可数，绝大多数被海风常年欺负、摧残得只能长成灌木。每一棵树官兵们都能说得出它的来历、成长过程。哪一棵是谁哪一年种的，茬茬官兵，口口相传。有几棵大树，士兵们还在旁边立了一块碑，说那是一种扎根海岛的象征。

自来水细得像根线，而且要到熄灯号响过后才有。李晓琳觉得很奇怪，她房间里白色大塑料桶里的水总是满当当的。下午，有两个肩上一道细杠的列兵从她窗前路过，隐约说起，几个月没下雨了，现在用水已按人头开始量化。士兵们洗澡、洗衣服、浇地等用的都是井水，只有喝和做饭才用淡水。淡水是收集起来的雨水。岛上有一套雨水收集、净化设备。她上次来就听说了。她尝过那口井里的水，滑滑的，腻腻的，涩苦涩苦的，只是比海水强一点。洗出来的衣服晒干后得搓搓才能穿，不然会觉得自己也成了腌制品。从那以后，李晓琳的衣服从每天换洗变成两天、几天一换洗。洗过的水大盆小盆地装在那儿，还能派上用场。

指导员站在招待所门口，夏季丛林迷彩服后背肩胛骨间洇出一片斑白的"盐碱地"。他看了一会儿官兵浇水，拉过一张小板凳坐下，对李晓琳说，连长就像他哥，又像他中学时的老师。上学时他成绩好，受宠，上大学签了"国防生"。他当干部带兵都是连长手把手教的。刚当指导员时，有一次两个兵因为一点小事吵架，差点动手，就在他身边。当时他正犹豫该先拉谁，连长恰好路过，一声大吼，把他们拉开，使了个眼色，连长和他各带走一个，在房间里令其面壁站好，交代原因，承认错误。如此教育一番，再分别交换对象，换上一副谈心的面孔和口吻。连长说，一对搭档要学会一个唱红脸，一个唱白脸，相互配合、补台……

指导员变了。上次见到他时还像刚出校门的大学生，顶多当过学生会副主席的样子，大学生求职简历里大多为这个职务。是风的吹拂，浪的拍打，还是阳光的关照？他的脸上被镂刻出"大叔"的味道。

"嫂子，连长经常说你。说起你的时候就像夏天的海风那么温柔，说你比信天游里的兰花花还好，是他所见过的最好的女子。支持他的工作，他上岛了，没有和他拜拜；对他父母也很好，过年的时候给他父母寄钱和衣物，过生日时打电话问候……"

李晓琳突然问："云岭还好吗？"那次她们处得像闺蜜，彼此有对方的号码，但分别后谁也没主动联系过对方。女人就是这样一种奇怪的生物，在一起时喜欢抱团、耳语，分开后又相忘于江湖。

指导员说她随军了，住团部家属区。不忙时，他一两个月回去一趟；忙的时候，一个季度、半年也没回去一趟。有时利用去团部开会、出公差的机会抽空回去看看；有时也像大禹治水一样，"三过家门而不入"。

"她还上班吗？""把老家的工作辞了，在驻地上过一阵。后来不上了，找不到合适的事做。现在就拿部队发的几百块随军未就业补助。"

"你们该有小孩了吧？""有了，一个女儿，两岁多了，喜欢唱歌、画画。可调皮了，到处乱跑，平常在电话里唱歌给我听，缠着问我什么时候回去。她妈妈打她或跌跤、受委屈了，哭着喊爸爸。尽管这样，我每次回去，女儿还是像见到'灰太狼'一样，怯生生的，直往她妈妈身后躲。不过很快就把我当成'喜羊羊'或'沸羊羊'，一起疯。"

如果她和刘大勇也有一儿半女，他们之间就不会走到山穷水尽的地步。有道是："婚姻是条船，压舱的重物是爱情和小孩。有了这两样东西，船才能行得平稳，经得起风浪，缺一样都险象环生，可能翻船。"她妈妈曾经也着急，希望他们早点有个小孩，甚至连小孩的名字都打趣一样谈论过。别看她父母在城市生活多年，骨子里还是有传宗接代的思想，尤其是她妈妈，传统得令人不可思议。她经历过一次小产，劳累引起的，满以为他会回来照顾她，结果他只是往她卡上打了几千块钱，说他今年的假休完了，请事假的话，指导员不在位，连队就他一个主官，走不开。那次是她妈妈赶过来照顾了她几天，后来又请别人照顾她，当时她妈妈还没退休。他父母在千里之外的乡下，结婚时他们回去过一趟，由于语言、生活习惯等原因，再加上她和他们没有相处过，这事他父母真的插不上手，为了不让他们担心，甚至都没有跟他们提起过。她还记得当时的情景，她躺在床上，阳光穿越窗棂，木地板上树影婆娑，远处传来孩子们的追逐嬉笑声。她又想起校园里的军训，想起他们相偎相依的时光。军训时，另外有几个女生也悄悄喜欢他，议论他到底是像韩剧里的某某某，还是像美剧里的某某某。她们溢于言，止于行，只有她像飞蛾，朝着他的火焰扑去，可是迎来的是幸福和光明吗？

　　刘大勇动员过她几次，但她是不会随军的。即使随了也是两地分居，并且找不到合适的事做。人往高处走，很多军嫂办随军手续是往大地方、好地方去，只有昭君、文成公主和亲才去苍凉荒芜驼铃声声的边塞。听云岭说，团部驻地就比她老家小镇强。现在，虽然资讯发达，哪儿都有网络，但她还是觉得自己只适合于生活在大都市，喝咖啡，下载网约车软件打车；顾影自怜，脚步款款，背景应该是摩天大楼、繁华街景、美丽橱窗。

他为什么这么说？她就给他父母寄过一次钱，买过一件新衣服，很多衣物是她和她父母淘汰的，她打包寄了回去。那次他妈妈过生日打电话回去，是他拨通后，她例行公事背口诀一样说了几句。

指导员说起女儿，脸上洋溢着兴奋的神情，突然发现她神情游离，于是讪讪地笑了。

沉默片刻后，话题又绕了回来，说连长在这个岗位上干了三个年头了，出事前上级刚考察过，准备直接提正营，去团里担任营长。命令已经拟好了，只是还没有宣布。

门口挂着一块黄铜色写有"连长"字样的牌子。李晓琳坐在窗前，一抬眼就能望见蔚蓝色的大海，无边无际，波浪翻滚处像撒有无数玻璃碎片，又像漂浮涌动着白色的塑料膜，远处像蓬莱仙境一样虚无缥缈。

刚才，连队每一个兵见到她时神情忧郁得像积雨云。现在，外面很安静，偶尔有兵从连部门口路过，轻快得像猫。刘大勇的房间还是以前的摆设，一尘不染，一桌一椅一床一衣柜一书架一洗脸架而已，被子还是豆腐块模样。几年前那个冬天，就在这儿，他俩挤在一张小床上，她把手伸进他怀里取暖。他一夜数次起来，每次都给她掖一遍被子。她问他：是不是水喝多了？上洗手间还要穿戴整齐？他说不是，是查哨。她噗嗤笑了，后来一想起就觉得好笑。这一切就好像发生在昨天，今天她又回来了。

她努力嗅寻属于他的气息。窗台上一盆蔷薇，老枝上已抽出新芽，看起来像是活了，但离花开遥遥无期。她居住的小区绿色铁栅栏上爬满了蔷薇，每到五月花开成墙，瀑布一样倾泻下来，上下班穿行其间，闻着甜郁的花香，就如穿一条蔷薇花长裙，裙裾摇摆，心情像风筝一样放飞。眼前粗糙淡黄色瓦盆里的这截蔷薇，就是从她窗前剪下的。他剪之前瞄了又瞄，说要插老枝才能活。剪痕犹在，她进进出出时目光常有意无意地落在那儿。

听刘大勇说，每当有兵休假，离队前连队干部找谈话的最后一句，就是嘱咐回来时别忘了带一包家乡的种子，菜种或花种都行。顺便带一包土，怕种子娇贵，水土不服，种的时候把"老娘土"和岛上的土掺在一起。这个传统已延续多年。所以别看这岛小得像只海鸟，可是它有来自全国各地的土，五湖四海的花，天南地北的菜，够"土豪"。

书架上有几本书很眼熟，应该是从她那儿拿的。床头那本是一位诺贝尔文学奖得主的作品，她也买了一本，早就看完了，他这本才翻了几页。桌子右上角整齐地码放着她家乡城市的晚报，最近那份是半个月前的。她努力回想那一天自己经历了一些什么。

她探身，手伸向铺有白毛巾的制式枕头下。照片还在。他们的结婚照，他扛上尉军衔，穿军装礼服，她穿红色靓丽唐装，两人相视而笑，秋水含情，依偎在一起。她还记得摄影师"摆布"他们时说，军装的阳刚和婚纱的柔美是最美的组合、最妙曼的搭配。她说过让他用

镜框装起来，放在床头。他说这样很好的，熄灯哨响过后摸出来看看，感觉此刻的幸福就像小时候嘴里含着一颗大白兔奶糖。他们的营区很小，就几栋房屋，用不着高音喇叭放军号……

通信员小王几次进来往她茶杯里续水。通过零星的交流，她知道他就是那个常扯着嗓子喊"连长，嫂子电话"的四川兵，她上次来时他还在老家，见到当兵的叫"解放军叔叔"呢。当他再一次进来时，她突然问："你们连长出事时你在场吗？"

刘大勇牺牲的详细经过一直没有人向她说起。她见到他时，他已化过妆，神态安详地躺在那里。她刚上岛时有医护人员陪同，后来见她神态平静，大家有点意外地长吁了一口气。

小王说，那天他和司务长去团部领被装去了。那是他当兵以来第一次出岛。他当兵前没见过大海，没想到这一次要挨着它，枕着它，梦着它，和它形影不离地待个够。

连长刚当连长那年冬天送老兵，在码头上，很多老兵趴在连长肩头蹭来蹭去哭得很伤心。他们有的入伍时上岛，再到退伍时出岛，一进一出串成整个军旅生涯。当兵两年没有得什么大病、急病要去岛外就医，也没有参加比武、开会或出公差的机会，连出岛的由头都没有，再加上要经过两个多小时的颠簸，来回光坐船就要半天，实在太折腾了。生活用品在岛上大多能买到，当然会贵一点，买不到的可以托出岛的战友捎。所以，在这儿周末很少有兵请假外出，没有按比例外出一说，就那么大点地方，平常出操、训练就能跑遍。

那次码头送别后，士兵们开始陆续走出"世外桃源"。上级来个什么通知，需要派兵出岛的，在确保能完成任务的前提下，大家轮流外出，特别"优待"没出过岛的上等兵。小王因此得到了那趟"美差"。

刘大勇安排士兵们像过节一样欢腾雀跃地外出，其实还源于一个隐痛——大黑的失踪。他曾向她说起过。大黑一只狗，一只高大、毛色乌亮的狗。它是团军需股一个助理员来岛上指导养猪种菜时带上来的，此前它整天和军需仓库的几个兵待在一起，号称仓库卫士。那个助理员出岛时特地躲开它，把它留下了，说让它给大伙儿做个伴吧。它可会撒欢啦，见到穿军装的就摇尾巴，都当是它的主人。大黑在出操和体能训练的队伍旁飞窜，每次乍见哪个士兵都如亲人久别重逢，前爪搭上你的衣襟，用柔软温润的舌头舔着、亲吻着你的手和脸，恨不得调动浑身每一个细胞向你表示亲昵，让你有回家的温暖和被欢迎、被重视的感觉。最让人感动的是它默默陪着一班接一班的岗哨，送走夜晚迎来黎明。自从有了大黑，夜哨由双哨改为单哨。这样的日子没过多久，大黑就蔫了，见人爱搭不理，即使有人逗它，它也只是礼节性地摇摇尾巴，常冲着大海一夜狂吠。它变瘦了，毛开始一缕一缕地搭在身上，显得很长，不再像缎子一样光亮。有兵领着大黑去找军医。军医说，他不会医狗。但私下里对刘大勇说，大黑可能是抑郁了。

一个平常的早晨，太阳照常升起，大黑没有像往常一样撵着大家的脚步跑，好几班哨说它"脱岗"了，没见到它。士兵们呼喊着大黑，找遍小岛每一个角落、每一处草丛、每一道石缝，都不见它的踪影。

大黑不辞而别，这让士兵们沉闷了很长时间，直到刘大勇去团部开会抱回一只黑色的小狗。有士兵请教动物专家，说大黑如果从小在岛上长大就不会迷失灵性。动物尚且如此，何况是人呢？十八九岁，青春躁动的年纪，从故土连根拔起，移植到小岛上，风雨中站立成一盏航灯，一盘礁石，支撑自己的是纪律和信念。

刘大勇每次休假，开头一个星期还好，两个人像度蜜月一样。过了一个星期，老吵，一丁点小事都吵，具体因为什么吵，现在几乎想不起来，有可能是吃饭迟了或饭菜不合口味，也有可能是为了哪句话或某个观点不一致，反正谁看谁都不顺眼。两人都变异成了大炮嗓门儿、炮弹性格，随时溅一个火星都能把对方的满腔怒火点燃。如果不是在岛上，她真怀疑他感情"走私"。她含蓄地提出让他去看看心理医生，气得他像海浪一样咆哮："你才心里阴暗，你才有毛病呢！"有一次不知说起什么，他的想法好像"不知有汉，无论魏晋"，她脱口而出，说他怕是在那"鸟岛"上待久了。他听了摔门而去，有惊涛拍岸的音响效果。他在外面转一圈回来后心气好像平和了些。在那座城市，他没有朋友，没有同学，甚至没有熟人，仅认识的几个人都是由于她的关系，他只有她。

天气晴朗，天高云淡，从雷达哨所宽大的落地玻璃窗户向外望去，蔚蓝色大海和蔚蓝色天空相接在遥远的天边，分不清哪边是天，哪边

是海。正值国庆七天长假，难得天气如此晴好，低矮的灌木丛已开始泛黄、变红，满目灰白的芦花随风摇晃。尽管宽大的叶子还一片葱绿，但已透秋意，走到哪都让人心旷神怡，让人想深呼吸，想大声呼喊、歌唱，想张开双臂飞翔。这时，岛上游客已近乎绝迹，海面上作业渔船也变得稀疏。

刘大勇在一页一页地翻看值班记录，厚厚一本，每一页几乎是同样的数据、文字，只是字迹不一样，有的写得好看一点，有的歪歪扭扭，像小学生的手笔。现在电脑用得多了，单凭写字判断文化水平高低好像不太靠谱，有的大学生士兵，字写得像鸡扒，以至于有时候连部要挑一个像样的文书都难。

突然，一班长盯着雷达屏幕惊呼起来。刘大勇应声凑了过去，屏幕上两个反常信号正由公海向我领海靠近。他和雷达哨所几个兵早已练就"看波形辨船只，听声音知船型，见大小判距离"的"屠龙之技"，枕戈待旦，搭箭在弦，隐而不发，今天才得以小试牛刀。刘大勇立即向团作战值班室报告，并在指挥平台上发布情况，直接报告战区作战值班室。战区作战值班室当即指示他们由每半小时观测报告一次情况缩短为二十分钟，十分钟，直至五分钟。

靠近我领海，并紧贴我领海游弋的是某国两艘宙斯盾驱逐舰。我战机紧急升空，我军舰火速驶往附近海域，严密监视某国军舰动向。某国军舰好像只是"检查"一下我们的国庆战备值班情况和应急反应能力，逗留一阵后，就走了。

上面这些事，他们有的是后来从上级通报和电视上我外交部发言人的声明以及看《参考消息》知道的。岛上雷达观察到的情况要比海军的早数十秒，比空军的早一分多钟。要知道，兄弟部队的装备比岛上海防连的高级多了。因为这件事，年底连队毫无争议地荣立集体三等功，被评为"军事达标先进连队"。

这件事情很长一段时间里被指导员大做文章。他不止一次在政治教育课上说起——我们小岛可联着中南海，我们连队可联着外交部、国防部呢。我们的坚守和付出只有一个字：值！如果我们放松了、麻痹了，就等于家里大门敞开着，任凭好人、坏人进来"到此一游"、溜达一圈，我们还不知道。几十秒，一分钟，那是什么概念？就是敌人的导弹已经飞到头顶，我们只剩下挨打的份。所以，我们要瞪大眼睛，时刻准备着，千万不能当闭着眼睛有气无力地喊"太平无事"的更夫。这也再一次证明了，即使在现代信息化战争条件下，人也是取得胜利的关键因素。

某国军舰的露头，让士兵们一个个变得像闻到血腥味的狼，很是亢奋了一阵子。之后又是日复一日漫长枯燥的坚守。

那次聚餐，刘大勇恰逢休假在家。李晓琳单位的领导说都带上另一半，不来的用裤腰带拴来，没有的去租一个。以前吃饭也有过类似的告知，她有时没去，即使去了也没有上网淘一个去。但曲终人散，独自走在街上时，她常常会有一种"落花人独立，微雨燕双飞"的寂寥之感。那次，她回家说起这事时，他刚开始不愿意去。她摇着他的手臂说要带她的帅军官老公亮亮相，向全世界宣布她是名花有主、罗敷有夫的，如果再收到玫瑰、巧克力，就欣然笑纳，概不奉还，他才同意去。一张大圆桌，大家聊得热闹，房地产、股票、基金、期货、汽车限购、环境污染、明星八卦等，都热腾腾地端了上来。刘大勇殷勤地帮李晓琳盛汤、夹菜，还不时地扭动脖子，好像新换的衬衫衣领太硬了。看李晓琳一副很享受的样子，一个善解人意的姐妹把话题引向和军事有关的话题。刘大勇尽量让自己像说书一样讲起那个惊心动魄、富有传奇色彩的故事。才起头他就觉得不合时宜，就像晚餐时间电视上出现血腥画面。桌上有人晃着高脚玻璃杯里不知名的红酒好像在听，有人依旧热烈地交流。他的亲身经历和别人只是听说也许是两回事。他说完，没有预料中的反应，没有人搭一句话，话题又像冬日的鸟群一样哗啦啦飞向别处。这时，李晓琳朝他温柔一瞥，说这是第一次听他说起。

那次回来，他俩又话不投机、东拉西扯地吵了一架，然后冷战数天。

菜地见缝插针地镶嵌在坡坎上、石缝间，士兵们美其名曰"巴掌地""马掌田"。岛上的菜都是"圈养"的，每一小块地靠海的那一面围着用芦苇编的篱笆，金黄厚实，足有一人多高，两旁用竹竿、木桩间隔加固，看起来很牢固很暖和的样子。

李晓琳托腮蹲在几株黄瓜前。一堆堆隆起的黑褐色泥土间，瓜藤根部足有手指头粗，毛茸茸的瓜叶墨绿舒展。比拇指略大的小黄瓜掩映在瓜叶间，就如关在篱笆里的小鸡或小鸭，青刺鲜嫩，花蒂鹅黄，露珠点点。她似乎听到了叽叽或嘎嘎的叫声。

她走得匆忙，好几样护肤品没带，面膜也没带。岛上风大，阳光虽然感觉温吞吞的，但"光合作用"效果不减，官兵们一个个被晒得黑乎乎的就是最有力的证明。她想象着将黄瓜切成薄片贴在脸上清凉的感觉，还有股淡淡的清香。真下不了手，黄瓜这么栽种，摘起来就像虐待小动物一样。

身后响起一声咳嗽，一双大手摘了两根黄瓜，随着一声低沉的"嫂子"递了过来。她上次来时一班长还是连部文书，肩上两把步枪旁一道细细的杠——下士军衔，排哨时写在黑板上的粉笔字很好看。第一声"嫂子"应该是他叫的，这个称呼曾经让她觉得既陌生又甜蜜。她听刘大勇提起过，他老家在江西，在广州打过工，父亲有病，家庭条件不太好，他和同村的一个女孩订婚了。女孩一直在广州打工，他们一起在县城按揭买了房。他很想留在部队长期干，和内地官兵相比，守岛那份收入不算少，按月到账，能确保房子不会断供。他在下士服役最后一年，向连队提出去教导队参加骨干集训。刘大勇有点不想让他去，用顺手了，训练教育计划，各种报表、通知、电话、信件都不用操心。文书是连部"三号首长"，培养一个素质全面的文书不易。刘大勇说到时候跟军务部门说说，套改中士应该没问题。文书虽然职务相当于班长，但毕竟不算专业，用军务部门的话说，不能直接生成战斗力。每年老兵退伍前夕，在确定留队人员时定岗定编，哪个岗位、哪级军衔要哪一种必须经历多长时间的培训，每一条都有严格规定。他从教导队回来后，担任"尖刀班"一班班长，班上十来个兵被他带得像虎又像狼，嗷嗷叫。上次某国驱逐舰贴近我领海游弋就是他值班时发现的。

海风吹拂，坡上低矮的灌木枝叶摇曳，芦苇篱笆不停地晃动，沙沙作响。裙裾、长发飞舞，远处传来温柔的汽笛声。她听刘大勇说过，那边是一条繁忙的国际航道。

"你们连长是怎么走的？留下什么话没？"尽管冰冷的答案已经揭晓，但她仍固执地想知道当时富有温度的细节。

以下是一班长的回忆——

那天下午火箭筒射击训练结束，连队大部已经集合准备返回，留下几个"安全员"清场。靶场是开放式的，不训练的时候常有游客和居民闯入。当时连长正在讲评一天的训练情况，突然，我们班的安全员——上等兵张胜才站在远处齐腰深的茅草丛里喊："连长，这儿有一枚'不炸弹'。"连长回了一声"别动"，跑过去时没有忘记向队伍下达一声"稍息"的指令。刚跑近，还没触碰到，"不炸弹"就爆炸了。我们都跑了过去。排长抱起连长，耳朵贴近他嘴边，不知连长说了什么。

"张胜才呢？"

"负伤，住院了。"

"伤得重吗？"

"不重。"

"哦，'不炸弹'。"李晓琳自言自语道。

"嫂子，黄瓜是连长种的。这块'巴掌地'是连长的责任地。"一班长冲着李晓琳的背影说道。

夜晚的大海很不安分，哗哗的波涛声愈显喧嚣。码头那边的公路上灯火通明，不时隐约传来尖叫嬉笑声，那是调皮或许愤怒的大海掀起波浪，扑腾上岸，和"吃货"们闹着玩呢。

她曾想象月光皎洁的夜晚，海面上应该泛起一层银光。这时她才发现自己错了，有月亮的晚上大海是深灰色的，无边无际的灰，近处几盏摇晃的航灯和遥远的月亮、星光呼应。她还想过夜晚的大海应该安静得像个熟睡的婴儿，没想到这一阵子它却像个脾气暴躁的愣小子，激荡咆哮着。

李晓琳和一排长坐在招待所门口，面朝大海。木头小板凳，坐在上面不觉得凉。一排长身材和刘大勇差不多，敦实，黝黑的脸上有零星的青春痘在闪光，话不多，这使得她好像看到了当年的刘大勇。她上次来时，一排长还没来，应该还在军校读书。不知道为什么，对于连队每个人，她都以上次那个时间点为参照。一晃四年过去了，换了一大半面孔，说实话，那时候即使在连队的兵她也认不全。也许这就是"铁打的营盘流水的兵"吧。

一排长说，他们连长很乐观的，经常能看到他张大嘴巴让牙齿晒太阳。他喜欢和士兵们打篮球，踢足球，在球场上不时地喊不要老把球传给他，让他摘取胜利果实。在岛上打球或踢球稍一用力，球就有可能借着风力飞出狭小的场地，咕噜咕噜滚下山坡，落进海里。去它个球！这时连长坚决不同意士兵去捞球。海边风大浪急，礁石湿滑，实在太危险了。

一排长说他刚到连队那年秋天，连长带大家去割芦苇给菜地编围帘。突然从草丛里窜出一只肥硕的野兔，士兵们脑子里闪过喷香的红烧兔肉，流着口水嗷嗷叫着满荒坡追赶，连长也夹杂其中。那野兔像逗大家玩一样，在浅草坡上跑一阵，然后沿着公路、小道溜一段，最后见士兵们的力气用得差不多了，从连长身旁一闪，钻进了一人多高的芦苇荡里，让人望"苇"兴叹。一排长看到连长当时手里拿着明晃晃的割芦苇用的大弯刀，只要一扬手，野兔就没命了。他很纳闷儿，连长为什么没那样做，只是把下午体能训练跑五千米的计划取消了。后来连长说，过去清朝皇帝搞木兰围场，秋季狩猎，可能就是用这种办法达到练兵的目的。

上政治教育课，指导员讲完后，有时候连长也会讲几句，拉拉杂杂漫谈似的说一些他在报纸、电视、电脑、书本上或出差、开会、探亲途中的所见所闻，再结合自己的所感所想，说是和大家分享、共勉，仅供参考。连长试着推行了几项"新政"，其中之一就是每个兵探亲、学习、开会回来后都安排时机和全连官兵谈谈家乡的变化或者学习心得，如果实在乏善可陈，就介绍一下自己家乡的地理位置、风土民情、名人特产、神话传说、趣闻轶事等。有的兵嘴拙，坐在那儿憋红了脸，实在说不出什么，就采取"答记者问"的形式，说说一路上怎么坐车转车、老家的物价、家人亲戚朋友邻居的生活状况等，只要不涉及隐私，都可以问，都可以说。还有新闻点评制度。士兵们每天看完《新闻联播》后就新闻内容谈自己的看法，国际的，国内的，政治的，民生的，娱乐的，哪一条都行，敞开说。可联系自己的家乡、自身经历、身边的人和事，看到的、听到的、想到的都可以。时间可长可短，三五句话也行。有时实在没有人主动发言，连长、指导员就点名。另外，还有班务会、排务会、读书会、演讲会、两防形势分析会等很多让每个兵"露脸"的机会。这样几年兵当下来，一个个耳聪目明、能说会道的，退伍回家参加村干部竞选应该很有希望。连长说过：外面的世界很精彩，岛上的日子赛神仙；身居小岛，要心怀天下。传说中的蓬莱仙岛可能就是这个样子。士兵们说这几句话能作为发展岛上旅游业的广告语，版权所有，无偿使用——岛上这几年一直在打造旅游品牌。

连队开军人大会，连长有时给每人发一张小纸条，让大家不记名地提问，可以就某项工作、任务谈看法，也可以向连队干部、班长骨干提意见、建议。连长和指导员坐在台上，逐条解答。全程录像，到时候将毫无保留地"晒"在团政工网上。

一排长说话的声调始终是向上扬的,尾音提得很高,听起来怪怪的。

"你们有时候也'海钓'吗?"李晓琳从网上知道这儿是海钓的胜地。她一直没问过刘大勇。一排长说从来没有过,除了一年一度的游泳训练,集体组织去海边,平时守着大海,绝对不会去。之所以常在海边走,就是不湿鞋,是因为他们敬畏大海,有电网一样的纪律。

通信员小王用黄色塑料脸盆端来几块西瓜放在李晓琳和一排长身边。夜色中,一排长的眉头不易觉察地皱了一下,说怎么用脸盆呢?小王咕哝一句,说找不到别的东西,脸盆仔细洗过了。

下午,李晓琳站在连部门口,看到两个兵从码头那边推着一板车西瓜过来时,士兵们正在走廊上擦枪,呈两排相对而坐,中间铺一张暗绿色的厚塑料布,一阵枪械零件碰撞声,偶尔响起清脆的扣动扳机的声音。板车被推到炊事班门口时,大家都朝那边看,谁也没说话。李晓琳以前见过他们擦枪时的样子,像过节座谈一样有说有笑,一把枪能擦拭一下午,直到文书吹响哨子,才把枪械入库。

李晓琳用瓜皮擦着手,仔细的样子像士兵们白天擦枪。

一排长说,他们连的训练搞得实在,尤其是"三实"训练。他解释"三实"就是实弹射击、实药爆破、实弹投掷。连长点名时说,大会小会上说,当兵不搞训练就像农民不种地、工人不做工、学生不读书一样,不务正业。往高处说,当兵不习武,不算尽义务,是没有爱国心,是做好打算想当俘虏、叛徒、汉奸、亡国奴;往低处说,是没有职业道德,没有职业素养,没有责任担当,是道德品质低下、败坏!

一排长说他很赞同连长的话。

训练周计划提前一星期就上报营、团，一般最迟星期天晚上会批下来。现在形势比较太平，有的单位稍微危险一点的科目能不搞就不搞，能少搞就少搞，尤其是主官任期快满的时候，更加打折扣，有的连单双杠训练都怕出事。他们连队不这样，训练起来有点"姜太公在此，百无禁忌"的味道。有一年老兵退伍前进行战备拉练，连长还带着后勤几大"员"打了一次实弹，这是以前没有过的。复退工作前进行实弹射击训练是基层安全工作的大忌，怕士兵私藏子弹，怕平时思想有情况的士兵这时候"擦枪走火"。连长在上报计划时说，一口锅里搅了几年勺子的兄弟，如果连这点感情、这点信任都没有，还带什么兵，还打什么仗？

上次反坦克火箭筒实弹射击训练年初就计划好了。"三实"训练最危险的是手榴弹实弹投掷和炸药包的制作、爆破，这方面的预案做得比较足。相较冲锋枪、加农炮，反坦克火箭筒实弹射击危险系数小多了。冲锋枪只要瞄准靶子打；加农炮射击训练，设置好警戒后就往海面上打，爆不爆炸只有海知道；反坦克火箭筒的"不炸弹"听说过，处置方法也学过，也向官兵讲解过，教材上也有，没想到概率这么小的事让他们给碰上了。

安全员张胜才一向很细心。那天，反坦克火箭筒射手穿梭奔跑越过几条反坦克壕，发射几发炮弹，远处传来几次声响，他都记在心里，总觉得有一发炮弹出膛后没有爆炸。他在茅草丛里找到那发炮弹后大喊,连长冲了过去。就在炮弹爆炸那一刻,连长一把推开他,自己被气浪掀起。

一排长说:"我们跑过去时,连长已倒在血泊里。我抱起连长,他嘴唇翕动,吃力地想说什么。我贴近他的嘴唇,他微弱地说了一句话就走了。我身上全是他的血,开始是温热的滑滑的,渐渐地一点点变凉,变稠……军医老刘带着卫生员匆匆赶到时,只是轻轻帮他合上了眼。"

李晓琳突然觉得一排长说话正常了,低沉,徐缓,不再是那种怪怪的、一律上扬的腔调。

起雾了,大团大团或丝丝缕缕的雾从海面上,从岛那头随风升腾,飘荡。岛上的夏夜真不适合纳凉,也不需要纳凉。

李晓琳起身准备离去。

"嫂子,连长最后说了句什么,您不想知道吗?"

"说了句什么?"

"连长的原话是:请转……告……她,我爱她……"

李晓琳的心就像那只落单哀鸣缓飞的鸟,一声弓响,猛地往前一蹿,随后伤口迸裂,身子像石头一样往下坠。

靶场设在一个小山坳里,一道土埂,再一道徐缓的矮坡将视野隔开,大海顿时变得遥远起来。这里可能是岛上唯一看不到海的地方。周围茂盛的芦苇像南方的青纱帐,阳光泼洒,在油绿狭长的叶片上翻滚跳跃，有小鸟在芦苇丛中鸣唱。当台风裹挟暴雨来临的时候，它们都到哪儿去了？

李晓琳走在后面，茅草像麦苗一样没腿及腰，划在她的牛仔裤上，发出沙沙声。在一处有烟熏火燎痕迹的地方，一排长站住了，低下头不说话。李晓琳缓缓蹲下，抓扯着焦黄、发黑的茅草和裸露的土粒，瘫坐在地上。她的耳边好像又贴有一只海螺。一阵嗡嗡声后，有海风和海浪声响起。他说过，海螺是海的收藏证，它尽管死去，但化作号角，把大海珍藏。

她听指导员和一排长说过，也用手机上网查过造成"不炸弹"的原因：为了避免火箭弹在飞行过程中碰到树枝或茅草等障碍物过早地爆炸，在它头部安装了一个防潮帽，这样虽然能避免它在飞行中过早爆炸，但起爆灵敏度降低了，当它在行程末端以较低速度撞击树枝、茅草等松软物停下时，就很有可能不爆炸。李晓琳以前只关心时装、瘦身、明星，认为军事和打仗的武器是火星或木星上的东西，现在她试图以光穿越宇宙的速度去弄懂这些。

"战士第二故乡"几个红色大字雕刻在一面巨大的岩石上，像红旗招展，老远就能看到。李晓琳坐在岩石下，风吹干眼泪后，脸上有紧绷绷的感觉。

被茅草掩映得有些狭窄的水泥公路像条灰色飘带把小岛交错环绕，路上不时有观光电瓶车载着阵阵欢声笑语驶过。驶过诸如"战士第二故乡"这样的景点时，电瓶车会停在路边，游客纷纷下车拍照留念。

第三章 碧海青天夜夜心

149

很多这样的地方，在怡情的人们眼里它是景点，到此一游；在士兵眼里它是阵地，须风雨守望。就像有的海滨浴场，一边是晒得黑乎乎的士兵，一边是莺歌燕舞的红男绿女。战争与和平就在一起，并肩行走。

汽笛声又从远处传来，这时候听起来像在呜咽。一排长站在路边，手搭凉棚说，是上午船到了。李晓琳顺着他的目光望去，一艘乳白色的轮船正缓缓靠岸，不一会儿就有一片花花绿绿从船舱里溢出，像螃蟹吐泡泡，在码头的空地上摊开；又像融化的一摊雪糕，无声无息。夏季每天有两班船过来，上午十点多一班，下午四点多一班，其他季节只有一班，碰到有雾或风浪大，几天也没有一班。这时，连队炊事班几个兵该推着板车等在码头上了，船一到，就有新鲜的蔬菜和水果从上面卸下来。

一排长望着大海说，他是地方大学的"国防生"，毕业分配时他要求到最基层、最艰苦的地方去。他穷尽想象，最基层、最艰苦的地方是他实习的单位，一个野战部队，驻于苏北一个有"西北利亚"之称的小镇。没想到海风会把他命运的蒲公英吹到这座远离陆地的小岛上。他毕业后经过几个月大学生干部集训，来到岛上时正值初冬，枯草衰黄，满目萧条，人迹稀少，天气湿冷。星期天下午，在感觉不到温度的脉脉斜阳里，偶尔有兵在吹笛子，那种感觉就像范仲淹《渔家傲》里的意境："塞下秋来风景异，衡阳雁去无留意。四面边声连角起，千嶂里，长烟落日孤城闭。浊酒一杯家万里，燕然未勒归无计。

羌管悠悠霜满地……"只不过范公写的是苍茫的群山，而他面对的是浩瀚的大海。

那次他女朋友来，准确地说是前女友，"过去式"了。由于天气原因没船，她在码头整整等了五天，在招待所里把寂寞、思绪和难耐的等待付诸网络，最后黯然回乡，从此"黄鹤一去不复返"。她那个即时通信软件号没有再用，最后一条留言定格在那儿，在网上变成鱼干。好像是这样写的：天空没有留下翅膀的痕迹，鸟儿已经飞过；大海没有留下脚步的痕迹，我心已经飞越……记得有一年中央电视台的"春晚"，有一个节目说的就是军嫂到岛上探亲，船无法靠岸的故事。也有人说现在条件好了，可以呼叫直升机、快艇——那是电视上的事，只是一个美好的愿景。在现实生活中，只有在紧急情况下，如有官兵或岛上居民得了重病，急需抢救时才启用那些应急交通工具。一个军人的女友如果动用直升机上岛，没有那个待遇不说，被别人知道了，还不沸腾起来？

那段日子他真想放弃，什么都不要，什么都不顾，就想回家，心情郁闷无比。

连长领着他满岛转悠，和脸像核桃、说话声音如破风箱的老渔民拉家常。老人用半懂不懂的土话说，很久很久以前，他们祖上的祖上的祖上就住在这个岛上。后来日军来了，硬说这岛是他们的。当时，岛上的精壮爷们儿也有几百人了，几个起头的几声叫喊后就和几十个日军干了起来。鸟铳、鱼叉、铁锹、船桨、木棍、竹竿终打不过"三八大盖"，渔民的血染红了海……日军赖在岛上那几年里，老百姓可遭罪了，打的鱼全是他们的，自己只能啃红薯、土豆。

连长和他一起漫步于菜地、哨所、坑道、训练场、废弃的老营房。那是在坚硬的岩石上依山顺势一点点雕出来的房子，有兵器室、会议室、俱乐部、宿舍和石壁上烟火的熏痕仍清晰可见的厨房等，有的几间连成一排，有的只是单独一间，高矮不一，格局不同，面积不等，呈多边几何形，几乎所有房间都以门充当窗户……一排长说的那些石头房子，李晓琳也由刘大勇"导游"参观过，逼仄局促，光线昏暗，落满灰尘，蛛网遍布。最难受的是里面像水帘洞，头顶滴水，脚下冒水。它们如今已大多"退役"，成了杂物间，用来堆放扫把、铁锹、涂料、粪桶等。

站在一间较宽大平整周正的石屋里，连长说这曾经是岛上最好的房子，堪称"五星级"标准。房间临海那面有一扇比一本杂志大不了多少的窗户采光，最里边墙角处砌有一高一矮、一大一小两个方形水池，石壁里有涓涓细流，先汇集在高大的池子里，再流进矮小一点的池子里，然后顺着墙边一道缝隙般的水沟排出，大小池子里的水都满当当、清亮亮的。估计大池子用来蓄水，小池子用来洗漱、洗衣服等。当年，上级领导来了就"下榻"在这里，还有谁的家属来了，谁结婚啦，就把这儿布置成洞房——真正的"洞房"。

连长说这几年每到夏天都有白发苍苍、老态龙钟的老人在家人的陪同下像朝圣一样，如候鸟迁徙，千里迢迢赶来。他们颤颤巍巍地走进石屋，抚摸着石壁，或号啕大哭，或老泪纵横。这时候老人即使什么都不说，你也可以想象出他们在岛上经历过怎样的青春岁月。

连长说他刚来时住雷达哨所，那时没有装空调、抽湿机。一半在地上，一半在地下，像北方的地窝子一样的哨所，一天到晚，一年四季，地上随时像是刚用湿漉漉的拖把拖过，一层水，人走上去直打滑，被子也像浇过水，盖在身上像铁板……那时他的心情也阴郁得快发霉了。

刘大勇有过这样的经历吗？他喜滋滋地端出来，向她描述的总是令人神往的面朝大海，春暖花开。她从没想过他有着怎样的心路历程，才融入这片海域，化成一垛礁盘。

小岛宁静，能听到风声、涛声，还有太阳移动的声音，甚至是露珠从草叶上滚落滴入泥土的声音。李晓琳突然感觉天地静止，世界消亡，人类不在。她是谁，此刻身处何方？

"嫂子，连长常叨念你对他有'一毛钱'（十分）的好，说有你这颗'小太阳'驱散雾霾，让他感觉温暖、明亮，坚持了下来。连长还跟我说，等有机会让嫂子给我介绍一个，说你们单位漂亮温柔善良可心的姑娘可多啦。"

风刮得呼呼的，一团一团的雾像被皮鞭驱赶一样掠过树梢、房屋。离天亮还早，外面能见度还可以，天空灰白，茅草苍茫，海面上也是一片灰蒙蒙的。岛上盛夏的早晨凉意丝丝。

李晓琳出门时，哨兵给她敬了个礼。没走多远，通信员小王和指导员就跟了上来。

山岩上已坐满了人，安静得像行注目礼一样朝一个方向望去，就像电视上《动物世界》里一群翘首以待的企鹅。他们有的穿秋衣秋裤，有的穿棉大衣，几个很靓丽很时髦的女孩披裹着毛毯、薄被，还瑟瑟发抖，说冷。李晓琳和"驴友"们去过黄山、泰山顶上看日出，也是这个样子。她已习惯于没有刘大勇陪伴的出行。她上次来，他说过去看日出。几天里，她睡懒觉起不来，觉得以后还有机会。

天越来越亮，雾还在脚下、腰际、头顶等触手可及的地方升腾。当太阳露脸时已经几竿高了。人群像电影散场一样，三三两两，说说笑笑离去。

起个大早，却没有看到大海分娩太阳的壮观景象。

李晓琳起来看日出，没有像其他人一样设置闹钟，她是睡不着。昨晚像烙饼一样折腾到很晚才迷糊一会儿，天没亮又醒了。她合上眼睛睁着眼睛都在想：她有他说得那么好吗？

这次，她踩着他留下的足迹，呼吸着他曾经大口呼吸的温腥潮湿的空气，抚摸着他看过的书，穿过的衣服，盖过的被子，用过的签字笔、电脑键盘、电动剃须刀……一切被他使用得温润如玉的器物。原以为他会微笑着兴冲冲地闯入她的梦境，她也努力、使劲地让他出现在梦境中，没想到他一次都不肯光顾。看样子，这次他真的走远了，或者真的生气了，或者担心她害怕，固执得连一个梦都不愿意给她。

他和她到底吵过多少次，因为什么吵，大多如昨夜梦境，雨打花痕，想不起来了。记得有一次，他俩像泼妇、悍夫一样吵着上民政局，到了那里才发现是星期天。累了，饿了，他们在一家上了《舌尖上的中国》的小店饕餮一番后，手拉着手走回家。她问他，是不是出发前就知道是星期天？他嘿嘿笑。从那以后，"离婚"这个词就经常挂在她嘴上，有了"禅"的意味。

吵过后和好，和好后又吵，吵吵合合，合久必分，分久必合。她去咨询过心理医生，一个戴金丝边眼镜的中年人，说话就像作诗，说刘大勇已经习惯于他的海、他的岛、他的兵，习惯于号声、哨声中的作息时间，习惯于"制式""程序"化的生活，习惯于已养成的节奏和规律。他的"病"居然还有个专有名词——休假军官综合征。现在他俩就像两只刺猬，距离远了，彼此思念；距离近了，相互刺痛。医生给他们开具的唯一处方就是磨合、经营、包容，回归温暖正常的家庭生活。这不是明摆着哪壶不开提哪壶吗？每当生活上、工作中碰到委屈、难处和海一样无边无际的寂寥感时，她不止一次也不止在电话里跟他哭过，闹过，她没想到这种日子这么难熬，她希望他回来，马上就回来，不要再在岛上待了，回家当保安都可以。曾有人问刘大勇贵干，他说当保安。别人说不像。他说真的是保安。后来知道他是军人。他说保安就是保卫平安，当兵的是保祖国平安，只不过范围大小不同，职业认同感、荣誉感不一样而已。

他和她吵得最厉害的那次是因为手机。他在家休假，她吃饭、走路、睡觉、上卫生间，点点滴滴、分分秒秒的时间都在玩她的智能手机。早晨一睁眼和晚上最后合眼见到的、摸到的肯定是手机。身边大小事、好事坏事、爽事糗事一股脑地抱到网络上晾晒；吃的饭菜，穿的衣服，做的发型，用的化妆品，路遇风景，品味美文，心情阴晴，随时随地掏出手机以资留念，与人分享。那份痴迷和投入可以用古今中外一切勤奋好学的成语、警句、名言来描绘。她已习惯于没有他但不能没有手机的日子。刘大勇用的还是部队统一配发的"老人机"，只能接打电话，收发短信。互联网于他而言，只与一个落满灰尘、布满蜘网的某邮箱有着某种联系。跟他说网约车、网上商城、网上购物就像与夏虫言冰。每当看到她和手机热恋的样子，他心里就酸溜溜的，真希望自己就是她的手机，他的脸就是触摸屏。

一天，她形影不离的手机终于"落单"，信息提示声在他触手可及的地方响得热闹。他随手拿起，正琢磨着以她平时的手势、笔画解锁，她突然像下山觅食的老虎一样出现了，气势汹汹地不让他看。

她越不让看，他越坚持要看。她觉得即使是夫妻也应该有各自的空间，彼此有所保留，相互信任，相互尊重。他认为她在他面前应该是透明的，她就是他的"兵"，他有权利进行保密检查。她不给他看就是做贼心虚，心里有鬼。

争吵中，她突然歇斯底里疯了一样尖叫着，把手机猛地往地上一摔。在客厅白色光洁的瓷砖地板上，手机如掉在冰面上的石块，打着旋滑出，碰到电视柜，又弹了回来，几片细碎的塑料散开，热闹的铃声戛然而止。

她披散着头发扑过去，哭喊着抓扯他胸前的衣服。他高高扬起手。

她止住哭，没有去擦眼泪，昂首挺胸，像战争年代即将奔赴刑场的女共产党员，大义凛然。

他高高扬起的手终于颓然放下，狠狠地砸在自己的腿上。

他们持续"冷战"，分床而睡，新装修的两居室里有一条冰冷的看不见的"楚河汉界"。

她留言，让他起草离婚协议，她无条件签字。几天时间过去，毫无进展。她催问，他说不会，没写过，老师也没教过。他让她写，他签字。协议是她从网上东拼西凑扒拉下来的。又一次去民政局，接待他们的工作人员一输入他的身份证信息，就客气地说："对不起，军人办理离婚手续需要部队团以上政治机关出具相关证明。"请他们回去再仔细想想。他这才知道军人的身份证看似和老百姓的一样，其实不一样。她也才知道和军人结婚不容易，离婚也不是那么容易的事。

他提前归队时，她上班去了。他给她留了一张纸条，上面压着一部崭新的手机，和摔坏的那部是同一品牌、型号。他说，连队有事，他赶回去了。落款是他的属相，一个卡通图案。以前她一看到就想笑，这次她随手扔进垃圾篓里，没笑。

他打过几次电话回来，好像没什么话说。当他吞吞吐吐酝酿着要表达什么时，她马上抢白："什么时候回来？把手续办了！一个当兵的，大老爷们儿，做事爽快点，别婆婆妈妈的。"他马上泄气地说快了，等忙过这阵子就回去。

摔坏的手机被她用塑料袋装好，连同那份协议放在抽屉里。协议已经不再需要签字了。她想，回去后第一件事就是把它烧了。可是烧了合适吗？他在另一个世界会不会看到？

她很后悔，应该给他看她的手机，其实上面没什么，真的没什么。

热烈而辛苦一天的太阳，早晨出场时"犹抱琵琶半遮面"，谢幕退回大海深处那一刻，是那么留恋，充满温情。深蓝的海面、流翠的小岛被它温柔地细细地抚摸成金黄色，风依旧在吹，海浪被礁石迎头击碎，溅起朵朵白色的黄，起伏的芦苇丛荡漾着绿色的黄……当太阳即将隐退到城市的高楼大厦背后时，她和他曾十指相扣，他在她耳边呢喃：夕阳西下，断肠人在天涯。

阳光还在恣意畅快地挥洒，大海还在不舍昼夜地轻轻晃着，表面上依然风平浪静。但李晓琳听天气预报说，台风已在南太平洋积蓄力量，预计将向小岛方向发起凌厉的攻势。打开招待所的电视，总是一片雪花，只能听到声音，看不到画面。

自从刘大勇上岛后，她就养成了关注天气预报的习惯，而且关注的是海洋天气预报——在中央电视台播过全国天气预报后，有几排字幕、符号闪过。他对她生活的城市的温度、天气和PM2.5值也常能脱口而出。他们都生活在对方想象的草长莺飞或旭日东升里。

她记得刘大勇跟她说起过李肇强父亲的故事。李肇强的父亲在黑龙江一个叫漠河的小城当过几年兵。每到十月人们还穿着汗衫，天气还暖和时，他就望着远方出神，说这个时候漠河该下雪了吧。

当李晓琳戴墨镜、涂防晒霜、撑一把防紫外线遮阳伞全副武装出门时，指导员让通信员小王跟着。她费了好些口舌，他们才相信她不会走丢，也不会出事，由她自己走走。

码头边上有一排用彩色塑料布搭起来的凉棚，一个挨一个的塑料大盆里装着她见过和没见过的，能叫得出名字和叫不出名字的海鲜。一群妇女在清理"淡菜"。这是当地人的叫法，她上网查过，学名应该叫壳菜。她们手上的小铲子忙活着，嘴上说说笑笑。他每次上岛、出岛都在这儿。台风来临前，他和他的兵在这儿帮渔民收拢、固定船。她好像看到了他们弓着腰奔跑，大声呼喊，衣裤被风吹鼓起，摇摇晃晃、寸步难行的样子，雨迷糊了他的眼，抽打在他棱角分明的脸上，往脖子里淌，脖子下有一道白色的圆领衫的轮廓……

他们海训的地方也太糟心了。容不下几个人、一片窄小的海滩上，瓦砾、瓷片、贝壳点点闪烁，山坡上是一片季节性饭店、宾馆，各种生活用水从这儿季节性地往里排，士兵们就在排污口与海水交汇处展开季节性的游泳训练。守着如此辽阔蔚蓝的大海，居然在这种地方游泳。

山弯里一家叫"东极海味"的小面馆，三四张油光可鉴的桌子，七八个矮胖长条板凳，总有人等在旁边。他说过，那家的海鲜面真好吃，出差、开会、干活儿误饭了，他就会豪爽地在那儿热气腾腾、大汗淋漓地吃上一碗。有时候他和几个兵一起去，每次他总是悄悄地先把钱付了，当战士们抢着埋单时，老板就望着刘大勇哈哈大笑。他说一碗海鲜面还是请得起的。哪天，如果她有心思，有胃口，也会进去吃一碗。

路边随处可见已经被扒的房子，只剩下一块平地和堆得像小山头一样的石料。房子的主人是打算建新屋，还是搬到别处去了呢？

一位慈祥的老人在一幢两层小楼前慢腾腾地晒海货。她认得老人，和她想象中的一模一样。刘大勇说起过，老人的儿女在海那边的城市买房买车了，小孩读书方便，工作也方便，老人一个人守着这座岛，守着劳累一生盖的"漂亮"房子不肯离开。官兵们不时地来看看，刘大勇有空就来坐坐。老人的儿女回到岛上时，来过连队表示感谢，还送来锦旗。她真想上去和老人打招呼，但老人木然地看了她一眼，又慢慢转过身去。

山腰一处稍开阔的地方有一块巴掌大的水泥地，如果没人告诉她，她怎么也猜不出那是直升机起降坪。他在那儿第一次坐直升飞机。寒冬深夜，一个列兵突然胸闷呕吐，浑身无力，瘫在床上。军医老刘急得额头冒汗，又是量血压又是测心电图，就是查不出原因。刘大勇当即上报团作战值班室，请求协调地方民航局出动直升机。那晚，海面上风急浪高，勉强出动的直升机在茫茫夜空中像一只单薄脆弱的风筝，摇晃，飘荡，好像随时有可能散架或一头栽下去。本来应该是老刘陪着去的，刘大勇说，老刘年近半百了，还是由自己去吧。列兵被推进急救室后，刘大勇才感到浑身冷得直哆嗦。医生说，送得真及时，再晚一会儿就没命了。

烈士陵园视野很好，站在那里能看到大海、码头、村庄、营房，能看到他们曾经深情眷恋的地方。矮墙环绕着一排排墓碑，像座寻常的农家小院，里面有阳光、枯叶、灰尘栖息。海风呼呼吹过，那些打过日本侵略者，以及为抢救人民生命财产牺牲的青年、中年人，还有耄耋之人，应该会在一起晒太阳、拉家常吧？多年的邻居，相似的命运，相近的品行，也许性格迥异，却总有说不完的话。刘大勇曾在这里组织过新党员的入党宣誓，一年又一年清明前后，带领士兵在这里愚公移山、精卫填海一样地植树。由于风的宠爱，放眼满山坡，松柏像基因突变，又像是精心养护的"宠物"，一直那么袖珍。

刘大勇也将很快迁居到这里。前辈们应该认得他，乐呵呵的，可能还会给他开一个小小的简朴的欢迎会，和气友好地对待他。走群众路线，反对铺张浪费，是不是在这儿也仍然提倡？

她形影相吊，漫步他走过的地方，徘徊于他留恋的角落，印证他的描述，追寻他的脚步。他走了，她把属于他的那份记忆延续、存档。她不时掏出手机拍照。这些照片只属于他，也属于她——独自回味。

村里几个老人结伴来到连队。听说她是刘大勇的"老人"（老婆），一位发白如蒿草的老人拉住她的手说个不停。她从头到尾就听懂了"囡囡"这个词。军医老刘在一旁翻译，也半懂不懂，连蒙带猜。说来说去，老人就表达一个意思：多亏了老刘，他是个好人，让她不要太难过。年纪轻轻的，乡亲们叫他老刘？她还是第一次听说。军医老刘是刘大勇当连长后才上岛的,她也才知道。

岛上的军医院曾"青春永驻",一直是军医学院刚毕业,没有任何临床经验的小年轻锻炼的地方,一个在这儿待几年,走了,又换来一个更年轻的,周而复始,终年循环。士兵们有病、有什么伤痛就去村里的小诊所,再严重点就只有出岛了。刘大勇当连长后,第一件事就是向上级提出,派一位经验丰富的医生来。老刘上岛后没几天,村里一位老人病危,小诊所的老郎中都摇头不语了,是老刘竭力抢救过来的。现在,乡亲们有个小伤小痛,都喜欢来连队卫生所,有时候老郎中也请老刘过去"会诊"。把老刘"搬"来,有段时间刘大勇心里很过意不去,但老刘好像"乐不思蜀",连续几年立功受奖,经常穿行在风里雾里,眉毛上都结着"花",越活越年轻。

刘大勇还从团电影组要来一个会维修电器的中士。连队带电的设备时有"罢工"现象,老百姓的家用电器有时也会坏,抬着背着抱着提着或大或小的电器,上下船,进出岛,来回折腾很不方便。中士维修时所需零部件尽量从废旧器物上拆,变废为宝,实在没招了,才写清楚型号,托出岛的官兵捎。于是,出岛的官兵又有了一项新任务——去市里的电器城买配件。难得出去一趟,事情蛮多的,这个人的事那个人的事,本来心情像放飞的小鸟,由于心里装着事,就如小鸟的翅膀系上了石头,飞得并不轻松。

中士只是一粒"种子",退伍前他带的两个徒弟都出师了。

刘大勇还有一份大海一样的"蓝图",即连队要有兼职的木工、瓦工、水电工、种植员、饲养员、理发员、气象员、网管员、报道员，以及各类体育运动员、各种乐器演奏员、美术书法创作员；他还想把那个最大最"豪华"的石洞开辟成岛史、连史博物馆，所以还需要一位讲解员……有的自己培养，有的得先有"种子"。

每隔一段时间，刘大勇就带着军医、卫生员、电器维修员出现在村子里，迎接他们的肯定是一片接一片热情的招呼声。几百米顺着山势绕来绕去的村间小道，他们要走很久很久。

天阴沉得像口铅灰色的大铁锅扣在海面上，让人喘不过气来。码头港湾里桅杆林立，大大小小的船随着海浪起伏摇晃，平日里满眼的彩色塑料棚都收摊了。海面下像藏有一个脾气暴躁的怪兽，波涛怒吼，一次次想挣脱海床，扑腾上岸。海面高高扬起雪白的浪头，泰山压顶一样，像是要把人吞噬，卷下海去。临海的公路上已是小河流淌。

台风的"先遣队"来了，让人们感到惊悚不安，出行很不方便，唯一的好处就是能带来丰沛的雨水。岛上的草木已经很干渴，用水也开始紧张了。

下午还有一班船，李晓琳决定赶在台风"大部队"到来前踏上归程。台风这一来，还不知要盘踞、肆虐多少天。

心情、思绪、隐痛和行李被一并收拾好了。前几天，旅宣传科负责新闻宣传的肖干事说要找她聊聊天，她没答应。后来又托指导员带话。说什么呢？最后，肖干事问一句，她答一句，有些问题她实在不知如何回答，就选择沉默。

几个肩膀上闪烁着一排五星的首长握着她的手，说她是英雄的妻子，很不容易，给了她这辈子最多的、受之有愧的溢美之词，问她有什么困难。有什么困难呢？按揭的房贷以后就靠她一个人还了；她的工作需要经常出差、加班，真的很累很累；还有两边的老人，尤其是他的父母……她低头良久，抬起头时，眼里亮晶晶的，只是低声说了一句，她很好，什么都不需要。

也不是什么都没要，她提出要那套挂在他房间里，依稀还有他的气息的春秋常服军装。

宣传刘大勇的事迹报告团已经成立了，开头那场她参加了，他们刻了一个光盘给她。一排长在一束盛开的鲜花前泣不成声地说："……连长猛地把张胜才扑在身下……最后断断续续问，张胜才没事吧？"听到这儿，她也哭了。

船出岛时，她一直紧咬牙关，站在甲板上死死地抓住栏杆，吐得翻江倒海，天昏地暗，脸色灰青，泪流满面。船头飞溅的浪花和腾腾的水雾湿透了衣襟。她冷得发抖，扶着栏杆返回船舱，打开行李翻出他的衣服。那个光盘滚落到地面上。她犹豫了一下，光盘飞舞在风里。

她把脸埋在他的衣服里，深吸那股气息。浪声风声机械轰鸣声淹没了她的诉说：我来或者不来，你都在这里。我在这里，你在哪里？

他充盈在她心里，从未有过地丰满。她觉得他们的故事才起头就已经烟消云散了。

第四章
莫愁前路无知己

熄灯号响过了，我离开办公室时，大楼里还有好几个房间的灯亮着。晚上思路清晰，写得顺手，那个材料明天一早上交，主任那里一次性通过估计没问题，我的心情不由得轻松起来，晚上能够睡个好觉了，明早可以出操。机关是每周一、三、五早上出操，晚上如果加班超过十一点可以不出，这种待遇，组织、宣传部门的人经常享受——其实没有人喜欢这种享受。

时间还早呢，我向值班室走去，那儿是各方信息的集散地、第一中转站。顺便同值班干部聊几句，谁值班都希望有人来坐坐，当然，不是那种添麻烦、"踢皮球"，因为实在闷得慌。有几个干事已挤在里面，或站或坐，聊得正欢。见我进来，宣传科一位年轻的文化干事开玩笑说，我是"克星"，身上有股阴气，身边几位战友都走了，并且还是我"送"走的。其他几个上尉、老成一点的干事附和着笑笑，没吭声。这种事居然能拿来开玩笑！现在的年轻干部呀，真是没底线！我当时什么都没说，马上退了出去。如果时间倒退三四年，在我当排长的时候，说不定一把将他拽出去，放倒，单个教训一番，打不赢也要打。

我独自来到外面空旷的平台上，风真大，竟让人眼泪哗哗地流。

那个文化干事说得也对，很长一段时间里，我像背着江流影、李肇强、刘大勇他们几个的影子在行走，活成了他们的一部分，我活着不再是一个人的事，我好好活着也是替他们活着，替他们看看这个美好的世界。当这个世界上所有人都记不起他们的时候，他们才真正离开了，获得永生。有的时候即使工作并不多，活儿并不重，训练并不苦，我也感到很累，很疲惫。我的话更少了，脸上很少有表情，走路不再轻快，背影看起来像干休所的老同志。

在上级召开的电视电话会议上，旅长就前段时间部队的训练管理教育中存在的问题和不足之处做检查。军首长竟然在会上拍着桌子大声训斥，虽然不带一个脏字，但句句诛心，比打人脸还难受。那情形如班长、排长训斥新兵。没想到在军长面前，我们敬畏敬重的旅长就是个兵。

会议是在军官培训中心召开的，全体机关干部和营连主官（其中一位）参加。所谓电视电话会议，就是各单位参加的视频会议。那次会议的主要议题就是我们旅长在现场向全旅干部做检查，视频画面向全军团以上单位直播。军首长的一顿训斥，让我们都觉得灰头土脸的，心情像积雨云一样沉重。旅长像头老黄牛似的已经干满六年了，能力、素质无可挑剔，几次实兵实弹演习，无论是攻还是防，手段都猛狠拼犟，把对手打得措手不及，上级连续几年来考察，决定提升录用。可每到关键时刻，我们部队就出现伤亡事故，连续三起呀，加上些鸡毛蒜皮的小事，如不假外出、违规上网的，有士官休假在家喝酒骑摩托车摔伤的，等等。和平时期带兵训练，不能有事故案件发生，有的事情虽然无法预料，责任也不一定在旅主官，但还是可以看出部队平时的素养，有其管理训练教育松懈薄弱的一面。

　　旅长在会上的检查是科长带着我们几个字斟句酌起草的，然后由副主任、主任，乃至旅长、政委在会议室架上投影仪，反复推敲以后定稿的，可以说是集体智慧的"结晶"。至于谁上台做检查，政委说，由他来，他是党委书记，是党委班子的一班之长，应该承担责任。旅长说，他任职时间更长，作为军事主官，部队的管理训练他要承担主要责任。政委是军务参谋起步，说话轻言细语，性格和蔼可亲，虚心好学，口袋里随时装个小本子，大小事随手一记，乃至什么名言警句或富含哲理的话他都会认真记下来，以备修改我们起草的材料时，作为点睛之笔。旅长是作训参谋出身，平常不苟言笑，做事严肃认真，有板有眼，尽管他对谁都像欠他百八十万一样，但大家还是喜欢和他在一起，检查、蹲点、演习、驻训等，你能感觉到他那份细致与踏实。政委、旅长虽脾气、性格不一，但他们对下属、对部队，始终是一个声音，一副面孔。

　　让人料想不到的是，旅长那次做过检查后竟然被提升了，到某军分区担任司令员。旅长离任前的简短告别仪式还是在军官培训中心举行的，通知上说机关干部和旅部营区营连主官自愿前往参加。

那天人很多，比平常开会到得还要整齐。我们科照例给他准备了一份讲话稿，但他没有拿出来。他坐在讲台前，塌着腰（不像平常那样腰杆笔直），语气徐缓低沉。他说今天就以战友的身份和大家谈谈心，说他在二十一世纪初伴着边境战争的枪声从地方大学入伍，从排长一直干到旅长，中间仅外出代职和到国防大学学习离开过几年，大部分时间都在这个部队。他历数参加过哪些演习、比武、施工，哪些大的建设，为旅里夺得过哪些荣誉……他个人在这里恋爱，结婚，生子……说到这里，他的目光扫视了一下人群。当他说到平时对大家要求严，批评多，对大家关心照顾不够，加上自己能力有限，没把部队带好，没有给大家创造更多成长进步的机会，没有搭建更大的施展才华的舞台时，他停顿了一会儿，几乎说不下去。以旅长的综合素质，如果我们旅那几年平平安安，他应该毫无悬念地会去某个集团军担任副参谋长，或到某个一线部队担任更高的领导职务。

旅长到某军分区任职后，李肇强的父母有一次打电话给我，说他们家有个亲戚，高考没考好想当兵，问我有没有办法，最好是能来我们部队。李肇强的父母一直跟我有联系，有时候通通电话，信息隔个三五天就有。看到他们从悲痛中走出，并且为亲戚的孩子当兵积极想办法，我很高兴。

找谁呢？我想到了旅长（现在是司令员），心里忐忑不安。我只是政治部组织科的一个副连职干事，而旅长是军事主官，不知道他对我有没有印象，我会不会被拒绝。我找来旅长的电话，自报家门。电话那边是旅长爽朗的笑声。我把情况详细向他汇报后，旅长说，没问题，只要体检、政审合格，当兵，保家卫国"走后门"，就是吃亏受苦"走后门"，这个忙他肯定帮，更何况是我们部队的"关系"，但是去哪儿，他说了不算，得看哪几个部队今年在那儿接兵。后来，李肇强的母亲来电话说，那个小孩去当兵了。至于去了哪儿，干得如何，他们没说，我也没再过问。

没过两年，旅长转业回浙江老家了，据说被安排在某个厅局担任副厅长，旅里有干部路过杭州时还去看望过他。我们政委两年后被提升为某集团军政治部副主任，再后来调任西北某部副政委，被授予少将军衔。

政治部干部科陈科长（以前的陈干事）征求我的意见，问我愿不愿意交流去驻某省预备役部队或那儿的人武部。他说考虑到我老家离那儿近，以后回家探亲方便，但没说旅里今年那个方向有指标，没有人报名。我说，得和家属商量商量。其实，我的事妻子不懂，也几乎不管，我自己说了算，不需要跟她商量。这不会是政委或主任的意思吧？我心里很不是滋味。

那几年，我们部队几乎每年都有交流到地方预备役部队、人武部的名额，学历、任职要求倒比较宽松，但有一条，不能受过任何处分。那些相对富裕的地方，如苏南、浙江、上海等地，想去的人多，竞争激烈；那些比较落后的地方，去的人少，甚至没人报名。

第四章 莫愁前路无知己

我回复干部科，哪儿也不想去，还想在旅里好好干。交流名单很快就确定下来了，那些交流干部交接工作、开具关系、托运行李，和熟悉的战友、老乡打个招呼，感情深厚点的坐下来喝两杯叙叙旧，什么也没留下，什么也没带走，一切如一阵风，了无痕迹。当然，也有的本人提升交流走了，其家属随军后还在驻地上班，还住在家属区；小孩还在和部队有共建关系的学校上学，照样乘坐营区接送学生的班车。战友们不时能看到他来去匆匆的身影，偶尔聊聊天，好像大家还一直工作、生活在一起，没有什么差别，过几年他又转业回来了，就像出了一趟长长的差。

春寒料峭，草色遥看若有若无，干部转业工作开始了。老兵退伍、干部转业看似都是脱军装、向后转，其实差别很大，不仅仅是去向、安置等那些看得见摸得着的不一样，有些东西只能细细品味。老兵退伍是一茬茬的，批量的，大张旗鼓的；干部转业是少量的，像香樟等常绿树的叶子更替一样，是悄然无声地进行的，这样能最大限度地保持部队稳定，维持基本战斗力。还有，他们对部队的感情不一样，退伍兵在部队时间短，对部队的感情是真挚纯真的，尽管很苦很累，哭过笑过，但留下的回忆是甘甜美好的，三五年军旅时光是他们人生中最骄傲的成年礼，他们中很多人以此为基础，起步打造自己的一生，偶尔战友聚会是情感与精神铁的碰撞，铮铮作响，火花四射；而干部在部队十几年，几十年，他们把大部分青春年华献给了部队，经历不一样，人生际遇不一样，面对的是生存生计，更现实，不能说他们对部队没感情，他们的感情深沉、含蓄、醇厚，要复杂得多，所以他们中很多人在离队的时候心中五味杂陈，爱恨交织，欲说还休，真是"别是一番滋味在心头"。

军网上有人建议，干部转业也应像战士退伍一样，举行向军旗告别仪式。跟帖的各种声音都有，有的说有仪式显得重视、庄重，那毕竟是人生的又一个转折点；有的说别搞那些花架子了，多送点温暖、关心，来点实在的。后来，很多部队搞了，我们旅也搞了。我们部队的口号是：建设当样板，打仗当拳头，攻坚当先锋。

干部转业除了有的因工作岗位需要确实不能走以外，还有人事制度那些只可意会的东西，如走老留新（年轻）、走弱留强、走低留高（学历）等，但具体操作起来经常是想走的走不了，想留的留不下。有的想等家属随军，或随军了还不符合在驻地安置的条件；有的还没拿到经济适用房，或家里面临各种困难，但自身素质、工作能力又一般，很难适应新的"军事斗争准备"，上级反复动员走；有的很年轻，学历高，能力强，所学专业在部队与地方都很吃香，两者相较，在地方发展更好，收入更高，生活轻松惬意；有的纯粹想早点结束夫妻两地分居的生活，回家过"老婆孩子热炕头"的小家庭生活；有的想趁着地方上尚有"关系"，转业安置时能帮得上忙。这么多年来，转业干部安置虽然有相关政策，各级政府也下发了相关文件，如强制安排、带编制安排等，但具体实施起来五花八门，各省、区、市乃至各个单位都不一样，客观原因是各有各的情况，各地生活条件、经济状况、接收转业干部人数等都不一样……于是，想走的、想留的分别跟领导谈心汇报，各显神通。最后洗牌的结果是大部分人能如己所愿，领导会很人性化地兼顾工作与个人困难，几方面尽量照顾到。但也有极个别想留却留不下来的，他们早把部队当成了家，于是滞留，希望部队出面和地方协调，因为房子，因为孩子上学，因为家属就业，这其中有的政策性很强，很难办，和平岁月，经济建设时期，加上地方上有的单位有的部门领导大局观念不是很强，有的事就更难办……转业干部走出营门，和部队的关系渐行渐远，有的不再往来。当然，也有一些想走的被强制留了下来，情绪低落几天后，又开始如拧紧发条的钟摆，忙得团团转。

又是一场春潮带雨，转业干部离队了。太阳升起时，士兵们依旧在嘹亮的军号声中斗志昂扬地走向训练场。通信营教导员，也就是我的老指导员正营干了五年了，上面没位置，只能安排转业。我们旅副团只有六七个岗位，属于政工的也就两三个，据说旅长、政委每年都动员几位副团转业，但他们都不太情愿，希望能更进一步，至少能提升交流到地方人武部干个政委或部长。有的年份是上级分名额下来，要求强制安排团一级转业。

教导员转业，副教导员接任教导员，通信连指导员升副教导员。上面动一个正营级或团级，如果没有"空降"的，下面就能依次往前挪一大串。干部科和主任先后征求我的意见，问我是在组织科晋升为正连职干事,还是和通信连副指导员对调——他来组织科当干事,我去通信连担任指导员。

"宁为百夫长,胜作一书生。"当个连主官是我多年的梦想,甚至是儿时刚学会下军棋就有的梦想。军营小连队,人生大舞台。营区里一个连队百十号人就是一个吃喝拉撒睡的小社会,思想教育、训练执勤、纪律作息、生活生产、施工、卫生娱乐等,什么都要管,哪一方面都要放在心上。做人的工作是最复杂、最灵动、最操心的,也是最有意义的。当过兵的都知道,能把一个连队带得斗志昂扬的,当好一个连长,就能当好一个营长、团长,直至旅长、军长。我很想试一试,在一个连队施展自己的理想和抱负,在上级规定的原则范围内,融入自己的情感和精神气质去带一支队伍,去影响百十个人的思想和灵魂,把我们最精彩的青春年华焊接在一起。我和通信连副指导员简单交流过,他流露出想进机关锻炼锻炼的意思,说是想尝尝坐办公室的滋味。

三月中旬一个雨后的下午,士兵们在营区里像大雁飞行一样进行体能训练。我找了一辆板车,拉上简单的家当,慢慢向通信连走去。连长在连部见到我,笑容满面地说,怎么不说一声,叫几个兵过去搬就是了。他勾了勾下巴:"还不快点,帮指导员搬下东西!"连值日员、连部文书、通信员飞跑过来,帮我把东西拎进房间,一一摆放好。

那几天,我心里一直在琢磨怎么带好兵,如何在精神情感、训练生活、成长进步上指导他们，当好他们的朋友、兄长。有些事情我认为必须落在纸上，贴在墙上，形成规定，广而告之，渐渐形成连队的战斗文化，进而落实到全连官兵的言行上，养成习惯，变成形象气质，如制订教育计划、战士学习计划，提出战斗口号，提倡"比学赶帮"良好风气，确定每个官兵人生信条。连队要创造条件，成立球类、乐器、美术、书法、文学、音乐等各种兴趣爱好小组，成立通讯报道小组，定期或不定期举办演讲比赛，写观影感悟、读书征文。作为指导员，我不但要积极参与，还要动用友邻、机关、社会的一切资源为他们搭建舞台。

　　有的是我对自己的要求，靠内心的意志坚守底线，如要全力支持连长的工作，始终把军事训练放在首位，确保完成年度训练任务，时刻准备打仗是我们穿军装的唯一目的和理由。要和连长搞好团结，维护连长的权威，对具体问题看法不一致时，要私下里多交流，多沟通。指导员做的是人的工作，首先要自己行得正、坐得端、做得到，一定要把自己的言行修养、人格魅力注入平时的政治教育中，大道理要朴素地讲，要俯下身子讲，要联系实际讲，不然就是苍白无力的说教，就是道貌岸然的伪君子。凡是自己能做的事，坚决不让战士去做；凡是号召战士遵守的，我先遵守；凡是动员战士去做的，我先做好。打扫卫生，菜地生产，建设施工，有的营连主官平时像甩手掌柜，迷彩服干干净净，皮鞋或迷彩鞋一尘不染，背着手，像巡察大臣一样到处转转看看，指手画脚地吆喝几声，只有在关键时刻、大的任务来临时才喊出:"跟我上!"我不能学他们,在平常任何时候都要这么喊:"看我的!""跟着我干!""以我为标杆,向我看齐!"

任何时候都要设身处地为战士着想,训练管理上要严格要求,成长进步、生活琐事上要关心爱护,真正把他们当作自己生死与共的兄弟。如涉及战士入党、考学、提干、学技术、转士官等切身利益,首先和连长沟通商量,支部会议、党员大会讨论,军人委员会投票表决,一定做到全过程公开、公正、公平。坚决不侵占集体利益,不拿战士一针一线、一分一厘,哪怕是他们回家探亲带来的红薯干、茶叶之类的土特产都不行。不是我不近人情,只要这个口子一开,原则、标准就不好把握,有些不良风气就会泛滥成灾,影响很坏。我当指导员也许就那么三四年,但是对于很多战士来说是他们的全部军旅生涯。这几年是他们的人生观、世界观的形成与定型时期,我不敢充当他们的人生导师,也没那个水平和能力,但我一定要给他们留下美好的印象,让他们感觉到人民军队的可爱,组织的关心、温暖,让他们多年后想起我这个指导员,不会咬牙切齿地发泄愤怒之情,也没有满腹的牢骚怪话,只有温馨平静的感慨,觉得我人还不错。

我当兵,包括后来当排长,都在通信连,连队大部分战士我都认识,有的是我一手带出来的新兵,在机关时他们经常去我那儿坐坐,聊聊天,即使在我离开连队的日子,很多事我也大致清楚,有的甚至比连队干部知道得还多。他们把我当作朋友,这有我和他们一直亲近的原因,也有我当时和他们不是管理者与被管理者的关系,暂时没有

矛盾冲突的原因。但我回到连队后，还是不动声色，没搞什么烧"三把火"、踢"头三脚"。我利用各种机会、各个场合与每个战士谈一次心，知道他们每个人在想什么，有什么困难。

晚点名时，列兵马瑞没有应答。他们班长说马瑞病了，感冒。营区广播在熄灯号响之前是一段悠扬的轻音乐，我踩着音乐来到一排排房里，见马瑞懵头懵脑地躺在床上，仲春了，棉被上还盖着两件大衣。我伸手探了一下他的额头，热得烫手。我问三班长，找卫生员领着上旅医院看了吗，吃过药了没有，有没有做病号饭？马瑞是一个很老实、很想好好干又有点自卑的兵，老家在河南，留守儿童，从小和爷爷奶奶一起长大，父母常年在外打工，并且不在一个城市，后来母亲和父亲离了婚，父亲从此更是不着家，过年都难得回去一趟。我找马瑞谈过几次，他的情况我比较了解。我和他父亲通过几次电话，把马瑞在部队的表现跟他说了，劝他振作起来，扛起一个家庭的担子，儿子是他的希望，应该多支持孩子在部队干好工作。最近一两次，电话打不通了，估计又挪地方或者换号码了。我接连几天去他们排房，叮嘱炊事班做点他喜欢吃的面食端过去。马瑞很快就好了，性格好像也蜕变了，变得开朗了，话多了，更活跃了，参加训练工作更热情积极了。这是让我感到很欣慰的。但让我不快的是，他开始老往我房间跑，有事没事去我那儿坐坐，东拉西扯地说几句，把我黏得像是他家表哥。渐渐地，我感到很恼火，他一个兵老往我这儿跑，连队其他百十个兵怎么看？认为他是连队干部的"红人""亲信"？终于有一天，我拉下脸说:"你踏实搞好工作就行了,不要老往连队干部房间跑,这样影响很不好。"我反省自己,关心体贴战士是对的,但应该通过他们的排长、班长去做,我只能适当地过问,即使很关切,也不能表露太多。关心爱护每个兵,但要有一定距离、层次,不能"一竿子捅到底",这样才便于管理,也有利于树立威信。

统揽全局,把握重点。我紧紧依靠陈华、刘旺、廖志平、徐涛、陈彤、罗丽琼等党员骨干,充分调动他们的积极性。对大学生士兵朱继彪,我决定下一盘大棋。我把想法向连长做了汇报,连长笑了笑,不置可否。

连长是从战士提干的,我在连队当排长时他是副连长,今年正连第四年了,训练管理工作没的说,就是脾气急躁了点,带兵方法有时候比较简单粗暴,说话带脏字,有时候很难听,对女兵也不讲情面,经常有女兵被他训得哭哭啼啼的。

我在组织科时,有次督查碰到通信连发生这样一件让人哭笑不得的事:指导员休假刚回去,连长发现警侦连的一个男兵给连里的女兵写信。信是从旅收发室寄出的,不过上面贴的是使用过的邮票,如果不仔细看,看不出来。士兵,尤其是义务兵,不能在内部谈恋爱,这是铁律。连长找来女兵,问信是谁写的,到底是从哪里儿来的信。女兵神态自若地说是家里来的信,上面的地址不是吗?你猜连长怎么处理这件事?他把全连官兵集合起来,让那女兵站在前面读那封信。那女兵虽然是个厉害"角色",但是她也只编了个开头,后面就编不下去了。当时，这件事差点没法收场。我路过，赶紧上前说上级马上要对通信连开展"两防"（防案件、防事故）工作检查。连队立即解散，开展自查自纠，准备接受检查。当然，那个女兵后来是我们的重点"关注"对象，直到她平安退伍回家。这件事我没有向旅领导报告，毕竟是发生在老连队的事，而且我和连长私交甚好。通信连连长有点"一根筋"，大家都有所耳闻，上级安排我来通信连，是希望我们取长补短，互相配合，把这个众人瞩目的男女兵混编连带好。

带一个连队、一支队伍，一年打基础，两年上台阶有起色，三至四年才能出成绩。我必须耐着性子，按照规律来。带兵就是带心，是农业，不是工业，一年四季的训练教育安排，新兵、老兵、义务兵、士官，各有特点，只有辛勤地种下什么，才能收获什么。

柳树翠绿，油菜花金黄，那年连队外出驻训有点迟。在野外驻训，伙食标准稍高，上级以营或连为单位配发了野战炊事车、淋浴车、移动影院、网吧、图书馆等生活、娱乐设施，并不时地组织各种比赛。作为连队干部，我最操心的还是兵员管理。在营区时，操课时间以训练教育学习来管理，业余时间以活动娱乐来管理。营房周围是高墙，唯一一个大门口有哨兵，加上纠察队巡逻，保卫巡视，机关督查，士兵不假外出、翻墙单溜的现象很少。在野外驻训就不一样了，虽然驻训点周边数千米荒无人烟，用旅长的话说就是光屁股跑个五千米都没人看见，愈是如此，士兵们的思想愈加活跃，奔跑狂放，激情原野，傲啸蓝天。我们的驻训点后面有座山,据住得最近(八千米外)的村民说,山上有个"八仙洞",洞口雕刻有《八仙图》,洞内深不可测,直通大海。一个星期天下午,我们连队以刘旺为首的几个兵相约去探险。他们带上几根背包带,以及手电筒、打火机、蜡烛、柴刀等物,准备工作看似充分。据刘旺后来回忆,那山洞在半山腰上,如果周围没有茅草、荆棘遮掩,应该比较好找。洞口低矮的石壁上雕刻有佛像,但不是八个,只有四个,雕刻得很粗糙,像孩童用泥巴捏的一样。洞口不大,垂直向下,刘旺自告奋勇地往腰上系根背包带,第一个下去——几个兵中,他是骨干且兵龄最长。洞里石壁凹凸,攀爬毫不费劲,一根背包带几乎没放完就到底了。底部是一片圆桌大小的平展地,堆满了枯枝败叶,无甚新奇之处。他爬上来后,把下面的情况向其他几个兵说了。一个四川乐山籍上等兵平时就是活跃分子,说既然来了,就下去看看。于是,他们把他也放了下去。没想到那小子在上来之前点了一把火,把洞里的那堆枯枝点燃了,洞口顿时浓烟滚滚,呛得他们眼泪鼻涕直流。那小子在洞里大喊:"快拉!我受不了啦,快要被熏死了!"他们拼命拉,好在洞不深,三下五除二就将他拉上来了。他们几个不动声色地回来后,口风很紧。事情过去许多天后,是列兵马瑞悄悄报告给我的。排房里一有什么动静,马瑞就跑过来告诉我。我并没有安排他这样做,但也没有明确反对。这件事尽管没造成什么不好的后果,但仔细想想还是很后怕。我让刘旺做出深刻的书面检查,在晚点名、党员大会、军人大会上进行了不点名批评。

第四章 莫愁前路无知己

驻训回来后紧接着就是海训，用海水洗去我们一身的尘土。我当指导员那一年，男女兵都参加海训了，是我们部队自组建以来女兵第一次参加海训。女兵们兴奋得又唱又跳，说终于可以和男兵一样下海了。女兵中有几个很能吃苦，游得很好的，稍加训练就参加了"长游组"。

那天下午，军区副司令员来到海训场，在一大群将校军官的簇拥下转到我们的训练区域。"'长游组'回来喽！"大家朝大海深处眺望，近了，更近了，第一个摇晃着站起来的怎么看都像个姑娘，仔细一看就是个姑娘——我们的上等兵罗丽琼。副司令员鼓掌，带起掌声一片。首长的头发和眉毛都含着笑意，上前问罗丽琼叫什么名字，平时是如何训练的，有什么感觉，老家哪儿的，什么文化程度，在部队的打算，等等。副司令员问完，转向众人，双手叉腰，眉角一沉，换上一副严肃的面孔，向全体海训部队说了一番话。副司令员的讲话近乎刚落音就被概括总结成几点指示，上了打印加复印刊物《海训战报》头条。当然，上面有一大段夸奖罗丽琼的话。

其实，那天我在望远镜中看到一位头发花白的中将在人群的簇拥下远远地、停停走走地过来了，当即用电台通知连长他们让"长游组"返回，平常位于中间的三个女兵，安排两个在最前面。"长游组"，女兵打先锋，在分管训练的军区副司令员面前露一手，这本身就很抢眼。

晚饭前，我让通讯报道组组长徐涛立即写简短通讯，在看《新闻联播》前给我。我在晚点名前将稿子改了一遍，几乎改得面目全非，然后通过海训指挥部的传真发往军区报社，三天后，军区报纸在头版左下角加框发出。我们连队上报纸啦！一个连队的训练事迹上军区机关报，旅里、营里都很高兴，战士们也很高兴。上士徐涛最高兴，他跑过来问我，怎么就他一个人的名字？我说："本来就是你一个人写的呀。"

蝉叫得正欢，沙滩上从早到晚没有一丝云彩，很多兵经过暴晒，再经海水一泡，身上的皮大片大片地掉，这也许就是"练兵淬火"吧。

傍晚，那边沙滩上人声鼎沸，十几个男兵在海水里泡了一天了还不嫌累，在踢足球。通信员报告说，刚接到营里通知，部队后天才回，明天还要组织训练半天。"八一"前海训结束，也就是说部队回营区过"八一"。这个消息真令人振奋。

营区里已经有好多孩子一放暑假就等着了，有家属是教师的也在等着了，翘首企盼和晒得黑乎乎的父亲或丈夫团聚。我回去时，妻子已在营区边的一家连锁快捷酒店住了几天了，一天两三百块钱，她说我要是再不回去，她就准备打道回府了。

旅里只有士官公寓，没有军官公寓，机关干部有属于自己的单人宿舍，基层已婚未随军干部家属临时来队一律住士官公寓。我们连队大部在海训场，家里留守的就是正常通信执勤的和几个身体有这样那

样毛病的，更何况我的原则是个人私事尽量不麻烦别人。申请住士官公寓的报告很快就批下来了，拿到钥匙了。有过家属来队的人都有这样的体会：最烦心的就是找住所、打扫卫生、布置房间，以及准备清洗锅碗瓢盆等各种生活用品，家属回去后要将那些东西打理干净，一一归还，在"人去楼空"清点物品时，仿佛每一件用具都沾染了亲人的气息。

妻子过年放寒假时来队住了二十多天。几个月光景，她的肚子已显山露水了。我白天参加连队正常工作，早晨起得更早，赶去连队参加早操。上午，她戴上墨镜、打把遮阳伞去附近的菜市场买菜买水果，算是散步锻炼。不用多买，够我们一天吃的就行，买多了，她也提不动。后来，妻子的肚子挺得像抱个大西瓜，好像随时有可能抱不住一样，我就不放心她出去溜达了，列出菜单在服务中心订菜。有人说我这样做是在做"秀"。这种"秀"我必须做，而且要做一辈子。一种"秀"能长期坚持去做，乃至一生，那就不是做"秀"了，是人们习以为常的风格、人格。晚饭后，我尽量抽空陪她转转，大部分时间就她一个人挺着肚子，像一只骄傲的帝企鹅，缓缓移步。

我原本计划让妻子在部队医院分娩，那儿医疗条件比我们老家好，我甚至开始陶醉地想象那一声如冲锋号般的啼哭。那一刻，我的脑海里闪过刘大勇讲的那个故事，那个发生在小岛产房门口的故事。我甚至动员丈母娘来部队照顾妻子。这个不需要费多少口舌，老太太年轻时就是拥军模范，找个军人当女婿，套用一句话说，就是"丈母娘看女婿，越看越喜欢"。老太太一放下电话，就乐颠颠地开始收拾早就准备好的小孩的衣帽鞋袜。我母亲来真不合适，她和妻子相处时间短，生活习惯不同，再加上婆媳之间可能是世界上最难处理的"双边关系"。

就在这时，旅里召开营连主官会议，说部队将很快举行联合军事演习，紧接着是老兵复退和年终总结，然后就是迎接新兵入伍，总之，工作是一环接一环。营连主官一定要在职在位，尽职尽责，谁出了问题"打谁的板子"……我总觉得旅领导的话像在提示我什么，大家眼睛的余光都在瞟向我。

关于妻子在部队医院分娩，我们已商量过多次，对于一些细节都考虑好了，丈母娘在等着随时出发。晚上，我帮妻子洗过微微肿胀的脚后，支支吾吾地把想法告诉了她，甚至说抽不出时间送她回家。没想到她很大度地说："你忙你的，我就在家里生娃，家里条件好，还有那么多亲人照顾。"妻子的深明大义让我很是感动，我又一次把耳朵贴在她隆起的肚子上，感觉生命的神奇，感受当父亲的喜悦。

我将旅途中需要注意的事项写在纸上，像打仗一样，制定了几套预案以应付突发情况。早上，艳阳高照，我叫了一辆车（营门口排着一溜儿社会车辆，随叫随到），把她送到高铁站，拎着提着大包小包吃的喝的用的，一直把她送到铺位上安顿好。临下车时，我轻轻地抱了抱她。妻子在路上的十来个小时对我来说真是一种煎熬。晚上掌灯时分，妻子来电话说，她平安到家了。她告诉我，那一天，她好像成了那节车厢里的"明星",乘务员和好些旅客冲她微笑,处处给她便利,看她的眼神都是和善温暖的。一直到家,家人才发现我在她背上用透明胶带贴了张纸条,上面写着:她是位军嫂,敬请关照。谢谢!

那一年的演习从准备到战斗结束就半个月时间,可以说是速战速决,不像往年奔袭千里,海陆空联合,往往持续几个月,使得老兵退伍工作也得推迟很长一段时间。老兵退伍关系到一年工作的句号画得如何,关系到方方面面,需要慎之又慎。

天空变得高远,梧桐树叶开始飘落,依稀露出夏日里隐藏在枝丫间的鸟窝。这个季节,在家的人幻想远行,出门在外的盼望着收拾行囊回家。

国庆节小长假过后,就要关注老兵的思想动向了。营里终于通知满服役期上士及以上军衔的士官可以填表了。我们连队上士——班长陈华好像并不急,这几天,他不住地在打电话,随时随地打,声小而激烈,脸色沉郁。陈华入伍时档案里有城镇义务兵"安置卡",回家后可以安排工作,由于部队一再挽留,"安置卡"已经过期了。后来为了保险起见,回家能得到安置,他干满了十二年。现在临到退伍,他又改变主意了,想放弃安置拿一笔钱走,自己创业。他把妻子说通了,可父母坚决反对,说他们活了大半辈子,见得多了,那点钱很快就能用完,一份安稳的工作比什么都强。

今年,选择拿钱走的比往年多。兵役法修改后,城镇义务兵回家后不安置，只有干满十二年的士官才有工作，地方政府压力小多了。很多士官回去后还是找不到好单位，安排一个活儿干，结果拿钱不多。拿钱的，又在部队和老家比较一番，最终选择在部队拿，有的人的老家是"欠发达"地区，拿的肯定比部队少。

陈华犹豫、煎熬了几天后，还是决定听父母的话，要工作。

军务科不厌其烦地一次又一次通知办理者档案里缺这缺那，缺入团志愿书、士官转改体检表，或某个军衔命令找不到了。缺得最多的是立功、受奖表格。这些本来是机关平时工作的疏忽，没有及时归档，现在只能临时抱佛脚，让个人想办法补。

"几朝元老"们（士兵们对士官的戏称，因他们送走多任连长、指导员）进进出出，行色匆匆，有的胸有成竹地自己伏案填写各类表格；有的平常字写得还可以，这时候反而不自信了，请字拿得出手的兵帮忙。一般的表格补起来倒方便，从军网上下载格式打印填好就可以了；立过"三等功"的就必须找到当年的通报文件，查到编号后才能在保密室盖上一大串章。也有的士官趁机放入一些诸如"优秀士兵（官）""连（营）嘉奖""优秀班长""优秀党员"等材料，不管有没有用，先把档案袋塞得丰满点再说。听说有的地方政府安置时根据这些打分，再结合考试进行排名。

对于那些选择拿钱走的，这一切都隐退成背景，不再要紧。

万籁俱寂，第一班夜哨都下岗交接了，上士徐涛还在学习室挑灯夜战。这段时间，他老是请假，跑报社送稿。驻地离军区机关有点远，起床号一响他就出发，熄灯号响前能赶回来，还要踩着点赶上车，"地利"条件一般。至于"天时""人和"，就靠他自己努力创造了。他作为连队资深报道员，很多"豆腐块""萝卜干"正是当面向编辑请教才有的结果。军区报纸上又登出署他大名的几篇报道，这次没提通信连，也不是写通信营，好像是表扬某县人武部民兵预备役工作做得好。开始士兵们以为是同名同姓，没在意。直到后来徐涛被安排在他老家县人武部上班，成了事业编职工，大家才明白过来。这小子深谋远虑呀。

士官公寓冒出一些妇女和儿童。女的长相、打扮都很朴素；孩子蹒跚举步像小浣熊，瞪着晶亮的眼睛，稍不留神就像个球一样溜远了。不用问，这些是老士官们的家属，他们打算来一场告别之旅，在部队住一阵子后全家团圆把家还。傍晚，有士官带着老婆孩子在训练器械场玩耍，脆亮的笑声传得很远。他们中有的以前从没来过，这一次来，是第一次，也是最后一次。看那一家三口快乐的样子，让人颇有感触。对于懵懂的孩子来说，这里是他老爸付出十几年血汗的地方，他以后能记得吗？

老士官们填好表后，心里眼里一下子变得空落落的，从背后看，他们的影子似乎让营区的气氛变得凝重起来。什么时候离队，还要等通知——往年都是老兵退伍后、过年前请假回家，等到第二年六七月份再回来结账，办理各种手续。

陈华的家属来过好几次，这次家里有事走不开，就不来了。他利用这段时间正好把"徒弟"再带带，这样走得放心。

徐涛在电脑前磨蹭一会儿后，发了一个帖子：义务兵退伍敲锣打鼓，干部转业调离开座谈会、欢送会，为什么士官转业就冷冷清清？现在士官那么多，上级应该重视，不要让他们走得心寒。

跟帖很快"盖"了十几层"楼"。

这几天，连队的氛围有些异样。有几个平常性格开朗的兵突然像得道似的，变得深沉稳重起来，甚至有点高深莫测。我和几个支委通过气了，让大家酝酿一下第四季度党员发展计划。只有我们几个人知道的事，还是走漏了风声。

加入中国共产党，在部队上有很多提法，如个人进步、解决组织问题、向组织靠拢、个人问题（不是个人婚事）等。有极个别兵赤裸裸地说"捞党票"。有一次过党团组织生活，我把这种说法拎出来狠狠地批了一通：我们有的"同志"竟然把加入组织的"党表"当作进公园、电影院、博览会一样的门票，投机取巧、见风使舵地"捞取"，这种人是我们志同道合、吃苦在前享受在后的"同志"吗？我看不是，这种人是见利忘义的混蛋。如果以后再听到有人这么说，我要戳着他的脸，用眼神"掴"他几个耳光！

士兵们入伍前大多是共青团员，有的已经是党员。每年新兵下连后没多久，我就鼓励、启发他们写入党申请书，积极动员他们进步，向组织靠拢，说加入党组织相当于追求心仪的姑娘，写入党申请书就是给心仪的姑娘写情书，如果连情书都不敢给她写，就不是真正的汉子！那段日子，每当熄灯号响过，常有黑影闪进我房间。当来者羞涩地掏出入党申请书那一刻，我感觉自己脸色柔和，神情欣喜，像是地下党组织终于等来了接头人一样。

怎样带好兵？说白了就是尽可能、最大限度地调动一切因素、手段，激发士兵的荣誉感、自豪感，无论是为了集体荣誉，还是为了个人荣誉，只有一个目的，就是把一群绵羊带得像雄狮一样嗷嗷吼叫着往前冲。连队干部最怕那种"无欲无求"的兵，他们奉父母之命、宣传之言，来部队走一遭过一遍，什么都不要，什么都不图，别说立功、入党、当军官了，就连一个嘉奖都不想争取，不感兴趣。这种兵的训练、工作标准不会高，日子得过且过，弄得带兵干部、骨干实在没招了，只好退到最底线——在部队多交几个朋友，留个好名声，不行么？

写入党申请书还真像写情书，得找个安静的角落，把掏心窝子的话说出来。我每接过一份申请，都面带微笑，认真地读一遍，然后慎重地锁进铁皮柜里。太多的申请书大同小异，像是出自同一块石碑的"拓片"，一看就是从军网上下载的，只是简单地加上本人的情况。我之所以对上等兵——饲养员莫少文的入党申请书印象深刻，是因为那是他自己写的，没有"摹本"，说的都是实话——尽管字迹歪斜，还夹杂着很多错别字，只差仿照高玉宝当年用象形符号替代了。

在同年度兵中，大学生士兵朱继彪表达向组织靠拢的愿望是最迟的。我问他为什么行动落后，他说对照党员的标准，总觉得自己差得很远，要不在大学里早写申请，早加入了。

上级规定，义务兵入党必须留下来转士官，这是义务兵入党的先决条件。那些打算留队的义务兵并不急于入党，他们认为自己在部队的时间还长着呢，可以从从容容地打基础、挣表现；不打算留队的义务兵要入党就必须留队。这就形成了一个"第二十二条军规"怪圈。在连队，义务兵入党比例小，加上他们的思想像活火山一样，还处于"不稳定期""活跃期"，而条条杠杠的标准摆在那儿，所以有的连队发展义务兵党员时会有"流标"现象。

每年第四季度召开组织会议，提出转正申请的多，大多是满服役期但没满党员预备期的兵。他们有的打算年底退伍回家后就外出打工，做生意，出门在外和老家的组织联系不便，和当地的组织一时难以"接头"，转正的事可能会被耽搁下来。这次开会前，下士炊事员居志高就提出了提前转正申请。他的理由是他们家在当地是小姓，就他们一户姓居，经常被几个大姓欺负，他能当上兵都很侥幸，是大姓青年里没有合格的，才轮上他。过去分田分地，他家被以集体、组织的名义限制，分到手的是最偏远、最贫瘠，浇灌最不方便的土地。政府下发的扶贫款等，很难落到他们几户小姓人家头上。他们那儿的村支部被一个大姓把持多年，发展的党员全是大姓子弟，他一回去，他的预备党员资格肯定会被找碴儿取消。多年以前他们就来过这么一手。那是另一个小姓退伍兵，预备党员，后来预备着预备着就没了。他说出这种情况，大家深表同情，有的甚至义愤填膺，表示一定要帮助他打入他老家组织的内部，成为一颗砸不烂、拔不掉、响当当的铜钉子。居志高的情况上报到政治部组织科，答复是凡是在党章允许范围内的都可以。大家立刻分头行动，翻党章，查找有关规定。有次开交班会，我直接请示旅党委书记（政委）。政委说，只要表现优秀，提前一点应该是被允许的。居志高退伍时是怀揣正式党员的组织介绍信走的。

递交申请呈战斗规模，集体冲锋，但重点考察、培养对象就那么几个。关于怎么召开民主测评会议，我颇费了一番心思。上级要求合格率必须达百分之八十。至于具体怎么操作，没有明确规定。以前就两个标准，合格或者不合格。有的培养对象第一关就被挑下马来，尤其是义务兵积极分子。这次，我将标准细分为五个方面：军事训练、政治思想、大小工作、遵守纪律、综合评定。再将这五个方面分别列出五个等级：优秀、良好、合格、基本合格、不合格。我对自己的创新很满意，其他几个支委也表示赞同。

评议结果当场就出来了。朱继彪和上等兵廖志平都够合格线，出乎意料的是莫少文的合格率竟然达百分之九十。关于莫少文是否够条件入党，"活跃分子"和"积极分子"之间展开了一场"无疾而终"的讨论。

"群众的眼睛是雪亮的"（简称"群众"，大多是活跃分子）一方点赞：他干活儿像老黄牛，任劳任怨，应该入党。

"真理往往掌握在少数人手里"（简称"真理"，大多是积极分子)一方吐槽：他工作干得好，并不能说明他思想好，已经具备一个共产党员的理论修养、政治觉悟。

"群众"一方说：干活儿卖力就说明他思想好，思想好最直接的体现就是干活儿卖力。你们说的理论修养、政治觉悟能以哪一种方式让大家看得见、摸得着？

"真理"一方说：用干活儿来衡量一个人的思想，我们不是没有上过当，以前就发生过入党前抢着干，入党后躺着看，入党前铆足劲，入党后松一半的兵。他干活儿好，干出成绩了，年终可以立功受奖呀，不能以加入党组织代替肯定工作成绩嘛。

这场"内容"与"形式"的讨论，一直持续到莫少文参加"党的知识"考试。重点培养发展对象，必须通过政治部组织的党的理论知识考试，电子答卷，当场记分，成绩在旅政工网上可以查询，同时在旅机关大楼前的政务公示栏里用大红纸公布，像古代科举考试发榜一样。不及格的有一次补考的机会。补考仍然不及格的，那就继续努力，等下一次吧，党的大门时刻敞开着。

莫少文第一次没通过，补考还是没通过，成绩更低，让人感到奇怪。补考大多比较简单，大部分是上次做过的题，等于通关放行，网开一面。莫少文是近几年里大家印象中唯一补考没有通过的。

朱继彪没有和廖志平竞争，他说照了一下镜子，感到自己觉悟不够高，思想不够纯粹，条件还远不够加入这个先进组织。

在廖志平入党志愿书上"介绍人"一栏里，"签字画押"的是陈

华和徐涛。已填表仍滞留部队的老士官很愿意干这事，像德高望重的老人乐得发挥余热一样。

一个秋高气爽的周末，廖志平和两名士官新党员站在鲜红的党旗前，庄严地举起右手。老党员们压阵一样站在后排做出相同的姿势，重温入党誓词。

年终总结开始，传出连队决定给朱继彪报请二等功的消息，士兵们都感到意外。这是我和连长以及几位支委经过反复沟通商定的结果。

在连队，培养谁当骨干，连主官心里都有数。对于培养的对象，悉加扶持，多予锻炼，多给机会，每取得一点成绩、一点进步都要大声喝彩，大会小会表扬。带兵要用真情，也要讲方法。

仔细想想，我对朱继彪的培养用的就是这个办法。

年初选配班长时，上等兵朱继彪破格担任电源班班长，中士刘旺担任副班长，协助配合他的工作。电源班实际上是地域网班。电源作为单独专业已不存在，如今所有的通信设备都自带电源，但编制还在。编制是很严肃且不可随意更改的事物，连队在骨干兵员配备、士官选改上都严格按照编制定岗定编。造成这种武器已经被淘汰了，编制还在的主要原因是武器装备更新快，编制调整没及时跟上。上半年，军区、军分区举行地域网专业技术比武，连长、指导员达成共识，力排众议让朱继彪去了。后来，朱继彪在军区拿了第三，有点有负众望。照理说，一个上等兵能取得如此战绩已经很不错了，但如果让该专业的"大拿"刘旺去，在军区夺个好名次应该大有希望。下半年，组织又安排朱继彪参加理论宣讲、传统故事演讲等活动。尽管表现不太出彩，但让一个上等兵"混迹"在一群校尉军官或老士官中，已经很招眼了。

这一切，只因为朱继彪是名牌大学学生。我想运用"品牌"效应，在上面再镀几层金，把他培养成远近闻名响当当的典型。

和平时期的典型就是战争年代的英雄，树一个典型就是高举一面旗帜，比干好任何工作都见效快，都有影响力。当然，培养对象的思想得顺应时代，引领潮流，有扎实过硬、过目难忘的事迹，以及朗朗上口、让人一听就记得住的口号等。

我叮嘱文书平时把相机、DV的镜头多对准朱继彪，多保留他训练、学习、劳动的图片资料……当典型还是幼苗的时候，大家要耐心、细心地呵护、栽培，用发展的眼光看待问题。典型不仅仅代表其个人，更是把我们整个集体的思想、意志、品格、精神、气质凝聚在一起，是集体闪闪发光的名片。

朱继彪可能立二等功的消息传出，开得波澜不惊的年终总结会的气氛顿时被搅动起来，让人莫名地激动。

年终总结从个人到班、排、连、营等依次铺开。尽管上级一再强调秉着"三公"（公开、公平、公正）原则，但连队干部无论是私下里还是在公开场合都表示，立功受奖，要尽量照顾年底退伍的老同志，不能让他们空着手回去。

那些填过表的老士官虽然也参加年终总结，但档案已寄出去了，再说，如果不是立功表，塞进去也没多大意义。他们表现得很大度。

每个连队立个人三等功和集体三等功，没有特殊情况的话，如参加军级以上比武夺魁可单项立功，各一个名额。"优秀士兵（官）"和"连嘉奖"多一点，但也有比例的限制。如果人人有份，那就没什么意义了。

离老兵退伍还有些日子，"一颗红心，两种准备"，这句话开始出现在连队干部嘴边。其实，透过年终总结可以大概看出今年谁有可能留队，谁有可能走。

"优秀士兵（官）""连嘉奖"先是自评，然后班、排互评，最后全连民主评议时上黑板，人手一票，随着抑扬顿挫的唱票声和一个个粉笔"正"字呈纵队排列，结果当场揭晓。没评上的一脸平静，笑嘻嘻的。那份毫不在意也许是自然流露，也许是在装。

集体三等功又给了"立功专业户"执勤排。连长说，执勤排的女兵不但是连队的"窗口"，而且是全旅的"窗口"，她们热情甜美、干练利索，展现的是人民解放军的精神面貌。她们的付出甚至比男兵还多，照样参加海训、值班、执勤、生产、内务，在各类文艺演出中更是不可或缺，大家都喜欢看……士兵们知道执勤排是连队的"靓点"，保持其先进性，就是突出它的特色。

执勤排的女兵包括外线班几个男兵又一次获此"殊荣"，人人泰然处之，没有表现出电视里或报纸照片上欢呼雀跃的样子。

个人三等功一直没被提及，好像没那回事。老规矩，个人三等功由连主官立。连主官一年到头劳心劳力，责任大，贡献大，他们当仁不让，大家都没意见。但连长、指导员中到底谁立？就要看谁资格老，谁在过去的一年里付出多，谁即将提升或转业。总之，这个功对谁更有用，就落在谁头上。有时候凭贡献，有时候带有照顾性。也有例外的时候，就是给军政素质特别过硬、表现特别突出的班长、骨干记功。这需要连队主官心思坦荡，一碗水端平，真心实意地想把队伍带好。

没公布并不说明大家没看法。人人心里有杆秤。大家私下里嘀咕，有的说应该连长立，连长比指导员任职时间长，抓训练辛苦；有的说，据传连长档案里有好几个三等功了，再多一个也是锦上添花，指导员还没有；有的说莫少文劳苦功高，养猪那么脏，他任劳任怨；有的说刘旺默默无闻，甘当绿叶，应该让幕后英雄走到台前；还有人说上士陈华当兵十多年，不知完成过多少次任务，带出了多少骨干，他最应该立功……年终总结前，陈华进出连长和我的房间格外勤。听他无意中透露，一个"功"能给他分配工作增加筹码，有时候甚至像高考一样，一分两分都起到关键作用，而且陈华没有立过功。

连队到底谁立三等功直到来年一月的集训动员大会上才宣布。那天很冷，风扯着彩旗呼呼啦啦地响，一个高个子列兵站在后排，头上的沙漠迷彩帽可能大了一号，被风吹掉，骨碌碌地跑。政委讲话，宣布去年立三等功人员名单，我们连队是班长——下士廖志平。政委的话刚出口就像白色塑料袋一样被扬得老高老远，很多人以为

自己听错了。

一年后，廖志平带领的有线班立集体三等功，他作为"优秀班长"上报为预提干对象。全营就他一个符合条件：二十五周岁以内，党员，班长，两个三等功（其中一个为担任班长期间的集体三等功）。全旅只有两个兵符合条件。旅首长针对这类事务曾多次发话，要用硬杠杠衡量，有几个报几个。

风很大，掠过树梢和一些缝隙，像飘忽着打口哨。男兵们没有涂呀抹呀的习惯，脸上像用的时间久的毛毯，被磨得起毛了；手上皴开一道道细小的口子，一用力，有血珠子渗出。

年底的训练总被会议、教育、生产和一些临时活动打乱，士兵们即使上训练场也有些不在状态。早晨刚去时，练一会儿，因为冷，必须活动；中午或下午快回去时练两圈；大部分时间躲在背风向阳的地方抽烟神侃。连队主官这时候很忙，有时候一天下来不知道自己忙的啥。

军需科像候鸟南飞一样准时，通知各连搭塑料大棚，准备开种越冬蔬菜。塑料大棚年年搭，年年拆，像小孩搭积木。细长的竹子和树枝有的是士兵们自己从周边山上砍回来的，有的是旅里派卡车统一从某地买回来的。大多数是买的，不能老是砍，老百姓有意见。塑料薄膜肯定是买的。有老兵发牢骚，副连长也嘀咕过：如果用建大棚的钱去买菜，伙食会搞得更好。副连长学的是通信指挥，似乎养猪种菜也很在行，属于那种典型的干一行，爱一行，钻一行的。当然，搭塑料大棚还是有好处的，能让大家有事做，很多士兵掌握了这门手艺，回家后可以种大棚菜发家致富。

寒风中，通信连的男兵和女兵们在搬竹竿，绑铁丝，盖薄膜，有说有笑，热热闹闹，一点也不觉得冷。几个士官站在梯子或凳子上不紧不慢地干活儿，沉稳老练，一群女兵在一旁叽叽喳喳地给他们打下手。都说"男女搭配，干活儿不累"，通信连搞生产，别的连队最羡慕，那是放飞心灵呀。尽管这样，还是有几个上等兵躲在已经搭好并且种上菜的大棚里闲聊，抽烟。和外面比起来，里面暖和。连队干部路过时看他们一眼，什么也没说——他们不久之后就要退伍了。

傍晚，天空飘起零星的雪花。女兵先回去了，男兵还在地里，这点活儿必须今天赶完。晚饭推迟半小时开。

没想到入冬以来唯一一次推迟开饭，竟然引发了一些误会，差点酿成事故。

下午，军需仓库最后一哨是朱继彪。已经过了吃饭时间，还是不见有人接哨。一般接哨的兵会提前开饭，让上一班岗回去和大家一起按时吃饭。

莫不是又紧急拉动，或有其他行动？朱继彪记得今天安排的是菜地生产，接哨的是班副刘旺。哨位上的电话拨号盘坏了，得用手指敲按钮，数字是几就敲几下。这是一个技术活，连队没有组织训练过，只有几个老兵能把握节奏，一敲一个准。朱继彪敲了几次，要么没人接，要么电话拨错了，有一次还传出一个很不耐烦的声音。

电话打不通，朱继彪不知道连队的情况，不知道晚饭推迟开，不知道刘旺正闷头在寒风中搭建大棚。以前，紧急出动时也发生过这种情况，没有按时交接哨。

路灯昏黄，梧桐树枝丫铸铁似的影子投在地上，被拉得老长。哨位不远处是一堵两米多高的围墙，外面是一条坑坑洼洼的水泥公路，两旁满是低矮的违建，各色摊贩呈两路纵队夹道出摊，所售商品琳琅满目，人世间的香色烟火在这里得到淋漓尽致的体现。朱继彪想象着外面此刻的样子：汽车、电瓶车、自行车挤在一起，喇叭声、铃声相互催促；电视声、招呼声、说笑声、锅碗瓢盆声、菜下热锅的滋滋声，有蒜苗回锅肉的香味飘逸。朱继彪翕动鼻翼，才想起中午吃得少，现在有点饿了。

朱继彪站在拐角，回头望望，犹豫了一下，双手呈喇叭状冲着围墙上面喊："老杨，一份炒面，两个炸鸡腿，一听啤酒。""好咧！一份炒面，两个炸鸡腿，一听啤酒。"外面一个破铜锣嗓音重复了一遍。

墙外是一家小面馆，山东籍退伍兵老杨开的。据老杨自己说他当兵时在师后勤部炊事班，那是很久以前的事了，退伍后他没有回去，靠着部队开了一家小面馆。后来，他把老婆、孩子都接来了，有些日子还有两位老人在小面馆里走动，估计是他年迈的父母。老杨说，过去熟人多，生意真好，如今都不认识了，就是认识也只是脸熟，叫不出名字。老杨回忆时，眯着眼，一副无限神往的样子，从他胖得像汤圆一样的脑瓜看不出他曾经当过兵。

也许是士兵们对老杨老兵身份的认可,也许是老杨对士兵们的心思、口味比较了解,总之,老杨的生意还可以,顾客大多是当兵的。附近曾经开过两家小面馆,只有老杨这家历经风雨一直开着。士兵们请假外出,赶不上饭点了,就在小面馆填填肚子再回去;有士兵家里来人,也到小面馆里"撮一顿",花费不多。

现在最流行的是叫外卖。有个兵嫌连队伙食不好,打电话叫老杨送炒面、煎饺、凉菜,甚至啤酒、饮料等,然后像地下工作者一样,约好了在某个地点接头。营区大门绝对不能走,那是不把神圣的卫兵放在眼里。接头地点有好几处,哪个地方最隐蔽,能避开路人和无处不在的摄像头,交易频繁,纠察队员掌握得最清楚。据说,军需仓库段拐角处是其中之一。在约定时间,里外各击掌三次,外面把食物递进来,里面把钱递出去,整个过程瞬间完成。

旅里三令五申禁止叫外卖。叫外卖在营区属"非法"行为,和违规使用智能手机、上互联网性质一样,一经查处,严惩不贷。旅军务科抓叫外卖时紧时松,抓一阵好一阵,不抓又死灰复燃。抓叫外卖的主要是那些身材魁梧、戴白色钢盔、腰里随时别个对讲机的纠察队员。纠察队员在营区里的形象、地位和作用如同地方上的城管。缺了他们不行,营区管理会乱套,但有时他们也会"调皮"一下。

那天,朱继彪和老杨刚接上头,两个"护法"一样的纠察队员便从天而降。朱继彪掉头就跑。两个纠察队员接过老杨递进来的东西,蹲在墙角大快朵颐。老杨过了好一会儿没接到钱，估计情况有变，在外面骂骂咧咧，说什么老子当兵时你们还分别在你爹娘肚子里呢，吃了不花钱的东西肯定拉肚子，一晚上"跑马"三五次。两个纠察队员在里面忍住笑，把老杨的叫骂当下酒菜，吃得更香了。这种情形以前也有过，老杨知道自己这样做"违法"，骂几句算出出气，也不想闹大，怕影响生意。

就在这时，刘旺前来接哨，和纠察队员由争吵到扭打起来。刘旺当然不是两个彪悍的纠察队员的对手，像小动物一样被按住拎起关进条令学习室。

刘旺在只有一扇小窗户，且美其名曰"条令学习室"的小黑屋子里反省学习闭门思过几天，直到"点验"前才被放出来。这期间，我和连长几次去领人，纠察队硬是不放。我私下里去找保卫科科长。我在组织科时，他是副营职干事。纠察的各种关系在警侦连，但工作、生活管理属于保卫科。保卫科科长感到很为难，说旅首长这段时间对纪律抓得紧，关键时期，希望我能理解。刘旺在狠挖思想根源长达数千字的深刻检查中承认外卖是他叫的，和纠察队员吵是因为看不惯他们吃东西不给钱。

上半年，刘旺休假回家准备服侍他老婆生娃。假期过了一小半，小家伙赖在娘肚子里就是没动静。后来，连队打电话催他提前归队，给朱继彪当"教练"，参加上级比武。刘旺拖了几天才回来（如果按请假报告单上的日期没有超假），连队给了他一个警告处分，扣发年底奖励工资。

在群众"帮扶会"上，几个男兵轻描淡写地说了说；女兵几乎一边倒，说他做得好，就应该这么做。我发了一通火，会开得不了了之。到了年底，司务长问我，刘旺的奖励工资扣还是不扣？我说，肯定不能扣，别人还指望这点钱养家糊口呢。

刘旺居然不思悔改，不加强学习，不引以为戒，这次又犯下如此低级之错误，理应数"罪"并罚。晚点名时，我宣布予以刘旺行政记大过处分一次。如此严肃且杀一儆百的事照例得开全连军人大会宣布，但我这次没有这么做。

几天后，朱继彪立二等功的通报贴在了训练场一侧的"龙虎榜"上，红彤彤的，很醒目。

不久，纠察队开始了自组建以来范围最广、最有深度、持续时间最长的思想作风纪律整顿，纠察队员几乎全部换成新面孔，管理纠察队的军务参谋也换了。

连队文书躲在学习室像大家闺秀一样深入简出，整理满服役期老兵的档案。这是一个需要耐心和细心的活儿。有消息从门缝里透出，刘旺的处分材料没有被装进档案袋。

几个受过这样那样处分的老兵，只要不是性质太恶劣，影响不是太坏，处分材料一般不装入档案袋。我说过多次，处分不是目的，目的是惩前毖后，治病救人，把坏人变好，让好人变得更好。老兵退伍，面对的是崭新的人生，崭新的生活，只要吸取经验教训，放下包袱，

轻装前进就好。

在这之前，刘旺还有点犹豫，在走与留之间徘徊。现在没有选择的余地了。连队倒是想留他，打探军务科的意思，回复说受过处分的一概不留。

有的兵就是这样，尽管受了处分，但更能看出他的担当和素质，污点掩盖不住他的本色。

熄灯号好像突然变得绵长而温柔起来。我和连长房间的台灯亮到第一班岗下哨已成"新常态"。谈完心，顺便去查一次岗再上床睡觉。谈心活动早在年终总结前就展开了，到老兵退伍前，和每一个满服役期的兵至少要谈一次，不包括饭后、散步、娱乐、生产、训练间隙等随时随地的交流。到这个时候，谁心里有个小疙瘩没解开，有道小褶皱没抚平，我和连长心里清楚得跟摸自己的手掌一样。

台历已剩下没几张了，老兵的离开已进入倒计时，营区里依旧歌声嘹亮，番号声激荡，脚步声震耳，到处热火朝天，没有一丝离别在即的迹象。

上面没动静，我们连队已铺开一些活动，把十几个老兵集中安排在两张桌子上，每顿加一两个菜。几个列兵很积极，没经老兵同意，就擅自把他们的被子拆了，丢进洗衣机搅和。连队反复强调给老兵送温暖，他们实在想不出该做什么、如何做。那些怀揣技术绝活的老兵，这时候带兵更柔更稳更不动声色，如看到徒弟即将出师一样。教的耐心,学的也认真,都蛮拼的。连队干部反复强调:老兵要把好思想、好作风、好技术留下来,在位一分钟,干好六十秒,坚持站好最后一班岗;雁过留声,人过留名,珍惜军旅最后时光;戴大红花来,戴大红花走,热热闹闹来,高高兴兴走,挥一挥衣袖,留下汗水足迹,带走美好回忆;战友一辈子,做人一辈子;穿过军装,永远是军人。

几个上等兵"密谋"牵头给连队买点什么。门口的整容镜,楼道里的擦鞋机,卫生间的洗手烘干机等,都是前几茬老兵留下的。整容镜上方用红色不干胶贴有两排老兵的名字,对现在的兵来说,即使关于他们的传说都已经老去,但名字一直留在那儿,看着大家,也让大家看着,好像随时能说出一段故事。送点什么呢?既要实用,又要有纪念意义,而且让士兵们进进出出时能看到。他们神神秘秘地商量半天,也没个结果。翻开每天下发的《解放军报》和军区报纸,上面老兵退伍的氛围已浓稠得像早晨的粥一样。军区报纸上很多关于老兵风采的报道点缀其间,《解放军报》上有老兵告别军营的大幅照片。雪域边关的老兵已经离队了——当然,他们得赶早,在大雪封山前撤离。

从旅长、政委到普通机关干部,像候鸟迁飞一样,统统打背包下连队"蹲点",有时候军首长也下来。非常时期,多一双手就多一份力量,多一个大脑就多一些智慧。很多时候,机关干部什么也没干,没有想出什么好主意,"现场办公"也没解决什么实际问题,但是有他们在,官兵心里就多了一丝踏实、安稳。

在我们连队"蹲点"的仍然是司令部通信科科长,彼此熟悉,好处是连队工作中的"重点人""挠头事"不用专门汇报，蹲点干部很快就能进入状况；缺点是没有距离感和敬畏感，有些事反而不好办。

其实，我们连队干部的心里是希望旅主官，至少是机关部门领导来连队住一段时间的。学习室的大屏幕液晶电视机坏了，通信修理所的技师说修不好，请外面的师傅，说有修的钱还不如买台新的。连队没钱，由财务科保管的家底不能随便动用。半年多了，官兵们看新闻只能用那台二十一寸的老电视机凑合，坐在后排看不清画面，只能听声音。买电视机的报告已经打过好几次，却没有下文。据说，现在所有物资包括针头线脑都由"物资保障中心"（简称"物保中心"）统一采购。这事如果旅主官能过问一下就好了。

都说高度决定角度。旅领导站得高，看得远，自然办法多，力度大。当然，还有一层原因，连队干部想离旅主官近点，汇报思想工作方便，干出一点名堂容易被关注。但旅主官很少去一般连队，要么去荣誉单位，要么去"后进"连队。也去事故苗头、安全隐患较多的连队，大无畏地坐在"火山口"上，随时准备救火。

每一年点验那天天气总是很好，至少是阴天，没有刮风下雨或下雪。士兵们背着提着大包小包，把携行、运行和留守的东西全部带上，来到大操场上，摊开，像摆地摊。军务参谋站在最前面大声喊"水壶""雨衣""挎包"等，每喊一样，士兵们就把相应的物品齐刷刷地高高举起。连队、营里和一些机关干部来回穿梭，谁手里的东西和

第四章 莫愁前路无知己

所喊的不符，或没有举手，马上就有干部跑过去问个究竟。

点验除了检查个人战备物资保管情况以外，还包括有没有私藏违禁物品等。这边进行点验，那边一帮纠察队员在连队仔细查看，弄得满地狼藉。偶尔能查到几发子弹或几本格调不高的书，自然免不了一番通报、查处。

点验还有一个谁也想不到的功能，就是让外面卖"山寨"军用品的小店又一次脱销。点验前一天晚上，小店顾客盈门，全是当兵的，像军容风纪检查前理发店里那样生意红火。

每次点验结束，整理个人物品存放储藏室，刘旺总磨蹭，待大家把东西摆放停当了，他才拎着大包小包慢腾腾地跟上来。文书说他像打仗断后掩护大家撤退一样。刘旺说，点验对他来说更像个仪式，摸摸弄弄那些看得见的，就会想起许多看不见的，翻开背囊细数当兵这些年来的磕磕碰碰，一走神，动作就慢了。

"点验"和"交旧"连在一起。这几年，自从换发新式军装后，听说是为了维护军装的严肃性，上级决定从源头控制军装流入社会：一是不准地方上仿制、出售新式军装；二是严守"交旧"制度，老兵退伍时，只有身上一套冬常服可以穿回家做个纪念，其他衣服一律上交。不交也可以，一套普通军装让你掏买名牌西服的钱，心疼呀。有的衣服，如大衣，没穿几次，还是簇新的，也得上交，不交也得交。有几个家里有钱的兵一件衣服都不交，全部"买"回家。当然，花如此大价钱买回家的衣服，一般都会非常珍惜。

第四章　莫愁前路无知己

士兵们突然一个个往连部跑，兴高采烈的。老兵退伍纪念光盘初稿出来了，一张张照片，一段段视频，再配上或高亢雄壮激越或悠扬柔美伤感的音乐，一个个鲜活的面孔跃然眼前，一段段如火的岁月历历在目，一桩桩陈年往事涌上心头：仿佛昨天才在锣鼓声中步入军营，今天就要在锣鼓声中退伍；昨天还在训练场上摸爬滚打，今天就要"挥手自兹去，萧萧班马鸣"。

关于制作纪念光盘，正征求大家的意见，政治部来通知说，今年不提倡制作纪念光盘，可以用纪念册替代。如果非要制作光盘，先自行审查，不能带有武器装备、演习场面、平常训练、编制番号等可能涉密的一切事物，批量制作前必须交保密委员会审查。凡是因此导致泄密的，将严肃处理。营区里保密规定贴得随处可见，谁都知道，如果涉及机密的话，即使是一片树叶掉下来，都有可能被砸得头破血流。

事情弄成这样，原因是往年有的退伍老兵前脚刚迈进家门，后脚就把纪念光盘的内容挂在网上，不但自己追忆当兵的岁月，还广而告之让大家欣赏。如此，部队驻地装备、编制番号、演习训练等，展露无遗。

"一年又一年，一生只为这一天。"文书、朱继彪等好几个兵经常摆弄数码照相机、摄像机；上等兵姜迪平上演习场都随身带着"短炮"一样的"单反"，当武器装备一样，抓拍到不少精彩瞬间。如果把这些"精华""靓点"全部删除，留下的全是大家手捧课本的政治

207

学习、肩扛铁锹的生产劳动、敲锣打鼓的集合娱乐等，还有什么意义，还能看出我们是当兵的吗？

退伍纪念光盘，纪念的就是那份铁血辉煌、激情挥洒、山呼海啸的豪情壮志，向亲友邻居（以及更多老百姓）展示的就是那份狂狮奔野、鹰击长空、鲸吞海洋的英勇气概。离开这些，我们还有什么特色可言呢？

纪律是块"铁烙头"，谁都怕痛，谁也不敢碰。于是，这一年，每个兵收藏了一款"鸡肋"版退伍纪念册，聊胜于无。上级举一反三，紧接着来了一次电子产品点验，排房里，学习室的电脑，每个兵有可能夹带"私货"的电子载体都像被水洗一样过了一遍。

昨晚下过一场雨，早晨有薄雾，湿冷湿冷的，"军营之声"转播中央人民广播电台的新闻后，突然响起士兵们耳熟能详的歌声："送战友，踏征程，默默无语两眼泪，耳边响起驼铃声……"徐缓苍凉，悲壮忧伤，天气好像也配合这旋律一样，阴沉沉的，营区里顿时有一种剪不断理还乱，长亭更短亭，雾霭一样的离情别绪蔓延。接下来几天时间里，营区广播将反复播放这首歌，把每一个老兵的心揪紧揪痛。

退伍名单在一阵锣鼓声中公布，用一张大红纸贴在连队一楼的过道上。尽管谁走谁留，各人自己心里有数，但如此张贴出来，还是如一口洪钟，猛地在耳边一撞，嗡的一声，余音袅袅。

刘旺排在第一个，后面是朱继彪、姜迪平、莫少文等，大多是上

等兵，有几个下士，中士就刘旺一人。女兵陈彤、罗丽琼等几个上等兵全都走了。总计二十多个人，连队近三分之一的"血液"将经历新陈代谢。

　　朱继彪要退伍？消息传开，全连哗然。连队干部呕心沥血、费尽心思栽培的典型就这样挥一挥手，走啦？我找朱继彪谈过几次，做了大量思想工作，但他执意要走，说要回去继续学业。更让我们想不到的是，几年后，朱继彪博士毕业，再次入伍。他是很想回老部队的，想再见当年的战友，没想到老部队在军改中撤编了。那时我已"细雨梦回鸡塞远"，脱下军装了，只是听连队几个老兵偶然说起过。

　　今年，让我和连长感到很意外的是愿意留队转士官的兵很少，上级分配下来的下士和中士名额用不完，只要本人提出书面申请，平时表现还可以，都能留下来。学过这样那样技术的兵，有合约在先，必须留；有的家长凭自己的生活阅历和人生经验，很希望孩子留在部队继续干，长期干，但士兵本人死活不愿意留；有的几经拉锯，艰苦谈判，最终勉强留下来；有的哪怕和父母断绝关系，也不愿意留。选改上士的兵要多一点，竞争力稍大，毕竟再干四年就端"铁饭碗"了。个别兵即使是从士官学校毕业的，如果表现平平，也不一定能选改上。

　　这种现象在前几年不可想象。那时想转的多，能够留队的都是优秀班长或骨干，要反复筛选、比较，好中选好，优中选优，不但要看关键时刻能否顶上，更要看平时的素质养成。有的兵"耍滑头"，临门一脚时，好好表现一阵子，平时不求上进。选改手续也格外烦琐严格，需要本人申请、民主测评、组织考察、专业考核、体格检查等一系列环节。有的兵能力一般，训练工作也一般，为了能留下，七拐八绕地找"关系"，打招呼，递条子。连队主官顶着种种压力，不合格的坚决不留，再大的"关系"，再硬的"后台"也不留。连队干部虽小，但代表一级组织，民主测评和组织考察通不过，就是不给上报。当然，工作也不能蛮干，连队干部可以心平气和地解释清楚，首先汇报这个兵的一贯表现，再言辞恳切地说明如果留下这个兵，连队下一步的工作将难以开展，风气不正，士气不强，说不定是枚"定时炸弹"，不知道什么时候爆炸，受影响的不仅仅是连队。通信连连长就用这种办法不亢不卑地顶抗过好几个"关系兵"，在连队和营里一时间传为美谈。

　　风向突变，这是怎么啦？是士官待遇太低，纪律太严，训练太累，觉得前途渺茫，穿军装不再光荣，还是现在的年轻人更喜欢自在、个性、张扬的生活？

　　学习室的桌子被拼成一个圆圈，上面堆着瓜子、花生、桔子、奶糖等，摆放着一次性纸杯。

　　茶话会开始。最先发言的几个男兵看起来很爷们儿，抽烟（平常不抽烟，也许是躲在没人的地方抽），嗑瓜子，说说笑笑，让大家一定要去自己的家乡玩，那儿有哪些优美的风景，有哪些好吃好玩的，到时候他当导游。有人马上说："你是在给自己老家做旅游广告吧？"酒，一定要喝个痛快，把当兵这几年亏欠的喝回来。有个兵说，准备回家打一转，去县人武部报个到就出去打工，工作已托人找好了，发财了再"衣锦还乡"回连队看看，连队缺啥就捐啥。有个兵对姜迪平说，如果去他家的工厂干活儿，希望看在一口锅里搅过两年勺子的份上，不要像资本家对待工人一样进行残酷无情的压迫和剥削，尽量照顾点。姜迪平的老爸是一家民营企业的老总，名字上过"福布斯"排行榜，当时为了哄姜迪平当兵，老爸承诺退伍后送他一辆汽车。还别说，后来姜迪平家的公司还真汇聚了一大帮老兵。有姜迪平当年的战友，有同一个部队的，也有别的部队、别的兵种的，有义务兵、士官退伍的，还有自主择业的退役军官，发展到公司成立一支老兵突击队，党支部、治安联防队、雷锋服务队等都由清一色的老兵组成。周一晚上业务学习，周三晚上看电影，每逢"八一""十一"，会餐，座谈，嗨歌。因为有同举一杆旗、同唱一首歌的经历，老兵们在那里又组成一支战斗力很强的队伍。

最先哭的是几个女兵。上等兵陈彤说，她忘不了这儿的一切，回到家里会很不习惯，会长时间想念大家……话没说完，眼泪就扑簌簌地往下掉，和其他几个女兵抱在一起，哭成一团。

茶话会的氛围风云突变，变得如一场冬雨后的荒原，悱恻、伤感、萧杀、凄凉、凝重，没有人再嗑瓜子，再说说笑笑。

刘旺说，他最大的遗憾就是老婆、孩子没来过部队，他多想领着他们在营区走走，对他们说这里就是他奔跑、守望过八年的地方，他多想让他们了解他的生活、学习、工作，他的职业与付出，欢笑与泪水。开始总觉得有机会，等呀等，老婆怀孕、生孩子，现在孩子小，想来也不方便。就算以后再来，自己已成了老百姓。门口的哨兵"笑问客从何处来"，有事吗？请出示证件，请电话联系，让人到大门口来接。折腾一阵后，很有可能还是进不去。

老兵们开始说一些想做没有做的憾事。心里觉得对不住的人，平时说不出口的话。这种时候，不需要酒精催化也能说出来。朱继彪说，刘旺永远是个好班长，他永远敬重他，感谢他。姜迪平走到廖志平跟前，两人抱在一起，相互拍拍肩。他俩曾相互看不惯对方，干过架。

这些话伴随着周围一锅粥一样的嘈杂声被文书悄悄用录音笔录下，配乐制作成纪念光盘的片尾曲，听了让人心里酸酸的。

老兵退伍晚会，大多是本色演出，老兵演老兵，演完后脱下军装就要退伍。他们没有任何演技，也不需要什么演技，平时怎么做的就怎么演，心里怎么想的就怎么说。此情此景，此时此刻，用心用情，笑声伴着泪水，歌声带着哭腔，台上台下连成一片，喊成一片，挥舞成一片，哪怕是局外人，也会被感染、感动。欢送老兵退伍晚会年年如此，有的节目在网上很快就能搜索到，只是效果像《聊斋》里的幽灵世界，估计是好事的老兵用手机、数码相机偷拍的。这时候，由连队统一保管的老兵的手机、MP4等电子产品全部完璧归赵，只是从时髦用品变成了历史文物。

我们连队的列兵李胜中入伍前在他们老家那个地级市获得过"超

级男声"海选冠军。晚会上，他在一群"小鲜肉"模仿大妈们在广场上健身方式（明显有"捕俘拳"的痕迹）的伴舞下，扭动一气，说唱了一首他自己作词作曲的歌曲《等哥退伍以后》。歌词是这样的：

等哥退伍以后，晚上九点上床又起来，十二点再躺下；早上五点半起床，六点再躺下。

等哥退伍以后，要把被子叠得方方正正，再一屁股坐下去。

等哥退伍以后，要买张铁架床，上下铺，每天晚上睡上铺还是下铺，只要哥乐意。

等哥退伍以后，晚七点时拉电闸，坚决不看《新闻联播》。

等哥退伍以后，洗漱磨磨蹭蹭，坚持半小时以上。

等哥退伍以后，上衣下摆偏不扎进去，衣袖偏要卷起来。

等哥退伍以后，穿黑色的皮鞋就要挑白袜子。

等哥退伍以后，两个月理一次头发，三个月剪一次指甲。

等哥退伍以后，要一边磕瓜子一边看电视。

等哥退伍以后，走路时摇头晃脑，左腿齐步，右腿正步。

等哥退伍以后，坐的时候要跷着二郎腿，哼着流行小曲。

等哥退伍以后，站的时候呈T字步，叼着烟，双手插裤兜。

等哥退伍以后，吃饭要听着音乐细嚼慢咽，还要来杯啤酒。

等哥退伍以后，上厕所想蹲多久就蹲多久，边抽烟边看报。

等哥退伍以后，要光明正大地用手机，还要4G的，边听歌边聊天，随时视频。

等哥退伍以后，要端把躺椅坐在马路边看靓妹。

等哥退伍以后，要轰轰烈烈、天昏地暗把姑娘去追。

等哥退伍以后，要把闹钟设成起床号声，任它疯狂地吼，哥就是不起来。

等哥退伍以后，要把来电铃声设成紧急集合哨声，让它响半天哥再接。

等哥退伍以后，要把家里几个房间的门口贴上司令部、政治部、保障部，不喊报告就往里闯。

等哥退伍以后，要买把玩具的九五式自动步枪，任它落满灰，长满锈，就是不擦。

等哥退伍以后，要骑着摩托车去兜风，想去哪就去哪，想什么时候回家就什么时候回家。

等哥退伍以后，要哭，要笑，要跳，要烂醉如泥，在午夜的街头歇斯底里地吼叫：丫头我爱你。

等哥退伍以后，要用最恶毒的话把当兵的日子诅咒。当然，只有哥能这样，谁附和一声，哥就跟他翻脸，割席断交。

等哥退伍以后，决不回想当兵的生活。睡上铺的小子，你每晚翻身上床，把哥的鞋子踢乱；睡右边的哥们儿，你呼

噜太响；睡左边的兄弟，你磨牙声太大。哥这几年受够了，哥咬牙切齿把你们痛骂。你们喝水长膘露肚脐，"狗头金"绊你个狗吃屎，哥要千百次把你们丢在风里，再踩几脚。

等哥退伍以后，要把当兵的记忆删除，即使落进"回收站"也要清空，格式化。当哥坐在老家的夕阳下，要豪饮没有号声、掌声、口令声的寂寞……

哥跌倒过，流过汗，流过血，哥什么时候哭过？哥的属相是鳄鱼，流的不是泪，是在分泌盐分……

说唱词很长，旋律就是那几个，是"生吞活剥"某一首歌得来的。李胜中像喝醉酒的疯子，窜来窜去，又唱又跳，不住地穿梭到台下和老兵们握手、拥抱。与其说是在唱，不如说是在喊、叫、吼。好几次卡壳，他居然明目张胆、肆无忌惮地伸出手掌，看上面密密麻麻的提示。不过可以看出他不是在假唱。

李胜中的说唱将晚会的气氛推上高潮。歌词一夜之间广为流传。

早餐后，哨响，各连队老兵集合，由连长带往营部，再由营长、教导员带队，统一参加向军旗告别仪式。营长、教导员身扎腰带走在最前面，步伐整齐，番号声洪亮，每一个老兵的脸涨得通红。

空旷的操场周围彩旗招展，电线杆上临时绑一个大喇叭在震天地响，不是播放歌曲《驼铃》，就是响起指挥员的喊声。一侧，十几辆绿色东风牌卡车一字排开，两侧篷布上贴有"光荣返乡""再立新功"的字样。接下来几天里，这儿将是营区的焦点、中心，一拨拨老兵在这里集合，出发，远行。营长向旅长报告后，旅长宣布，某某某等多少人根据兵役法哪一条哪一款规定，完成中华人民共和国公民应尽之义务，光荣退出现役。老兵纷纷取下帽子，摘下帽徽，相互帮着摘下领花、肩章。

嘹亮的军号声掠过，在铿锵激昂的军歌声中，摘去作为军人服饰标志的老兵一个个走上前，朝"八一"军旗敬礼，吻别军旗一角。军旗仿佛有知。风扯着军旗呼啦啦作响，旗欲静而风不止。旅长和政委站在军旗旁，朝每一个老兵还礼。一旁有宣传科的摄影、摄像干事在连续不断地拍摄，各连队也有文书或班长、骨干在拍。最后，每个老兵都会有一张自己最满意的向军旗告别的照片。

这套仪式应该是旅政治部自创的，其他还有授枪（武器）仪式、授旗仪式、授衔仪式、授奖（勋）仪式，以及"八一""十一"升旗仪式等。这些仪式过去没有固定程式。在旅里，好像只有旅长、政委被授大校衔时有仪式，由军首长主持，模仿军委主席授上将衔的样子。其他军衔由本人估摸着择"良辰吉日"佩戴即可。通信连连长每参加一次这样那样的仪式，就想着应该将这些在条令条例上固定下来。就如孔子说祭祀，视死如生，有仪式感才显得庄重、严肃、神圣，自豪感、使命感才会油然而生。对于新兵来说，初次被授衔、授枪尤为重要。

最后一项是政委讲话。如果说旅长宣布命令像钢铁撞击一样冰冷坚硬，那么政委的讲话则充满了温情，慈祥且煽情。他扯着嗓子喊道："你们尽职奉献，爱军习武，建功军营，圆满完成了祖国和人民赋予你们的神圣使命，祖国和人民永远感谢你们！你们的青春已融入火红的旗帜，你们的足迹已印刻进火热的军营，即使脱下军装，你们永远是军人。驼铃声清脆，再踏征程，一路平安，期待你们的好消息，捷报再传！"

仪式结束，老兵们回来时静悄悄的，偃旗息鼓。没了领花、帽徽、肩章的老兵们像被抽掉筋一样，不再神采奕奕，精神焕发。

眨眼间，营区里到处是"散兵游勇"，操场、器械训练场、主干道、军人服务社、电话超市，到处有或行色匆匆，或说说笑笑，或手上拎着大包小包的老兵。有的老兵已换上时兴的便装。尤其是女兵们，迫不及待地"当户理红妆""对镜帖花黄"，平时看起来不打眼，一换上便装，立刻让人眼前一亮，原来那么妩媚。前几年，这个时候的老兵最牛，像打了胜仗立了大功回来的英雄，精神抖擞，意气风发。有一次，一个老兵可能喝高了，和纠察队员由争吵到动起手来，被关进禁闭室，直到其他老兵走完，他做出深刻检查后才被放出。从那以后，退伍老兵就很守纪律了。

我在晚点名时说："我们丑话说在前头，任何时候都要遵守纪律。作为老兵，快要走了，更要遵守纪律，到哪儿都要像以前一样按规定请假、销假。在你们到老家县人武部报到前，都是部队的人，部队有权管你们，随时可以把你们的档案抽回来，记行政纪律处分。即使你们回到地方，部队纪律管不着你们了，还有国家的法律法规呢。每个人首先靠自觉自律，如果真的拿条令条例、法律法规往你们身上套，那就不自在了。在法律法规内的自由才是最大的自由。"老兵退伍期间，名点得勤，有时一天好几次，有定期和不定期之分。

位于军人服务社楼上的"军旅饭店"的生意开始进入一年中的旺季，中午、晚上顾客盈门，大小包间热气腾腾，笑语欢声。瞟一眼食客们的穿着、发型、言谈举止，就知道他们是当兵的。营区大门比平时卡得更紧，没有"两证一条"（士兵证、外出证、请假条），连耗子、苍蝇都溜不出去，老兵聚会只能流向这里。

"军旅饭店"由地方老板承包，从财务公开栏上看，每年向旅里上交数目不等的承包费，每个承包商不一样。饭店时开时关，据说在开与不开之间有过激烈交锋，最后的结论是堵不如疏。有这么一个饭店，看似不协调，不方便管理，但总比让士兵们翻墙头、想方设法外出要好。没有竞争，就没有优质服务。因为独此一家，别无分店，所以菜价高，口味一般，士兵们用脚投票也没用，只能上这儿。饭店的牌子老是换，原因是老板老是换。换菜系口味，川菜、湘菜、粤菜、东北菜等。部队外出驻训、海训期间，饭店就放"暑假"，时间长短根据部队在外面的时间而定。

旅里安排十来辆大巴（主要是公交车）组织老兵上街购物，游览驻地风景名胜，参观大型企业、科技工业园区、经济技术开发区。带

队的有军务科、保卫科、宣传科的参谋和干事，以及一些营连干部，热热闹闹，像旅行社带团出游一样。这些活动，有的老兵愿意去，有的老兵不愿意去。愿意去的大多是当兵几年很少请假外出的，有的甚至没出过营门，或走出营门就在附近巴掌大的地方转转。不愿意去的老兵都是"机灵鬼"，那些地方他们早就找各种理由游玩过了。

营区里突然冒出一些穿便装的人，一看就不是老兵：有的是父母开车来接孩子回家的，有的是等了几年赶来接男友的女孩，还有一些是去年或前年退伍的老兵，相约回老连队，为今年的退伍兵送行。

整整一天，有个老兵（穿摘去领花、肩章的士兵冬常服）像个小偷一样，躲在通信执勤大楼旁的小树林里悄悄看女兵进出。一有人走过，尤其是干部走过，他就一闪身溜了。我和连长很快掌握了情况。这个老兵是灵山哨所看靶场的，当兵两年没休过假，没接触过年轻女性。夏天靶季过后，人都很少见到。在漫长的冬天，总机上的女兵有时和他说说话，还唱歌给他听，陪他度过许多寂寞时光。我们几个连队干部知道他是谁，也知道他来看谁，可能不止看一个人，但我们装着什么都没看见，什么都不知道。

赶来看女兵的还有其他几个营区的一些退伍兵。他们也许没有和某个女兵见过面，但知道她们很多糗事以及小名。他们落落大方地叫出某个女兵，如多年不见的朋友，送上纪念品，一起照张相，说说笑笑一会儿，然后就走了。

上午，我们连队的退伍老兵大多外出自由活动了，其他兵正常操课训练。营门哨兵打电话来，连值日员接的，转给连长，说门口有个叫多吉的藏族同胞，是通信连的退伍老兵，想回连队看看，问可不可以进来。如果可以，请派人到大门口接一下。连长说："你问他，他认识谁？有什么事？"哨兵说，问过了，他说谁都不认识，也没什么事，只是路过想进来看一眼。还报出了他当兵时连长、指导员的名字。

"多吉，多吉……"连长叨念了几遍。

连长听说过二十世纪九十年代初期旅里（那时候还是师）招过一批藏族战士。他们文化水平都不高，初中或高小毕业，但军事素质个个顶呱呱，尤其擅长长跑，越野五千米，不但成绩优秀，跑完后跟平时散步一样，脸不红心不跳。他们服役期一满就像雁群一样全"飞"了。据传有个兵军事训练很了不得，参加军区比武获得过好名次，文化水平也可以，表现很突出，部队想把他留下来作为预提干对象，开始时他勉强同意了，后来看到一起来的老乡都走了，他也犟着要走，说是喜欢高原冬天的大雪。通信连连长来当兵时，他们早退伍了，除了军史馆里几张泛黄的照片，几乎没留下任何痕迹。

连长打量起眼前这个叫多吉的藏族汉子：瘦高个，狭长脸，脸色酡红，微卷的短发，穿一件味道很大的毛领皮衣，话少，一开腔像舌头有点大，看不出曾经当过兵。连长和几个班长、骨干领着他楼上楼下转了一圈。每到一处，文书赶紧上前把门打开。他走走停停，腿不时像被粘住一样，一副欲言又止的样子。

在娱乐活动室，多吉快步上前，拿起一把黄里透黑的吉他，欣喜地翻过来调过去像是看不够。先是贴在脸上摩挲，然后试了试琴弦，用深沉而略带磁性的嗓音旁若无人地唱起《弹起我心爱的土琵琶》："西边的太阳快要落山了，微山湖上静悄悄。弹起我心爱的土琵琶，唱起那动人的歌谣……"不待大家有所反应，他又用藏语唱了一遍。

多吉看着大家疑惑的目光，终于说起吉他的故事。他刚当兵时，说普通话得配合打手势，像说哑语一样，战友们只有连蒙带猜才明白啥意思。为了教会他说普通话，指导员送给他一本小字典，连长送给他一台小收音机，并特批他可以听（上级规定士兵不能有也不能听收音机），全连官兵人人时时处处充当他的普通话教员；几个普通话说得不怎么样的广西兵、福建兵也好为人师，以师自居。偶然间，战友们发现他唱歌时普通话不但标准、好听，还学得快，于是大家凑钱给他买了这把吉他（那时候他家穷，土豆要当半年粮），让他边学弹吉他边学普通话。这把吉他伴随他三年，退伍时，尽管一万个舍不得，他还是把吉他留在了连队。说着，他把吉他递给连长，指着音箱里侧说，这儿有他的名字。大家凑过去，果然音箱里没有刷油漆的原木上用蓝色圆珠笔歪歪扭扭地写着"多吉"两个字，字迹漫漶，渗到木头里面去了。

多吉说，他在高原老家经常听到有人提起这把吉他，诉说他退伍以后连队的一些人和事，所以这次他特地赶过来看看。

晚上，看完《新闻联播》后，我请多吉给大家讲讲他在部队时的故事，到地方后是怎样创业的，退伍后有哪些经历。多吉支吾几句，转移了话题，又把学吉他的事讲了一遍。

在这之前，通信连的兵知道每年都有老兵把自己的心爱之物留下来。连队阅览室、娱乐室、学习室、会议室等，随处可见来自天南地北的特色工艺品，有根雕、竹器、剪纸、泥塑、脸谱等，这些都是老兵们想办法从自己家乡带来的。

有爱就有牵挂。留一件物什，就觉得对这儿的想念和牵挂有个具象和附着。每一件乐器、工艺品背后都是一张老兵可爱的笑脸，一段深情的告白，尘封着一个个平常鲜活的故事。

连队司务处熙熙攘攘。

文书仔细统计老兵离队时间。电话订票、网络订票各显神通。

快递、公路、铁路托运服务上门。大操场热闹得像农贸市场。

明天是十二月一日，按规定，老兵可以离开了。老兵离队每年都是十二月一日到五日，前后五天时间，一般前三天就走光了。

晚上会餐后，文书把夜间哨表和口令用粉笔写在连队门口的黑板上。直接公布口令不利于保密，很不严肃，上级讲过多次，连队点名时也强调过口令必须一个个往下传，但过一段时间后还是如此，都图个省事方便。晚上除了自卫哨、军需仓库哨外，还要给女兵站哨。老兵离队前一天晚上，给女兵站哨是通信连延续多年的传统。

临走前夜，女兵比男兵还亢奋，又唱又跳，又哭又笑，往往折腾到很晚才睡。我们几个连队干部整晚心都悬着，像进入战备状态一样，担心有什么事发生。

通信执勤大楼第一哨是刘旺。文书本来没有排他，他是凌晨五点多的火车，要赶早。刘旺说早了睡不着，站第一哨正好。熄灯号响，刘旺上哨时，朱继彪和好几个老兵也跟来了，他们是后几哨。

夜深了，一弯月牙直到后半夜才爬上来，那边女兵宿舍很安静，偶尔有大风刮过树梢，发出阵阵沙沙声。几个穿迷彩大衣的人在楼下悄然无声地伫立、徘徊，有时聚拢在一起窃窃私语。那天晚上，他们几个没有交哨，一直站到天亮。

刘旺临走前，让连队自卫哨帮忙打手电筒，出了最后一期黑板报，其中有首《有一种毕业，叫退伍》的小诗，这样写道：

有一段岁月，叫军旅，燃烧我们的青春和热血；有一座院子，叫营盘，浇筑我们的豪情和抱负；有一身衣服，叫军装，展示我们的阳光和风采；有一种任务，叫站岗，屹立我们的专注和执着；有一种生活，叫守卫，凝固我们的热恋和忠诚……有一种毕业，叫退伍，再次放飞我们的理想和情怀。从这里走出，我们铁骨铮铮，意气风发，勇往直前……

起床号穿透晨雾，格外地响，也格外地早。早晨出操，所有老兵戴着大红花跑在最前面。通信连这样，别的连队也这样。这个习惯不知是从什么时候开始的,反正全旅直至剩下最后一个老兵仍戴着大红花坚持出操。通过点操台时,每一个连队的番号声从来没有这么响亮过,队列步伐从来没有这么整齐过,令点操台上站着的几位领导精神为之一振。

早操一解散,黑板报前很快挤满了脑袋。大家如梦初醒,刘旺已经走了,他以这种方式向大家告别。

这时士兵们才注意到今天的天气阴沉,干冷,像是要落雪的样子。

早饭后,第一拨老兵开始走了,几个连队依次响起锣鼓声。声音从不同方向缓缓朝大操场流去,在那儿汇集,热闹成一片,最后统一打在一个鼓点上。因为雾霾,驻地已禁止燃放鞭炮,营区和家属区都贴过告示,所以少了一些热烈的气氛。

操场上,一声声点名,一声声或响亮或低沉的答到,紧接着是一片喊声、哭声、笑声、骂声、叮嘱声……汽车马达声响起,几次催促的喇叭声后,发动机声陡然增高,隐退的锣鼓声、"送战友,踏征程……"的歌声骤然大作,洪水决堤一样滚滚而来,将一切声音掩盖……

送走一拨又一拨,一天有十几拨。晚上还有走的,那就没什么动静了,一切都是静悄悄的。

老兵们都知道迟走不如早走,最后走的更加孤零、凄惶。看着战友们一个个走了,人去床空,那种感觉真难受。所以,老兵每年都像赶集一样离队,唯恐落在后面。

我们连队送老兵的场面在全营区最热闹、最感人、最引人注目。最具有收视率的看点就是带雨梨花一样的女兵不再矜持，不再高傲得像孔雀一样，而是和连队干部以及很多男兵一个个拥别，让人眼圈发红。这时常有人说，通信连的女儿又出嫁了。

老兵回乡，人多的地区或重点对象（如家庭遭遇重大变故、在部队受到严肃处理的）必须由干部专程送达老兵所在地人武部报到，甚至送到家，做好安抚善后工作，才算完成任务，老兵的军旅生涯才画上句号。

送兵干部由军务科和干部科反复比较权衡后确定。送兵比接兵难，接兵带的是稚气未脱的新兵，送老兵就不一样了。老兵们在部队摸爬滚打了几年，有伤有痛的，有个人愿望没有实现的，有思想疙瘩没完全解开的，有父母离异不知道回到哪边去的，等等，各种各样、形形色色的情况，这需要送兵干部不但要责任心强，而且要沉着老练有办法，能当机立断地处理复杂问题。

旅保障部宋助理，河南人，个子大，嗓门儿粗，做事豪气干练，从副连到副营近十年间，每年都送兵，并且送的都是人数最多、路程最远的方向，由此得称号"宋（送）老兵"。他已经来过我们连队几趟了，今年我们连队有几个重庆籍贯的老兵，由他统一送。那几个老兵表现还可以。有个叫欧阳强的上等兵工作很踏实，训练能吃苦，就是说话冲人，牢骚怪话多，群众基础一般，民主评议几乎垫底。他当了两年兵，档案袋里空空的，连"优秀士兵""连嘉奖"都没有，我总觉得对不住他。我把每个老兵的脾气性格跟宋助理说了，又把谁的期望没达到心里有气，谁家有什么困难也说了，让他心里有数。他挨个连队转过去，由他送的兵都走到问到；然后去军需科找到管理蔬菜大棚的兵，把新鲜的黄瓜、西红柿摘上几大纸箱；去宣传科找到文化干事，从文化活动中心借出十几副扑克、象棋、军棋，以及一些过期杂志；去旅医院开上一些治疗感冒、拉肚子的常见药品；再买上一些面包、方便面扔到卡车上，带上火车。

老兵上火车前，如果有首长在场，宋助理一定会几声断喝，整队，一套干净利索的报告动作，向在场的最高首长报告：某某地区退伍老兵应到多少名，实到多少名，其中中士多少，下士多少，上等兵多少，现准备登车返乡，请指示！

站台上乱哄哄的，赶车的人们像打翻的一筐梨一样满地滚，包括老兵退伍也慌作一团。当宋助理以这种精神面貌出现时，周围奔跑的人群顿时慢下来。尤其是几次向军区、军分区首长（每年第一批老兵离队，都会有首长到车站送行）报告，首长始料未及，精神为之一振，眼里流露出无言的赞许。围观的老百姓也啧啧称赞：当兵的就是不一样，即使退伍也像出征。送兵都能送成这样，真牛！

宋助理和老兵们在硬座车厢里，几天几夜，一路欢声。他平安地送走了一茬又一茬老兵。

就在他送那批重庆老兵回来，上级考察他，准备提升任用时，出

了问题。

每年送兵前，他从军务科或别的部门拿到老兵的车票后，会立即赶往火车站，在退票窗口退掉三分之一的票（大多选择农村户口，不需要拿车票报销的）。检票时，老兵们鱼贯而入，跑步上车。面对那么多英气逼人、脚步匆匆的老兵，当宋助理把厚厚一叠车票递过去时，检票员只是看看，大致数数，不会较真地去一个个"三合一"（人、证、票），经确认后才放行。这有可能是因为人多来不及，更多的应该是出于对军人的信任，对他们为国奉献光荣返乡的尊重。在火车上，百十号老兵集中在一个车厢里，实行"高度自治"，自己打扫卫生，自娱自乐，老百姓不会过来，乘务员都是匆匆路过，不会停留，更不会查票。

那次，宋助理最后栽在了那批重庆兵手上，确切地说就栽在我们连队的欧阳强手上。那天到目的地发放车票时，有的老兵有，有的老兵没有。欧阳强领着几个没车票的老兵围住宋助理问："我们怎么就没票呢？"

宋助理脸色发白，紧接着一阵紫红："可能弄丢了。再说了，这票给你们也没什么用。"

"就算没用，你也应该给我们呀！"

"有没有用，不要你管！"

有几个心里本来就有疙瘩的老兵和宋助理杠上了，在大街上争吵起来。当时他们并没把宋助理怎么样，说几句也就算了。宋助理送兵回来后，也认为这事就过去了，渐渐淡忘了。没想到老兵们通过电话、短信、电子邮件向部队反映，尤其是在老兵群里吐槽宋助理道德品质有问题，揩国家的油。有一些能力很强的干部有其锐意创新、干出业绩的一面，也有其剑走偏锋、品行不端的一面，人们对他们的议论是最多的。

旅政治部组织科一个副营职纪检干事找到宋助理。刚一提，他就爽快地承认了，说是有这么回事，是过去一个送兵干部当成"武林秘笈"传给他的"经验"，他送一两次兵后就这么干了。退票的钱，没有一分落入自己口袋，老兵路途伙食补助有限，经常有意想不到的开支，有时候还给家庭困难的老兵塞一点，都贴进去了。就比方这次他送重庆兵，打了很多电话，发了很多信息（都是长途漫游，电话费就不少），并上门做工作，让一位老兵离异数年的父母破镜重圆。和最后几个老兵分手时正好是吃饭时间，他请他们在一个小饭店里吃了一顿火锅，花的是他自己的钱。当时，他望着老兵们远去的背影，再看看雾霾中的山城和滔滔的嘉陵江水，远处传来轮船的汽笛声，心里那种感觉呀，五味杂陈。他说，他也接过兵，接兵是夏日的阳光、朝气，迎上来的是热切的笑脸、期盼；送兵，越到后面，心情和窗外的景色一样，越萧条苍凉寒冷。每次送兵，也有一两个老兵说："宋助理，这儿离我家不远了，去家里坐坐吧。"他都婉言谢绝了。

宋助理的档案袋里被塞进一个处分，第二年一开春他就转业了。

我们连队的退伍老兵大部分是一个地区统一购票，集体返乡，由干部专程送达。也有单独行动的，如姜迪平坚持要骑自行车回去，说这正好是一个锻炼意志、体验生活、融入社会的机会，有大学新生入学还骑自行车去呢，更何况他一个退伍军人。我和连长坚决不同意，说万一出事谁负责？姜迪平说没有万一，只有一万，即使有万一，他自己对自己负责！我说："你能负得起吗？"我打电话给他父母，反复沟通的结果是，他父亲派一辆小汽车保持一定距离，每天跟着，暗地里保护他。我把姜迪平回家的途径、方案报告给军务科，军务科既不提倡，也不反对，算是知道有这么回事。

　　姜迪平用退伍费买了辆山地自行车，骑了近三天。当路途最远的老兵到家时，他也打电话回连队说平安到家了。我们终于松了一口气。真出事的话，谁承担得起？

　　我们后来才知道姜迪平的老爸压根儿就没有派车跟着。如果早知道的话，那几天我们肯定睡不踏实，当然，也坚决不会让他成行。

　　莫少文是一个人回去的，地图上他老家那一片，全旅就他一个（应该是异地入伍）。他每天按约定时间发信息或打电话到连队报告行踪，几天后打电话来说到家了——来电显示是他老家的区号。

　　过了一星期，老兵退伍工作已告一段落了。旅政治部突然收到一封盖有大红公章的信函，连同一叠厚厚的某地级市报刊，大意是我部一个叫莫少文的退伍兵在某市火车站勇斗一名抢劫的歹徒，腿部受伤住院后不久就不辞而别，住院时只登记了退伍证上的名字和所在部队番号。再一看网上，已炒得沸沸扬扬，有一篇配有莫少文住院照片的采访报道，点赞、跟帖"盖"了好多层"楼"了。

旅政委在周一早晨的交班会上讲评老兵退伍工作时说：现在社会上有人炒股票、炒明星、炒绯闻、炒恶俗，我们有这么好的战士，为什么就不"炒"呢？我们不但要"炒"，而且要正大光明、理直气壮地"炒"，"炒"出责任，"炒"出正能量，"炒"出使命与担当。旅首长指示宣传科一位干事和排长李晓勇火速去事发地和莫少文老家一趟，把事情的详细经过了解清楚，一定要设法找到他本人，看能不能再深挖，协同当地把这件事再推推，争取影响更大更广一点。

宣传干事和李晓勇兜了几圈没找到莫少文，他家里说他一到家就出去打工了。去他入伍所在地人武部打听，也没找到，手机停机。有人分析莫少文很可能是替某个人去当兵的，他不改转士官，做过好事像做贼一样马上躲起来，再联系他在连队的点点滴滴，谜雾重重。如果真是那样，那是出于什么目的，又是怎样做到的呢？

旅里原准备请来媒体记者，给莫少文批红挂彩，让他现场发言，隆重召开表彰会，大张旗鼓地宣传一番。由于没找到他，最后不了了之，只是在一次大会上提了一下，在政工网上贴出莫少文当兵时的一些照片，表扬一番。

关于莫少文始终没出现的原因，就是没有人猜到他可能是不习惯于在大庭广众之下说话，害怕站在聚光灯下。有人将其理解为美酒、鲜花、掌声、荣誉，在他眼里也许是被展示、围观。

老兵走后，床铺刚空出来，新兵就下连了，有些冷清的连队顿时变得热闹起来。军务科通知填过表的转业士官可以离队了，明年等消息回来结账。连长确定转业，名单已经上报。按照相关条令，他到了正连最高年限——三十五周岁。在等待离队的日子里，他闲得发慌，有时在营区里暴走，有时躲在房间里打游戏。

　　训练预备期，营区空旷处有新老兵在认真地走队列。早春时节，天气尚冷，但柳树已开始冒芽，微微透露着春意。

第五章
永不消失的番号

随着熄灯号悠扬响起,各排房里白晃晃的灯次第熄灭,我随手摁亮台灯。连长踱了进来,顺手掩上门,好像有事要跟我商量。连长是我们连队的副连长提上来的,江西人,军校通信指挥专业毕业,后来又去读了两年研究生。他当副连长时往炊事班、菜地跑得多,平常很少说话。

当兵的都知道,伙食搞得好,相当于半个指导员,伙食好坏关乎一个连队士气的高低,战斗力的强弱。那几年,部队各级都很重视农副业生产,上级首长到连队检查工作总是先到猪圈转一圈,再到伙房看看,然后才去训练场。随着国家经济的发展,部队的伙食标准不断提高,各级也做过一些硬性规定,什么"半斤加四两",什么"每天一个蛋,一杯奶",可是从战士的餐桌上看,没有多大起色。当连长还是副连长时,曾不动声色地走访过多个连队,然后捣鼓出一份材料。他分析,基层连队伙食搞不好,固然有物价不断上涨的因素,最主要的原因有四点:一是把连队伙食当成了"唐僧肉",谁都想割下来吃一块,有的连队干部为了和机关、上级搞好关系,送一点肉、油、面,自己家属来队也到炊事班拿东西等;二是把连队伙食费当成了"万能量""万金油",连队不管什么开支都在伙食费中开销;三是把节余多少伙食费当成了"政绩",互相攀比,克扣截流,原因是连队家底多少是考评"先进连队"的一项重要内容;四是绝大多数连队炊事班技术一般,好食材做不出好菜,"拙汉难为有米之炊"。建议是以师(旅)或独立营区为单位,采取"阳光采购、服务到连、科学调配、自助用餐"的办法,把"财大气粗"的服务中心的职能由采购供应转变为监督管理,供应模式转变为采购零距离、供应零差价、连队零库存、交易零现金。

那篇文章很快在相关杂志上刊登出来,部队上下轰动一时。上级后勤部门想调他去担任助理员,他不愿意,说不想放弃学了六七年的专业。不知道后来部队后勤供应改革是否和他的建议有关,反正我看了是有点脸红。我妻子随军前后,从没有在炊事班拿过东西,我觉得一个大男人、一位堂堂正正的军人去占那点小便宜,藏着掖着去拿那点小东西,不是大丈夫所为,连想象一下都感到脸红。我们家里的荤素菜都是妻子在上下班路上顺便买的,她常说她属骆驼,电瓶车上每天挂满了塑料袋。连长比我小五岁,年轻,能力强,尤其是学习、分析、洞察能力,只可惜通信专业在部队,特别是在陆军部队是个小专业,不然他前途不可限量。担任连长后,我和他长谈过几次。现在,他一有事就来我的房间。这个细微的举动,透露出他心思的缜密与性格的稳重。

连长来和我商量第一季度预备党员发展的事。他说,一定要有导向性，为了突出抓好训练，最好重点培养思想比较稳定的训练尖子，大小工作、值班执勤、理论学习也要看，但不能遮掩训练这颗明珠。我同意他的看法。我们连队由于是全年执勤单位，平常大部分时间训练就是执勤，执勤相当于练兵，但是战场环境毕竟不同于和平时期的值班执勤，战斗通信保障将显得更为重要。我也清楚他指的是一班副班长——一级士官何海勇，他是去年留下来的训练尖子，也是重点考察对象。从连队的士气振奋和长远发展来说，的确需要培养几个党员骨干训练尖子，关键时刻才顶得上，不掉链子。去年年底，连队费尽心思培养的训练、理论尖子中，名牌大学生朱继彪最后还是退伍了，对此，大家是有不同看法的。

　　昨天晚上回家时，我顺便查了趟岗哨。尽管睡得迟，早上六点我还是准时醒来。我把闹钟关了，起床号一响就出门，手脚快一点，赶得上出早操。旅里规定营连主官必须有一位留宿，和官兵住一起。连长家属是驻地的，他周末回家，平常我住家属区公寓房。

　　收操号响过，伴着中央人民广播电台播报的《新闻与报纸摘要》，士兵们整理内务，洗漱，开饭，营区、家属区每个角落都响起广播声。妻子推着电瓶车出门时说："部队要撤编了，你有打算没？"

　　"你从哪听来的？不要听她们瞎说！"

　　"家属们都传开了，就你还闷头闷脑的。"

　　"就你们听风就是雨，一点动静就瞎嚷嚷。"

　　我们部队将要整编的消息前段时间传过一阵子，后来慢慢平息了，现在又卷土重来。

官兵都这么想：整编哪个部队，也轮不到我们。我们旅向来以历史悠久和战功显赫闻名，被称为"虎贲""雄狮""劲旅""利剑"，一点都不过分。这座营房里的官兵都会一句顺口溜："南昌城头吼过风，大渡河边赛过跑，太行山上嗨过歌，扬子江上划过船，北汉江里泡过脚。"共举一杆旗，同唱一首歌，从这面军旗下走出来的共和国将军就有百十人；走进军史馆，"百将栏"上那一排排闪烁的将星能把你的眼睛晃晕，那一个个如雷贯耳、耳熟能详的荣誉个人和单位让你过目不忘。还有一点，就是我们部队在历次编制体制调整中已多次"缩水"，从正军级到副军级再到正师级，现在只是一个旅，留下的几乎全部是荣誉单位，是精华中的精华，骨干中的骨干。荣誉也是战斗力，是从骨子里透出的精气神，从这座营房走进或走出的兵胸膛挺得老高，个个像小老虎。

有那么多首长还在任，部队一撤他们就没有家，没有根了呀。他们什么时候回老部队看看，忆当年峥嵘岁月，流连感慨时连个凭吊的地方都没了。

传言沸沸扬扬，已有多个版本。晚点名时，我再次强调，不要听信谣言，不要传播小道消息，我们的任务就是埋头干好工作，搞好训练。

可这年头，"无风不起浪，有风浪三尺"。这也有可能是上级的一种策略，故意放出风声，或预测民意，或让大家心里有个准备，不至于太突然了，影响太大。

　　时代洪流的一粒灰尘，落到个人头上就是一块巨石，一座大山，但是要相信上级会尽量考虑到每个官兵的感受，改革只会以人为本，以战斗力生成为本，一切只会越来越好。这不，以前军官要干到副营或服役十五年以上家属才能随军，改革后正连就可以了。我马上给妻子和孩子办了随军手续，把他们从老家接了过来。妻子是小学老师，来部队后自己从报纸上或托熟人找过几个事做，不满意，时间都不长，后来干脆就拿部队上的那点随军未就业补助闲在家里。她心情明朗的时候，觉得一家人终于团聚了，吃苦也甜；心情忧郁时，就觉得自己什么都没了，离开朋友亲人和熟悉的环境，被连根拔起"移栽"到这个陌生的地方，把赖以生存的"饭碗"都丢了；嫁个男人没什么用，老婆的工作都解决不了，部队的生活条件也比老家差远了，老家什么都方便，部队驻城市郊区，老家还住县城里呢，这座城市也并不比老家大多少，还没有老家热闹繁华。我劝她孩子还小，正好在家照顾孩子，不是有这样一句话吗，"推动摇篮的手，推动世界"。

　　妻子"发飙"的时候，我一声不吭，躲在走廊上抽烟，直咳嗽。我以前不抽烟。那包拆开的香烟放在电视柜上不知多久了，随便抽出一支都有"老年斑"。我们住的两间筒子楼，是二十世纪五十年代修的，已步入迟暮之年。底楼地下没有做防潮，一到下雨前，地面就"冒汗"，雨季能淌水，过季换下来洗干净晒过好几个太阳的衣服，再从柜子里拿出来穿时有一股刺鼻的霉臭味，还得洗晒一次。生态环境倒是蛮好的，老鼠、蟑螂、壁虎、蜈蚣、蚊子、苍蝇、萤火虫、癞蛤蟆、黄鼠狼……都有，偶尔还能见到蛇，彼此相生相克，共荣共存。这儿原来是一个军级单位的营房，后来变成师、旅，也不觉得宽敞。随着正连家属可以随军政策的落实，一大群妇女儿童从全国各地花花绿绿、叽叽喳喳地涌来，家属区顿时成了欢乐的海洋，哪一个角落都可能有人冒出。

去年"八一"前夕，驻地政府拿出若干岗位解决军人家属就业问题。借这股东风，我费了九牛二虎之力（当然，组织是最大的靠山），好不容易把妻子的工作搞定，还是老本行，在驻地小学当老师。随军家属自主创业成功的也有，但很少，大多是卖保险或搞推销等入行门槛比较低的，忙碌奔波一阵，收获一包袱叹息和疲惫。所以进入"圈内"（体制内）是首选，但能不能进得去，一般来说要根据自身的能力素质，驻地各类岗位的需求，还有各显神通的本事。安排老师要容易些，最难的是公务员或事业单位的职工。所以在老家有稳妥工作的就不随军，或办了随军手续不随队。妻子一上班，我就把丈母娘接过来带小孩，一家人的生活总算各就各位，按部就班地安顿下来。那一次，家属区好几个随军家属的工作问题解决了。

妻子的工作才开始，我当指导员也快满三年了，连队工作年年扛红旗，评先进，就在这个时候部队要整编？

旅部新机关大楼才盖好，六层玻璃幕墙楼房，正前方悬挂着闪闪发亮的"八一"军徽，那气派，让每位头发斑白回部队的老前辈看了都啧啧赞叹；士官公寓刚置换一批新家具，还酝酿着盖几栋家属楼呢；各连队正准备建设二十四小时太阳能淋浴房，炊事班已开始铺设天然气管道，从此告别烧煤、烧罐装液化气的历史……从上至下，没有"散伙"的迹象，"官方"那里没有一点风声呀。

傍晚时分，天阴沉沉的，雾霭将远处近处的山峦遮得严严实实，空气似乎有点稀薄。军营好像在按照设定好的程序运转，又像是无线电一般静默。就在这时，上级下达演习任务，陆海空联合，渡海登陆实兵实弹作战演练。

旅里召开战斗动员大会那天，天气很是配合，艳阳高照，晴空万里。大操场上，红旗招展，歌声、号声激越，参谋长严厉的口令声从喇叭里传出，如同木工使用喷气枪打出的钉子，每个字都硬铮铮的，颇具穿透力。各营连都把自己的旗帜亮了出来，"攻城先锋营""保卫毛主席有功连""特等功勋连""夜老虎连""研究外军先进连""尊干爱兵模范连"等，一面紧挨一面。乍一看，如在相互比高低，谁都不服输；整体一看，又像紧紧团结在一起，汇聚成一片大海，一股洪流，一团火焰。以前，各营连的旗帜都由自己做，大小、面料倒差不多，就是有的高有的低，参差不齐，尤其是那几个明里暗里较着劲的连队，这次你的旗杆比我的高，下次我悄悄做得更高。还有就是上面的字，五花八门，有直接从电脑上下载的仿宋体、楷体，有名家书法（书法家来部队慰问时写的），也有的出自士兵书法家之手。这些旗帜在阅兵、开训动员、国庆升旗等重大仪式上打出来，倒是气势壮观，就是参差不齐，上面的字像开汉字书写大会一样。后来，政治部通知严格按照军旗高度，统一标准，又请一位老将军题写旗帜上的荣誉称号，统一制作。老将军曾在这个部队从普通士兵做到师长，大大小小的仗一场都没落下，在调离这个老部队，指挥更多的部队后，无论在哪，在哪个岗位，老将军一直把我们这里当作老家。老将军当兵时文化水平不高，识字不多，但离休后一直坚持练习。说句不恭敬的话，老将军的字从书法角度说实在不怎么样，笔画硬扎得像他摆弄、操持了一辈子的刺刀、炮管，但他的字题在上面谁都服气，因为镇得住呀。

就在那次战斗动员大会上，旅长宣布这一次很有可能是我们部队最后一次参加实战演习，结束后将面临编制体制调整。

这不符合常理呀，既然要撤编了，还费那个劲折腾啥？但仔细一想，也合情合理，每年老兵退伍前，部队组织军事训练，每个老兵不也是竭尽全力争取优秀吗？

旅长好像看出了一些官兵的心思，说："你们错了，不是胜败无所谓！对于我们中的很多人来说，这一仗也许是军旅生涯的最后一次战斗，打败了，就证明你永远是残兵、逃兵、败兵，输了，你就永远输了，一辈子将被钉在失败者的耻辱柱上，让人指点、笑话！所以这一仗，我们要有必胜的决心！"

旅长站在台上，双手叉腰，大声喊道："同志们，为了军人的荣誉而战，为了团队最后的辉煌而战！我们拼了！"声音如炸雷一样滚过，久久回荡。

战斗的火药味已经很浓了，一边是各种车辆披挂伪装网，一队队排开，上面井然有序地装有各种战斗物资，每隔一时半会儿，驾驶员就会爬上车发动一下，轰几脚油门，以保证随时出动，做到万无一失；一边是地下指挥所出入口双人双哨，里面灯火通明，人头攒动，电报、电话、电传叮叮当当响个不停；一边是各连队每间排房里的士兵们靠着迷彩背囊，由新奇、紧张、兴奋到逐渐放松。枪支弹药已经按规定基数分发到个人，野战食品也发放了，个人物资、战斗器材已抚摸、检查过几遍了。政治部门还给每个班组发了一副扑克牌，每一张牌上都印着蓝军司令的头像，战斗口号是"'活捉'某某某"。如果这不是演习，而是一次真正意义上的战斗，去进行殊死搏斗，生死未卜，那么大家的心情又将如何呢？作为军人，从穿上军装那天起，就要想到这一天。

暮色四合，参加演习的车队悄然无声地消失在茫茫夜色中。演习那几天正值大风大雨，雷电交加，战士们背负着作业器材，像老舍笔下的"骆驼祥子"，在暴风雨中奔跑。蓝军进行了强大的电磁干扰。有线分队采取诸如分段架设、跟进架设、网线架设等多种手段应对，在穿过稻田、海滩、山岭、河流、高速公路时采取了多种办法；无线分队在雷雨天雷电区域开设电台，使出浑身解数，避免雷击，确保信号畅通；战斗中，指挥所几次迅速转移，通信保障做到及时撤收、跟进，随叫随通。

激战中，一班副班长何海勇带领巡线小组摸近蓝军指挥所，切断其电源，制造了一点小混乱，他们甚至听到蓝军司令的说话声。由于

力量有限，无法进一步扩大战果，他们中的一位不幸"牺牲"……蓝军指挥所足有一个侦察营的警卫，个个身强体壮，身怀绝技，将其司令以无线电信号跟踪、锁定，用无人机"斩首"容易，但是要"活捉"实在是太难了。

现代战争，对于通信兵来说就是在任何情况下都能实现串联串通，确保指挥所的每一道命令及时下达，将瞬息万变的战场情况及时上传。

那次演习，"导调组"没有判蓝军赢，但也没有判红军输。我们连队经过两次复盘，尽管有瑕疵，总的来说处理方式是恰当准确的，我们了无遗憾，问心无愧。

有好些战士问我，是不是我们打赢了，部队番号就保留，不撤编了？我也不知道，我和大家一样，等待命令。

日出日落，号响号息，云卷云舒，军事训练、政治教育、文化学习、后勤生产，日子火热绵长，像以前一样，又不一样；营房、树木、草坪、灯箱、雕塑、广播、黑板报、荣誉栏、器械场、综合训练场等和以前一样，又好像不一样。

旅保障部把公共财物地毯式地扫描一遍，该贴封条的贴封条，该冻结的冻结。听说各连队的家底只能保障正常伙食开销，不得随意超支。那些富得流油的"土豪"连队非常后悔在野外驻训时没有吃好点，应该在施工时多加两个菜，多吃几次西瓜。

各单位的实力、编制及任职、调职命令已经冻结。这关系到每个人的去向。官兵在这一刻就如棋盘上的一枚棋子，把握命运的不再是自己，而是命令。

"祖国要我守边疆，打起背包就出发……"营区广播不知什么时候又把这首歌翻出来，早、中、晚一遍又一遍地播放。何去何从？战士倒好办，本来就四海为家，祖国山河多壮丽，在哪儿当兵都一样。更何况新兵入营、年终总结和老兵复退等工作按部就班，正常进行，表现呱呱叫的兵、班长、骨干尊重自身意愿照样可以留队，立功受奖，选改士官报考军校，加入党组织。其实，在连队适应能力最强的还是兵，尤其是义务兵。在哪儿当兵都是尽义务。当完两年义务兵一退伍，一茬换一茬后，就完全没有了对老部队乡愁一样的思念。

相比士兵，军官就"别是一番滋味在心头"了。编入别的部队有点像新媳妇进婆家，忐忑不安，尽管穿军装的都是一家，用的是一部条令，听的是一个号令，军语密码都是相通的，武器、服装都是统一的，但每个部队骨子里有的东西是不一样的，精神气质不一样，文化氛围不一样，习惯养成不一样，一支部队有一支部队的传统、作风。这是各个部队在血与火的征战历程中打下的烙印，不是换一任军政首长就能改变的。现代战争中，这种个性的东西有时候能催生强大的战斗力，有时候又是制约战斗力的瓶颈。到新部队，工作好不好开展，上下好不好协调，拳脚能不能伸展开，会不会有寄人篱下的感觉，成长进步会不会被另眼相看……

军官们还有一个隐痛，就是各自的"后方基地"——家庭。旅里很多干部家属是驻地的。年轻军官喜欢在驻地找对象是为了婚后不两地分居，他们可不愿意像老一辈那样，一年一度"鹊桥会"，苦巴巴地熬个副营职就是为了让老婆孩子随个军，他们是"八零后""九零后"，是年轻、热情、有朝气、阳光的一代，是会生活也会工作、讲奉献也讲回报、讲耕耘也讲收获的一代。驻地姑娘乐意找当兵的，图的是那份踏实，尤其是部队工资待遇提高了，军官更成了"紧俏货"。经济基础决定上层建筑，马克思他老人家说得一点也不错。如今刚毕业的大学生干部动作更快，分到部队前大多有"备份"，女朋友在等着，用不着"嫂子"或热心人张罗。如果家属是老家的或外地的，也很快，现在的大学生干部一毕业就是副连职，几年就提升到正连职，家属就可以随军了。也有的一直在驻地上班，到了符合随军条件时再办理相关手续，婚后还两地分居的很少。

这一年的秋天来得特别早，好像刚换上春秋常服，会完操后，梧桐树叶一夜之间就落光了，只剩下铁铸般的枝丫稀疏地顶着几个光秃秃的鸟窝，让人心里空落落的，不由得揪紧了。

老兵退伍后，部队三两天上一次教育课。整编方案先是以小道消息的方式传出，后来，旅政工网上，广播里，宣传栏里，旅领导讲话，还有营连主官反复传达。旅机关将与驻某一线市某部合并，组建成一支现代化合成部队。我们守卫的那些岛屿由于靠近陆地，现在不再派兵驻守，而是采用卫星、雷达等监控模式，以致大部分营连将要分流，与周边兄弟部队合并。我们通信营接到的命令是与上千里外的某边防部队合并，加强其防务力量。

部队整编多出来的主要是干部，这需要两三年的时间来消化。确实不适应部队建设的，根据本人意愿安排转业；对于那些年富力强、军队需要的高尖端人才，予其"编外"，随时等待纳编；大部分在岗在编干部随着自己的队伍分流，融入新的战斗集体。分流，意味着一大批基层军官又要过牛郎织女一样的生活，至少要分居一两年。上级一边强调不要为小家庭所累，一边尽量创造条件把后方家属安顿好，让拖家带口的干部安心工作。

太阳照常升起，军号依然嘹亮，各营连还是喊着番号出早操，但那番号声里好像没有了往日的生气。分流去一、二线城市的官兵，他们自己脸色平常，只是家属面带喜色，几乎不需要做思想工作，愿意跟着部队走。那儿虽然房价高，人满为患，堵车严重，但那儿有更宽广的街道，更繁华的商场，更便捷的交通，在那儿找份工资不高、技术含量不高的工作也许更容易；老人、孩子上医院看病找专家大夫更方便；还有就是小孩上学，如果他们正常转业，孩子根本进不去地方上哪些较好的学校，家属工作调动也难，现在一道指令就过去了。那些确定去边防，去比我们现在的驻地更偏僻、更艰苦地方的官兵，心里同样充满希望与期待，人生因此而丰富，经历因此而多彩，他们有时候会望着远方出神，想象那是怎样一片土地，怎样一个团队。

司令部通知：无论分流去哪儿，仍保留其营连建制，沿用其荣誉称号，延续其历史，保持其传统作风。

上级这番安排也是用心良苦，为最大限度地保持部队平稳过渡，保证基层营连战斗力不下降。

我比平常任何时候更留心每个官兵的情绪变化，说话看眼睛，吃饭看饭量，走路看脚劲，睡觉听鼾声。刚开始，大家脸上风平浪静，没觉得什么，到哪儿都一样，军人以服从命令为天职，即使上战场，随时面临生死考验也是一声号令的事，更何况只是挪个地方训练、睡觉。我在军人大会上动情（不是煽情）地说，换一个地方当兵多好呀，领略祖国不同风光，今天在江南饱览湖光山色，明天在边疆仰视蓝天白云，看骏马奔驰，这种经历别人还碰不上呢，我们却中彩一样碰上了，多珍贵，要珍惜呀，以后在酒桌上吹牛都多了一点资本。

"吹皱一池春水"的起因是上级的过度关注、教育强调、走访座谈、慰问关心，还有兄弟营连"惜别"的目光。很多时候很多事情，自己身处其中并不觉得什么，一旦别人嘘寒问暖，抱以同情和怜悯，就好像唤醒了心底的委屈，心里五味杂陈：部队整编分流，为什么其他营连就在周边，有的还攀"高枝"了，只有我们走那么远？

老乡串门儿的多了，战友、同学间话别的多了，在这个新媒体和自媒体"觥筹交错"的时代，牢骚怪话自由发散。当过兵的都知道，最让人反感的就是"拉老乡"，几个老乡扎堆用家乡话嘀嘀咕咕，像密谋什么一样，就把平静的心思说乱了。我往旅长、政委的电子信箱各发了一封匿名邮件，大意是建议对个别分流单位的关心应适可而止——就像家长有时候过度关注，反而不利于孩子成长。这个时候要管好各自的人，看好自家的门……旅长、政委没有回复，效果倒立竿见影。旅长、政委干劲十足，每天晚上办公室的灯亮到很晚，全旅大小干部（包括排长）都可以打报告，或敲门进去坐坐，说说心里话。他们不一定能解决什么问题，但至少是一个很好的倾诉对象。两位首长在站好最后一班岗。官兵关心他们的去向，比对自己的前途还关心。听说他们都另有任用。

其实，这时候连队干部的思想是最复杂的。连长家属是当地人，独生女，在一家事业单位上班，人长得漂亮，工作单位又好，当年连长追她的时候就向未来的丈母娘郑重承诺过，绝对不带她女儿"私奔"，不会远走高飞回他的老家。现在，他们的"爱的结晶"才上幼儿园，买房的按揭手续刚办下来。这几天，连长在士兵们面前还像过去一样风风火火，咋咋呼呼，一点也看不出别样神情，只是偶尔踱到我房间时，会笑着说："我老婆就是心眼儿小，自古以来，征夫万里戍他乡，部队驻哪儿得服从需要，服从命令，怎能婆婆妈妈的呢？"

副连长正和驻地一个女孩热恋。上次召开军地联谊会认识的，已经到了谈婚论嫁的地步。女孩端庄大方，来过连队几次，还在连部食堂桌子上吃过饭，不见外的样子一看就是一家人。士兵们叫她嫂子，她开始还脸上一抹红，后来答应得爽快响亮。我说，组织上无意中充当了一次"法海"，这正是考验他们感情的时候。副连长蛮有信心地说，不足为虑。

副指导员一直在机关协助工作，在连队当排长没几个月就去了，这几天才回来。我对他的情况不太了解，他有没有谈女朋友，心里有什么想法，下一步有何打算，这些都不是很清楚。副指导员戴着一副细白边眼镜，脸型和身材都偏瘦，头随时高昂着，话不多。在连队当排长时叫他干啥就干啥，服从命令意识倒是很强，但主动性和能动性实在看不出来，士兵们和他处得也疏疏淡淡。按理说他在机关协助工作应该和连队联系紧密，相当于连队设在机关的"办事处"，但他和官兵们少有来往，大家有什么事去机关也不去找他，碰面了就打个招呼。副指导员当初的任职命令如果放在机关，这次就能去某一线城市了。对此，官兵们有多种心照不宣的解读，其中之一就是命令放在连队晋升方便，可以两年调级（在机关也可以，但比例很小，惹眼）。据说这次如果没有碰上这事，他将担任某连指导员。谁都知道，副指导员的老爸是某位首长，部队整编，命令冻结，为什么不早些把副指导员调到别的部队去呢？据说二三十年前，在一场著名的边境战争中，有首长把自己的孩子调离一线作战部队的，也有首长亲自把孩子送上前线的，有些事让人琢磨不透。

起床号吹响，我已穿戴整齐站在连队门口。一个上士扎着腰带正挥舞着扫把扫地上零星的落叶，一看就知道是最后一班岗。晚上最后一班岗不用出操，只负责打扫环境内务卫生。晚上第一班岗和最后一班岗一般安排老兵，中士以上的老兵，含有照顾的意思。士兵们从排房里涌出。值班员下达口令整队时，上士挂着扫把，看了看队列，又

瞄了一眼我的房间。我床上的被子是打开的，昨晚我住在连队。有些连队干部床上的被子虽然是打开的，但有没有随营住宿，一看就知道。

早饭后，妻子来电话说小孩感冒了，没有去幼儿园；丈母娘腰椎间盘突出又犯了，躺在床上，问我有没有空回去看看。电话是妻子在单位里匆匆忙忙打的，口气很冲，溅出的火星仿佛能把空气点燃。家在咫尺，这几天忙得屁股冒烟，我没和妻子照过面。我像插播广告一样说了一句："整编的事听说了么？"妻子说晓得了。尘埃落定，传言的唯一好处就是锤炼每一个人的心理承受能力，随时做好思想准备，等待传言像陨石一样砸落在地上。风雨到来之前很担心，一旦走在风雨里，也就那么回事，当不了海燕，就洗个凉水澡吧。

命运就像和我玩了一次"躲猫猫"。妻子随军后的生活其实比在老家还要难，人生地不熟的，原以为能靠上我宽厚温暖的肩膀，没想到她刚把头挨过来，我就抽身离开了。

过去每到老兵退伍、演练演习或有什么重大任务，上级首长下基层蹲点像海浪一样层层往前推，军首长下到旅里，旅首长下到营、连。这次，军首长和旅首长全部住进了连队，士兵们有什么困难，随时讲，随时解决，现场办公，实施精确制导，精准消除。这次在我们连队蹲点的是一位副军长，副指导员主动把房间腾了出来，和副连长挤一间屋。首长大部分时间住旅招待所，只是偶尔过来转转。那个头脑灵活、手脚麻利的下士，连队指定他临时担任首长的"公务员"，几乎没什么事做。

营区里不时有穿便服的精神矍铄的老人缓缓迈步，时而驻足，神色凝重，指指点点。有时候旅里首长陪同左右，有时候没有。

三五成群、花花绿绿、说说笑笑的男女突然冒出，那是军民共建单位来旅里座谈。我们像送亲友远行一样同他们道别。旅政治部制作了一块仿红木"纪念牌"，金黄色的底子上写着一排鎏金小字：光荣与梦想同在，某某团队铭记你！这句话可以理解成：这支行将远去的队伍会记住你，你的名字将被写进它的史册。也可以理解为：你将记住这个光荣的战斗集体，它光荣的历史将融入你的生命里。"纪念牌"见者有份，全旅官兵人手一块；来者都是客，走访慰问的地方老百姓也每人发一块。对于"纪念牌"这种既不值钱也不顶用的东西，"游客"们心里并不在意，如果不喜欢，还是累赘。只有在这个营区里流过血、流过汗、默默流过泪，哭过、笑过、呐喊过、打拼过，跌倒后又爬起、趔趄走过的人才会把它当作宝贝疙瘩。

草木萧条，细雨蒙蒙，天气湿冷，大地和天空好像在故意渲染一种清冷的氛围。在旅部军人大会上宣布整编命令的是军区副司令，就是视察海训时讲话的那位。一两年时间没见，首长头发更白，腰有点佝偻了。官兵们私下里传，将军一当兵就在这个部队，在这儿摸爬滚打多年才去了别的部队。关于这些，旅史馆墙上的多幅照片可以证明。今天，这个命令由他宣布，有点伤感。将军声若洪钟，面无表情地宣布完命令后，官兵们穿着冬季沙漠迷彩服像石雕一样站在那里，一时间，能听见细雨湿润衣服的嗞嗞声。大家似乎在等待什么，结果什么也没有。将军身子晃了晃,手一挥,仪式算是结束。

我们营是最早一批分流出发的。和平常演习一样,先用汽车把人和物送到最近的火车站,转铁路运输。装备和部分个人物资前期已经运走了。车队是黄昏时分出发的。和演习不同的是,这次营区主干道上,车队必经之地挤满了人,老人、小孩、妇女,大多还是穿军装的,喊声、叮嘱声、锣鼓声响成一片,灯笼、手电筒、荧光棒满眼晃动……覆盖伪装网的解放牌汽车缓缓驶出营门,发动机的声音开始变化,提速了,车厢里还有兵在伸长脖子张望。

几天前,大家惊讶地发现营房门口那棵高耸入云、荫庇数亩,多年来一直郁郁葱葱的大榕树竟然满树金黄,地上落了一层厚厚的黄叶。官兵们在树下拍照留念。据兵龄最老的兵回忆,他们自打来到这里,就没见过它这样。此刻,大榕树站在烟雨暮色中,像一位饱经沧桑的老人,目送官兵们远行。莫非,榕树真像人们说的那样,是神树,能感应人世间的悲欢离合?很长一段时间里,这都是一个伤感、惆怅又令人疑惑的话题。

车厢里有人窃窃私语,好像在说谁谁什么时候出发,他们要去的那个地方那个单位怎么样;猜一猜老营房以后会用来做什么,会移交给地方开发房地产,还是让给其他部队,再回来看看该是什么样子。那么好的房子如果没有人住,几年之后就会破败得各种动物出没。说话的大多是老士官,他们有的还没结婚,有的家属在老家,老婆、孩子在"留守处"的几乎没说话。很快车厢里一片沉闷,只有昏黄的路灯不时掠过，偶尔有小汽车裹挟着风雨飞驰而过。

　　一年后，我回"留守处"接家属和孩子。我在部队驻地给孩子找到了幼儿园，条件还可以；妻子的工作也很快安排好了，还是当老师。我拿着一沓子证明材料去找驻地教育部门时，刚巧有几个支教的老师到期要走了，孩子们又将处于"放养"状态，他们正发愁呢。我说妻子是正规师范学校毕业的，哪门课都能教。这次比上次顺利多了，很快就办好了。

　　走的时候，我们一家人特地到大榕树下照了一张相。丈母娘抱着孩子坐在椅子上，我和妻子站在后面，满面春风。大榕树郁郁葱葱，生机盎然，好像从来没有枯黄过。

　　又过了几年，上级调研整编部队干部的保留和使用情况。交流过来的干部几乎全部调走或转业了，不但干部是新面孔，兵也换过几茬了。

　　我在新部队担任营教导员五年后，也转业回到了湖南老家。我们营我们连的旗帜留在了那儿，天气晴好时就插在连队门口，起风的时候猎猎作响，像是在回忆、诉说着什么。